À ma mère, qui m'a montré
ce qu'est l'amour inconditionnel.

Une goutte d'amour
vaut plus qu'un océan de raison.

Blaise Pascal

I

L'héritage

Le ciel flamboyait de panaches vermeils, réverbérés à l'infini par la peinture laquée des véhicules qui se traînaient comme des escargots sur l'autoroute. Mais Sylvia, installée à l'arrière d'un taxi, n'avait pas la tête à jouir du spectacle des nuages filandreux passant en un battement de cil par tous les tons de mordoré. Pour la centième fois, elle jeta un coup d'œil sur sa montre, préoccupée par le temps qui filait inexorablement. Et le fait qu'elle n'arriverait manifestement pas à l'heure à la maison.

Sylvia soupira. C'était justement le fameux vendredi dont son mari Holger lui avait tant rebattu les oreilles. Avec ce rendez-vous au lac de Starnberg, absolument crucial pour lui. Auquel elle ne devait sous aucun prétexte être en retard. Elle s'était arrangée pour prendre un vol plus tôt, avait écourté sa réunion avec son client, flirtant avec l'impolitesse, s'était hâtée vers l'aéroport, avait embarqué puis, alors qu'elle et les autres passagers étaient attachés et fin prêts pour le décollage, ils avaient dû attendre plus d'une heure dans l'avion. À intervalles réguliers, le commandant de bord les informait qu'ils n'avaient toujours pas reçu l'autorisation de décoller. Et maintenant, ils étaient coincés dans les embouteillages en direction du centre-ville de Munich.

À cet instant, on entendit une sirène, puis deux, puis trois. Les deux files de voitures s'écartèrent laborieusement pour dégager un accès à la police et aux véhicules de secours.

— Vous pensez, demanda Sylvia, que vous pourriez vous coller derrière ?

Le chauffeur tourna vivement le volant, appuya à fond sur l'accélérateur, projetant violemment Sylvia contre son dossier, et talonna la voiture des pompiers, comme s'il faisait partie d'une unité spéciale. Soudain, tout alla très vite. Dans la bande d'arrêt d'urgence, ils dépassèrent sans encombre l'accident, et dix minutes plus tard, le taxi s'arrêtait dans la rue Königin.

— Bravo, bien joué, dit Sylvia, et elle paya en laissant un généreux pourboire, puis commanda le taxi pour le lendemain matin à sept heures et quart.

— Quelle destination ?

— Retour à l'aéroport, répondit Sylvia, et elle s'esclaffa en apercevant le visage médusé du chauffeur de taxi.

À la boîte aux lettres pleine à ras bord, elle comprit, soulagée, que son mari n'était pas encore arrivé. Elle parcourut brièvement la pile de courrier dans l'ascenseur. Détonnant parmi les enveloppes gris clair monotones du courrier professionnel, se trouvait une carte postale avec une vue du pont des Soupirs à Venise. Sylvia la retourna et ne put s'empêcher de rire.

Ma chère Sylvia, disait l'écriture expressive et féminine, *tu as vraiment eu tort de ne pas m'accompagner. Je bois un Apérol à ta santé.* Baci, *Veronika.*

L'ascenseur s'immobilisa avec un tintement de clochette. C'était facile pour Veronika de la taquiner – en tant que traductrice technique, son amie, qu'elle avait rencontrée lors de leurs études communes, était libre de s'organiser dans son travail. Aussi soumettait-elle constamment Sylvia à la tentation avec ses idées fantasques : viens, on va en voiture à Venise, on va s'éclater ! S'il te plaît s'il te plaît s'il te plaît ! Juste un long week-end !

En théorie, comme le lui faisait remarquer à juste titre Veronika, Sylvia pouvait également agencer son emploi du temps à sa guise. Mais en réalité, ces deux dernières années, elle n'avait même pas pu s'octroyer une petite semaine de congé. Lorsqu'elle ouvrit la porte de son appartement, un vaste duplex donnant directement sur le Jardin anglais, elle se souvint *in extremis* qu'elle avait commandé Sandra. Elles avaient toutes deux grandi dans le même immeuble et étaient en quelque sorte des amies d'enfance. Sandra était devenue visagiste esthéticienne et aidait désormais ponctuellement Sylvia à se préparer pour les soirées ou réceptions auxquelles elle devait assister avec son mari, un courtier immobilier prospère. Sandra possédait sa propre clé de l'appartement et elle se précipita vers son amie.

— Ah, tu es là, enfin ! s'exclama-t-elle en enlaçant Sylvia. Laisse-moi deviner : ton vol a eu du retard ? Oh ma pauvre !

— Et en plus, c'était l'horreur avec les bouchons sur l'autoroute…

Sylvia soupira, balança son attaché-case dans son bureau, accrocha sa veste au portemanteau et se débarrassa de ses chaussures à talons.

— Bref, vendredi soir, quoi, conclut-elle.

— Bon, ça va te faire du bien, un massage relaxant, lança Sandra. J'ai déjà tout préparé. Quelle huile préfères-tu : rose ou citron vert ?

Les lueurs violacées du crépuscule filtraient par l'immense baie vitrée de la chambre à coucher de Sylvia, où Sandra avait installé la table de massage et son coffret à maquillage. Le soleil s'attardait sur les toits de Schwabing tandis que les cimes des arbres du Jardin anglais étaient déjà plongées dans la pénombre. Mais Sylvia ne jeta pas un coup d'œil à ce charmant panorama.

— Je n'ai pas le temps pour un massage, Sandra. Dans une demi-heure, je dois être sur mon trente-et-un, comme je l'ai promis à Holger. Tu m'aides ?

***

Vingt minutes plus tard, Sylvia était douchée, Sandra avait relevé ses cheveux mi-longs blond vénitien en un chignon élégant et l'avait impeccablement maquillée.

— Que vas-tu porter ? lui demanda Sandra.

Sylvia se dirigea vers son placard, choisit avec soin une robe en soie bleu outremer, puis la lui présenta.

— Qu'en penses-tu ?

Sandra prit la robe, ouvrit la fermeture éclair et aida Sylvia à l'enfiler.

— Quelle coupe sophistiquée, commenta-t-elle en connaisseuse, refermant la fermeture éclair avec précaution. Et tu es tellement bien foutue, Sylvia ! Et puis, cette couleur fait vraiment ressortir tes yeux ! On dirait que cette robe a été faite pour toi.

— Regarde, ça irait bien avec, non ?

Sylvia sortit un écrin du tiroir de sa commode et l'ouvrit, dévoilant une paire de boucles d'oreilles raffinées en diamant.

— Oh incroyable ! Ce sont celles que Holger t'a offertes pour votre dixième anniversaire de mariage ? s'enquit Sandra. Sylvia, tu… quelle chance tu as !

Sylvia se tut, gênée, pendant que Sandra l'aidait à accrocher ses boucles. Elle savait que son amie, qui avait divorcé six mois plus tôt, l'enviait. Sandra et son ex, Martin, se livraient une bataille acharnée pour la maison mitoyenne d'Ismaning où ils avaient vécu ensemble, et pour chaque misérable centime. Pendant que Martin avait entrepris un tour du monde avec sa nouvelle compagne, beaucoup plus jeune que lui, Sandra se démenait pour s'en sortir. Elle exerçait son activité en indépendante, et les affaires ne marchaient pas tant que ça.

C'était l'une des raisons pour lesquelles Sylvia commandait aussi souvent que possible les services de Sandra, même si, en fin de compte, elle n'avait jamais le temps de profiter pleinement de son programme de bien-être. Pour l'avoir vécu, Sylvia savait ce que c'était, de devoir compter chaque sou. L'opulence dans laquelle elle évoluait désormais avec Holger ne lui avait certes pas été servie sur un plateau d'argent. Elle aussi avait traversé des périodes moins fastes, et son travail la confrontait tous les jours à des vies qui avaient complètement basculé à cause de quelques décisions malheureuses. Et il y avait une chose que Sylvia ne voulait plus jamais être : pauvre. Aussi soutenait-elle volontiers Sandra, la rétribuant grassement.

— Rien que ces soirées, déjà, s'extasia Sandra. Comme je t'envie pour ça ! Tous ces VIP que tu rencontres. Et ensuite, ils engagent tous Holger lorsqu'ils recherchent une villa…

Comme convoqué par son nom, l'époux de Sylvia déboula par la porte.

— Tu es prête, Sylvia ? cria-t-il en faisant son nœud de cravate.

Il avait fière allure, comme à son habitude, avec son corps élancé, musclé, de golfeur, vêtu d'un costume noir.

— Oui, presque, répondit Sylvia. Mais où est mon baiser de bienvenue ?

Holger lança un regard scrutateur dans le miroir par-dessus l'épaule de Sylvia. Puis il salua poliment Sandra et, enfin, regarda attentivement sa femme.

— Pardon, ma chérie, dit-il en l'embrassant par-derrière sur la joue. Tu es ravissante. On peut y aller ?

Cinq minutes plus tard, Sylvia était assise aux côtés de son époux dans la Porsche Spyder de celui-ci. Holger conduisit la voiture racée hors du centre-ville puis sur l'autoroute E533 en direction du quartier huppé de Starnberg. À quelques kilomètres de là, aux environs de Bernried, l'acteur Sebastian Schnell avait organisé une pendaison de crémaillère dans sa villa de rêve, acquise grâce à l'agence immobilière de Holger, et les invités appartenaient au gratin politique de la région autant qu'au milieu de la télévision et du cinéma. Personne, hormis le maître de maison, Holger et elle, n'était au courant que l'acteur s'était contractuellement engagé à donner cette soirée, afin d'y attirer des acquéreurs potentiels pour l'agence immobilière. En contrepartie, Holger avait cédé une remise sur le prix d'achat de la villa. De plus, les invités ignoraient que ce n'était nullement Sebastian Schnell, mais Holger qui finançait l'événement.

— Mais cette soirée doit te rapporter au moins trois nouveaux clients, avait déclaré Sylvia à son mari lors d'un petit-déjeuner dominical, l'un des rares repas qu'ils partageaient encore parfois, sinon, tu en es de tes frais.

Elle n'était pas consultante en management d'entreprise pour rien. Elle avait toujours trouvé dommage que son propre mari ne mette pas à profit ses compétences, mais peut-être que cela valait mieux, après tout. Il n'était pas encore né, l'époux qui écouterait les conseils professionnels de sa femme. D'ailleurs, ils avaient passé un accord entre eux depuis le début : aucun des deux ne devait interférer dans les affaires de l'autre, sauf s'il lui était explicitement demandé conseil. Ou plutôt « assistance », comme le faisait Holger lorsqu'il priait Sylvia de l'accompagner aux événements mondains de ses clients.

Les heures suivantes, Sylvia se tint, rayonnante, aux côtés de son mari, saluant des gens qu'elle avait déjà vus à la télévision ou sur le grand écran, échangeant avec eux des remarques anodines qui leur semblaient personnellement destinées. Holger savait pertinemment pourquoi il voulait à tout prix que Sylvia l'accompagne dans ces occasions. Elle parlait couramment l'anglais, le français et l'italien, et, de surcroît, personne n'excellait comme Sylvia à présenter entre eux des gens qui ne se connaissaient pas, ou à intégrer dans une conversation les plus invétérés des solitaires. Elle possédait le don de faire rire les convives au moment voulu, ou de se rendre quasiment invisible. Elle n'était nullement intimidée par les stars internationales, traitait spontanément chacun avec la même chaleur, aussi était-elle fort appréciée.

Cette soirée donna également entièrement satisfaction à Holger. L'hôte officiel, Sebastian Schnell, ne tarit pas d'éloges sur sa nouvelle villa avec accès au lac et hangar à bateaux privés, et Holger ne cessa de distribuer des cartes de visite, évoquant à mots couverts des biens merveilleux en Toscane, à Tessin, dans les Cornouailles, sur la Loire ou sur l'île prestigieuse de Sylt, des joyaux uniques en leur genre, qui n'atterrissaient prétendument jamais sur le marché et qu'il réservait exclusivement à ses clients privilégiés.

Plus tard dans la soirée, ayant constaté que son mari était dans son élément, et que les invités encore présents, visiblement satisfaits, s'étaient rassemblés en petits groupes, elle céda à un élan intérieur et quitta la fête sans crier gare. Elle traversa la terrasse déserte, enleva ses souliers et descendit pieds nus dans l'obscurité jusqu'au bout de l'embarcadère. Dans l'eau tanguait une barque, dont le madrier clapotait. Sur la berge opposée, scintillaient les lueurs d'Ambach. Puis, brusquement, comme si quelqu'un avait allumé une gigantesque lanterne, la pleine lune surgit de derrière un nuage, inondant le lac, les rives et Sylvia de sa lumière argentée.

Sylvia retint son souffle. C'étaient de tels moments qui lui réinsufflaient la force nécessaire pour affronter les défis qui l'assaillaient de toutes parts dans son quotidien frénétique. Et c'était exactement ce qu'elle désirait. Tandis que le clair de lune semblait vaciller sur les vaguelettes ridant le lac, Sylvia expira profondément. Elle fut submergée par un sentiment de contentement. À trente-cinq ans, elle avait déjà obtenu tout ce dont elle rêvait enfant. Elle avait un mari formidable et un métier qui lui rapportait beaucoup d'argent et la mettait à l'abri du besoin…

— Sylvia ! retentit la voix de Holger de la terrasse.

Sylvia sursauta, remit ses chaussures, se hâta de longer l'embarcadère jusqu'à la propriété. Là, elle trouva son mari en discussion animée avec Thomas Waldner, leur ami proche, avocat et conseiller fiscal.

— Je suis là ! cria-t-elle en les rejoignant.

En l'apercevant, Holger tressaillit et s'interrompit au beau milieu de sa phrase.

— Mais où étais-tu ? demanda-t-il sèchement.

— J'admirais la lune, regarde donc…

Mais Holger ne leva pas même la tête.

— Nous devons absolument organiser un rendez-vous, Sylvia, dit Thomas, tous les trois…

— Avec plaisir, répondit Sylvia. On aurait probablement dû le faire depuis longtemps déjà.

Lorsqu'elle vit la mine sérieuse de Thomas, elle ajouta :

— Y a-t-il un problème ?

— Non. Qu'est-ce qui te fait croire ça ? répliqua Holger vivement en lui prenant la main. Thomas s'occupe de tout. Comme d'habitude. Viens, allons faire nos adieux.

Puis il l'entraîna dans la villa.

Sebastian Schnell avait bu plus que de raison et, alors qu'ils s'apprêtaient à prendre congé de lui, il eut l'idée d'un bain de minuit tous ensemble dans le lac.

— En costume d'Adam et Ève, tels que Monsieur le réalisateur céleste nous a créés.

Il fallut une bonne heure à Holger pour l'en dissuader. Il voulait par-dessus tout éviter que Schnell ne gâchât la soirée à la dernière minute, et s'efforçait de le convaincre de se retirer dans ses appartements privés pour se coucher. Schnell le ferait, comme il l'avait assené à Holger une bonne douzaine de fois, seulement et uniquement pour les beaux yeux de son épouse Sylvia, qui était un ange, et que ce requin de Holger von Gaden ne méritait décidément pas.

Finalement, il était deux heures du matin lorsque Sylvia s'empara des clés de la voiture pour conduire – son mari, qui, lors de ce genre de soirées, était obligé de trinquer avec beaucoup trop de personnes, préférait s'abstenir de prendre le volant au retour –jusqu'à Munich, et presque trois heures quand elle eut fini de se démaquiller et d'ôter toutes les épingles de son chignon sophistiqué. Elle prépara son attaché-case et son sac de voyage pour le week-end de formation que l'un de ses meilleurs clients, un manager d'un Global Player, avait organisé pour ses collaborateurs, puis régla son réveil à six heures et demie. Enfin, elle s'affala parmi ses coussins et tomba immédiatement dans un profond sommeil.

***

— Au fait, dit Holger le week-end suivant lors du petit-déjeuner dominical, es-tu au courant que tu as hérité ?

À cet instant, il cassa son œuf à la coque avec précision, ce qui fit tressaillir Sylvia.

— Hérité ? Moi ? C'est une blague ?

Holger saupoudra délicatement son œuf de sel et enfonça sa cuiller en nacre dans le jaune.

— Tu ne m'as jamais parlé de Lucie Hofstetter.

Sylvia laissa tomber sa tasse.

— Qu'y a-t-il à propos de tante Lucie ?

Holger releva la tête et haussa un sourcil.

— Elle est décédée et tu es son héritière.

— Elle est décédée ?

— Voyez-moi ça, ricana Holger. Ça fait une éternité qu'on se connaît, dix ans qu'on est mariés et madame a encore des secrets vis-à-vis de sa moitié. Quel type de relation familiale avais-tu avec elle ?

— C'était la sœur cadette de ma mère.

— Elle n'y était pas, à notre mariage, n'est-ce pas ? Et tu ne m'as jamais parlé d'une tante Lucie sinon.

Sylvia se tut, ébranlée. Holger avait raison. Depuis de nombreuses années, elle n'avait plus eu de contact avec sa tante. Sylvia était encore petite quand elle avait vu Lucie pour la dernière fois. Une dispute épouvantable avait un jour éclaté dans la famille, après quoi le nom de Lucie Hofstetter n'avait plus jamais été prononcé. Sylvia était d'ailleurs présente lorsque quelqu'un s'y était risqué malgré tout : le grand-père avait eu un tel coup de sang que son cœur avait failli lâcher.

Du reste, sur quoi reposait ce scandale familial ?

— Hé, tu m'écoutes ?

Sylvia leva le regard, directement dans les yeux assombris, teintés de reproche, de Holger.

— Par… pardonne-moi, balbutia-t-elle, c'est juste tellement… inattendu. Comment sais-tu tout cela ?

— Par un courrier d'un cabinet d'avocat français. Ta tante t'a légué une ruine, au milieu de nulle part.

— Une ruine ?

— Une exploitation horticole. Complètement délabrée. Je suis allé la visiter la semaine dernière. J'étais déjà en France de toute façon. La sœur de ta mère était peut-être une femme séduisante, mais comme femme d'affaires, elle était vraiment nulle. Ce qui est sûr, c'est que ce n'est pas d'elle que tu as hérité ton talent. Elle était au bord de la faillite et t'a laissé une montagne de dettes.

Dans la tête de Sylvia, tout tourbillonnait. Comme elle et Holger voyageaient énormément, le courrier incombait à celui qui arrivait en premier à la maison. En général, ils s'informaient mutuellement des choses importantes.

— Et tu y as déjà été ? s'ébahit Sylvia. Mais… comment ça se fait que je ne l'apprenne que maintenant ?

— Tu étais à Hambourg. Et impossible à joindre. Et ensuite, j'ai dû aller dans la Loire. Je pensais te rendre service en m'occupant de ça. Le courrier avait l'air tellement officiel. Ça partait d'une bonne intention. Je m'excuse si ça te gêne…

— Mais non, ça ne me gêne pas du tout, concéda Sylvia. C'est vraiment gentil de ta part, Holger. Mais c'est juste que… eh bien, c'était ma tante, malgré tout.

Même si on n'avait plus de contact… c'était le dernier membre de ma famille, après la mort de maman…

— C'est également ce qu'ont fini par découvrir les autorités là-bas. Ça a duré un certain temps, ta tante Lucie Hofstetter est déjà morte depuis quelques mois…

Tante Lucie… Tout d'un coup, le souvenir surgit, aussi frais que ce fameux matin à la mer. Sylvia avait cinq ou six ans à l'époque, et soudain, elle revit la scène avec une grande netteté : elle portait une robe à fleurs mauves, qui avait été cousue dans le même tissu que celui de Lucie.

Sa tante était encore jeune, milieu de la vingtaine peut-être, et elles couraient toutes les deux le long de la plage, se poursuivant en riant. Lucie avait les mêmes cheveux blond vénitien que Sylvia aujourd'hui, les mêmes yeux bleu pervenche, le même rire. Brusquement, Sylvia prit conscience que la petite fille qu'elle était alors aimait beaucoup Lucie, durant cet été au bord de la mer. Elle entendait encore sa voix : viens, Sylvie, viens vite ! Elle sentait à nouveau l'odeur de sa peau, le contact de son bras, contre lequel elle pressait le sien, tellement plus menu, pour comparer leur bronzage. Et le mouvement ample avec lequel sa tante la soulevait dans les airs, tandis que Sylvia piaillait de joie, criait, et lui demandait de continuer, encore et encore…

— Sylvia, retentit la voix de Holger, la tirant de ses réminiscences, tu es sûre que tout va bien ?

Sylvia se passa la main devant les yeux.

— Quoi ? Oui… tout va bien, le rassura-t-elle. Je

te suis vraiment reconnaissante de t'être occupé de ça. Que… qu'allons-nous faire à propos des dettes ?

Holger avala une gorgée de café puis s'essuya méticuleusement la bouche avec sa serviette.

— Heureusement, poursuivit-il, il y a pas mal de terrain dans cette exploitation horticole. J'ai une petite idée à qui je pourrais la proposer à l'achat. L'un de mes clients recherche un bien similaire depuis quelque temps déjà. Je suis certain qu'il serait enchanté. Si ça l'intéresse, et que tu es d'accord, on pourrait tirer de l'argent du terrain. Comme ça, tu pourrais éponger les dettes. Et il te resterait probablement encore une somme non négligeable. Un genre de souvenir de ta tante Lucie.

Une exploitation horticole, c'était du Lucie tout craché. Sylvia se souvint qu'à l'époque, sa tante s'intéressait déjà aux plantes et aux fleurs. Quel dommage qu'elle n'ait visiblement pas été douée pour les affaires. La mère de Sylvia avait pincé les lèvres chaque fois qu'on évoquait sa sœur cadette. Et même refusé de parler du funeste scandale. Ainsi, avec le temps, Sylvia avait fini par oublier sa jeune tante. N'avait pas répondu aux lettres qu'elle avait reçues de Lucie dans les années après l'incident. Non pas parce qu'elle ne voulait plus de contact, mais parce qu'au début, elle était encore trop petite, et ensuite toujours débordée. Bac, études… Elle avait fait des études de commerce et simultanément fréquenté une école de traduction. Elle était donc non seulement consultante en management d'entreprise, mais aussi une traductrice assermentée d'anglais, français et italien. Elle avait dû sacrifier beaucoup de choses.

Sylvia n'était qu'un bébé à la mort de son père, et sa mère n'avait pas pu l'aider financièrement. Aussi, Sylvia avait toujours dû subvenir à ses besoins pendant ses études, ce qui ne l'avait pas empêchée de passer ses examens haut la main. Puis, elle s'était rendue aux États-Unis pour passer son Master tout en travaillant dans des cabinets de consultants en management renommés. Elle avait rencontré Holger à Los Angeles, lors d'une réception. Il l'avait courtisée avec constance et tendresse, si bien qu'elle avait fini par céder, et refuser l'offre d'embauche alléchante d'un cabinet de consultants de réputation internationale, pour revenir à Munich et monter sa propre activité indépendante. Il n'y avait pas de place pour sa tante dans sa vie trépidante.

Et maintenant, c'était trop tard. Sylvia ne saurait jamais pourquoi la famille Hofstetter l'avait si cruellement exclue, autrefois.

— Alors, tu es d'accord ?

Sylvia hocha la tête et regarda Holger d'un air perplexe.

— Souhaites-tu que je fasse la vente en ton nom, au cas où j'arrive à convaincre mon acheteur éventuel ?

— Oui, répondit Sylvia.

Elle se sentit sur-le-champ comme débarrassée de tout ça : les souvenirs d'enfance de la jeune Lucie, les regrets liés aux occasions manquées, les opportunités négligées de la revoir.

— Je pense que ce sera beaucoup mieux comme ça. Merci encore de t'en charger.

Lorsque Holger lui présenta les pleins pouvoirs après le petit-déjeuner, Sylvia signa tous les documents nécessaires sans la moindre hésitation.

***

Les deux semaines suivantes passèrent comme un songe. L'agenda de Sylvia tenait en soi de l'exploit logistique. D'une formation de collaborateurs d'une société d'assurances à Francfort, elle s'envola pour scruter à la loupe la structure des ressources humaines d'un groupe de presse à Berlin. Entre deux rendez-vous à Stuttgart, elle réussit même à caser une « intervention d'urgence », comme elle appelait ces réunions de crise de dernière minute et de la dernière chance. Un chef d'entreprise et son fils se débattaient depuis quelques mois dans des problèmes générationnels et avaient besoin sans délai d'un soutien professionnel. Lorsqu'elle rentra à la maison après cet entretien, exténuée mais satisfaite, Holger l'attendait déjà, à sa grande surprise.

— Fais-toi belle, dit-il en l'enlaçant, ce soir, nous sortons.

Sylvia éclata de rire.

— Laisse-moi d'abord me poser. Je suis sur les rotules. Chez quel client allons-nous cette fois-ci ?

— Aucun client, répondit Holger sérieusement. Ce soir, nous sortons, juste toi et moi.

Sylvia regarda son mari, étonnée. Puis son visage

s'éclaira. Cela faisait bien longtemps que cela n'était plus arrivé. Sortir juste tous les deux – avant, c'était un rituel immuable entre eux. Cela signifiait qu'ils sortaient ensemble, juste comme ça, sans occasion professionnelle.

— Accorde-moi une demi-heure, dit-elle enthousiaste, et je serai prête à tout.

***

Lorsqu'ils furent assis peu après face à face, à la lueur des chandelles, dans le restaurant où Holger invitait normalement exclusivement ses meilleurs clients, écoutant les suggestions du chef, Sylvia sentit tout d'un coup la fatigue lui tomber dessus, la fatigue de ces dernières semaines, voire mois. Elle était si épuisée que l'espace d'une demi-seconde, le visage du jeune serveur vacilla devant ses yeux et qu'elle fut incapable de retenir ce qu'il disait. Puis il se tut et la fixa dans l'expectative, et le moment de faiblesse était passé.

— Je prends le poisson, dit-elle d'une voix ferme, convaincue qu'il devait y avoir, comme partout ailleurs, un plat de poisson sur le menu.

— Le loup de mer ou le sandre ? demanda poliment le serveur.

— Le loup de mer.

Tandis qu'on leur apportait un amuse-gueule, la spécialité de la maison – une petite omelette en forme de cœur garnie d'une pincée de caviar beluga – et que le sommelier leur versait un fond de verre du vin qu'ils avaient sélectionné, Sylvia s'efforça de convoquer la jeune femme qu'elle avait été durant les premières années de leur relation, et d'éprouver la même excitation qu'à l'époque, lors de semblables occasions. Elle saisit son verre et huma l'arôme délicat de l'excellent chardonnay. Ses yeux cherchèrent ceux de Holger, mais le visage de son époux se rembrunit.

— Veuillez nous apporter une autre bouteille, s'il vous plaît, dit-il. Celui-ci est bouchonné.

Le sommelier s'inclina légèrement, prit la bouteille et disparut. Peu après, il revint avec une nouvelle bouteille et des verres propres, et montra l'étiquette à Holger. Celui-ci approuva. Le serveur ouvrit la bouteille en quelques gestes experts, et versa une petite quantité de vin dans le verre de Holger. Celui-ci saisit son verre, fit tourner le liquide, le huma avec ostentation, et, enfin, avala une petite gorgée, non sans l'avoir auparavant retenu un instant sur la langue. Pendant toute la durée de cette procédure exagérément lente, Sylvia se sentit mal à l'aise. Peu à peu, son humeur romantique se dissipait.

— C'est bon, lâcha enfin Holger au serveur qui attendait patiemment.

Ce dernier remplit son verre, puis celui de Sylvia.

— Merci, dit-elle.

Le sommelier, affichant une expression impassible, se courba à nouveau et se retira.

Holger la regarda, comme s'il escomptait des félicitations.

Le vin n'avait pas le goût de bouchon, voulut dire Sylvia, il était parfait. Mais, comme toutes ces années jusqu'à ce jour, elle préféra se taire. Le secret d'un couple qui dure, lui avait toujours dit sa mère, c'est la retenue de la femme. Une femme qui sait tout ne doit pas s'étonner d'être quittée. À cette époque, Sylvia avait roulé des yeux et songé dans sa tête qu'adulte, elle se comporterait bien différemment. Elle dirait toujours ce qu'elle pensait. Cependant, aujourd'hui, elle devait admettre qu'elle avait entièrement assimilé le mantra de sa mère.

***

Peut-être était-ce sa faute si la soirée, après ce petit épisode malheureux, retomba comme un soufflé. S'ils n'avaient pipé mot entre chaque plat, puisque Sylvia ne trouvait pas de sujet pour entretenir la conversation avec son mari. Peut-être travaillait-elle trop, ce qui l'empêcha de se détendre vraiment, lorsqu'après le restaurant, au lieu que chacun se retirât dans sa propre chambre comme à l'accoutumée, ils se déshabillèrent mutuellement, Holger s'efforçant visiblement de ne pas avoir l'air empressé. Peut-être était-elle trop tendue pour s'abandonner à ses mains avec la même passion qu'autrefois, quand ils s'emmêlaient l'un l'autre et bouillaient de ne pas se dévêtir assez rapidement. Ce soir-là, tout se déroula trop vite au goût de Sylvia. Elle ne se sentait pas encore complètement prête lorsque Holger la pénétra, et elle tenta de s'engouffrer dans son désir à lui, néanmoins tout fut terminé beaucoup trop tôt.

J'ai peut-être besoin de prendre du temps pour moi, pensa Sylvia, tandis que Holger dormait à poings fermés à ses côtés, un bras posé sur la poitrine de sa femme, un geste qu'elle ressentait comme une marque de possession, mais dont elle n'osait se libérer de peur de le réveiller. Mes amies me jalousent toutes pour cet homme, songea-t-elle. Mais qu'ai-je donc ? Holger était séduisant, il réussissait dans les affaires, même s'il était parfois un peu brutal. Ils étaient toujours d'accord, en particulier sur les points importants, comme le fait de ne pas vouloir d'enfant, ou que leurs carrières respectives constituaient leur priorité.

— Je t'aime, avait gémi Holger à plusieurs reprises pendant leur étreinte, et il avait joui avec une fougue témoignant d'une passion sincère.

N'est-ce pas ? Mais qu'ai-je donc ? se demanda Sylvia à nouveau, et elle poussa un soupir de soulagement lorsque Holger, se retournant dans son sommeil, dégagea son bras.

2

Le voyage

La semaine suivante fila en un clin d'œil. Un soir, alors que Sylvia rentrait à la maison d'un voyage d'affaires exténuant, elle trouva un message de son ami Thomas sur le répondeur téléphonique, la priant de le rappeler de toute urgence. Holger était quelque part en déplacement, à la recherche de biens immobiliers exclusifs. Sylvia tenta de se souvenir dans quel coin d'Europe, en vain.

Elle prit une douche et ouvrit son ordinateur pour parcourir ses mails. Elle constata effarée qu'il était déjà dix-neuf heures, trop tard pour appeler Thomas à son cabinet. Demain sans faute à la première heure, se dit-elle. Un coup d'œil à son agenda lui rappela qu'elle s'envolait à quatorze heures pour Zurich, chez un nouveau client, qui, dès leur première rencontre quatre mois auparavant, l'avait immédiatement engagée pour tout le mois de mai. Sylvia s'enfonça dans son siège de bureau et ferma les yeux. En fait, elle avait vraiment besoin d'un peu de repos. Mais à chaque fois qu'elle voulait planifier quelques semaines de congé, une proposition surgissait et elle ne pouvait pas encore se payer le luxe d'offusquer des clients en refusant. C'était du moins ce qu'elle pensait.

Son amie Veronika, en revanche, considérait les choses autrement. Pendant ses études, déjà, Vero, qui, avec ses taches de rousseur et sa chevelure rouquine aux boucles indisciplinées, était douée pour le bonheur, taquinait affectueusement son amie Sylvia qui se démenait entre ses deux cursus. Aujourd'hui, Veronika se faisait du souci pour son amie. Mais elle n'avait pas grandi dans un environnement aussi difficile que celui de Sylvia. Dès le début de ses études, le père de Veronika lui avait offert un confortable appartement deux pièces dans un immeuble ancien à Lehel, à l'époque où ce quartier n'était pas encore prisé. Sylvia, pour des raisons financières, avait dû continuer à partager un petit appartement avec sa mère. Et tandis que la carrière de Sylvia ne cessait de se développer, son amie se contentait de ce qu'elle gagnait en tant que traductrice. Elle avait conservé son appartement, conduisait, tout à fait satisfaite, sa Mini Cooper, et ne voyait absolument aucune raison valable de travailler plus que le strict minimum. Décidément, Veronika s'y entendait pour profiter de la vie.

Sylvia poussa un profond soupir et commença à préparer ses dossiers pour le rendez-vous à Zurich. La nuit était déjà bien avancée lorsqu'elle fit sa valise. Puis elle alla enfin se coucher.

***

Le lendemain matin, lorsque Sylvia vérifia ses mails, elle trouva un message du client zurichois. *Malheureusement, pour des raisons internes, nous sommes contraints d'annuler toutes vos prestations*, lut-elle à son grand désarroi. Rien de tel ne lui était arrivé depuis une éternité. Heureusement, elle avait inclus dans le contrat des pénalités d'annulation, et sauf si la société était déjà en faillite, elle serait dédommagée. Sylvia farfouilla dans les dossiers qu'elle avait préparés la nuit précédente et tomba sur le billet d'avion. Ce fut seulement à ce moment-là qu'elle réalisa qu'elle n'avait plus d'obligation. Aucun autre projet n'était prévu pour le mois à venir. Cette pensée lui donna presque le vertige.

Sylvia défit sa valise et rangea son bureau. Puis elle alla à la cuisine et trouva le réfrigérateur vide. Que faisait-on quand on n'avait rien de prévu ? Peu après, déterminée, elle appela Veronika.

— Figure-toi, dit-elle, que je n'ai rien à faire dans les quatre semaines à venir.

— Tu es sûre de ne pas faire erreur ? sonna la voix enjouée de son amie. Je veux dire, toi et rien à faire, ça ne va pas ensemble ! Tu n'es pas malade au moins ?

— Non ! s'esclaffa Sylvia. Je suis en parfaite santé. Un client a annulé à la dernière minute. Je n'en reviens toujours pas. Qu'est-ce que je suis censée faire, maintenant ?

À l'autre bout de la ligne retentit un rire espiègle.

— On va commencer par aller petit-déjeuner, décréta Veronika. Puis je te donnerai un cours de rattrapage en ce qui concerne le farniente. Qu'en dis-tu ?

***

Un quart d'heure plus tard, toutes deux étaient assises au *XII Apostel*, le repaire de Veronika, en train de commander des croissants et du café.

— C'est ton premier jour de congé depuis quand, au fait ? s'enquit Veronika.

— À vrai dire, répliqua Sylvia, ce n'est pas comme si je n'avais jamais de jour de congé. Tiens, le dimanche d'il y a deux semaines…

— Ah, sourit Veronika, le dimanche d'il y a deux semaines. Waouh mais quel luxe ! Et où t'envoles-tu demain ?

— Eh bien justement, répondit Sylvia en contemplant son croissant d'un air pensif. Je suis libre pour un mois entier. Imagine un peu, tout le mois de mai.

Veronika faillit s'étrangler sur son café.

— Oh juste ciel, s'exclama-t-elle, et je parie que tu te fais du mouron pour les finances !

— Non, pouffa Sylvia. Bien sûr que non. C'est juste que je ne sais pas… Tu comprends, ça faisait longtemps que je voulais faire ça. Mais ça ne marchait jamais. Et soudain, en un instant… dans deux heures, mon avion aurait dû s'envoler et je n'arrive pas à réaliser ce qui m'est arrivé.

Veronika sourit.

— Crois-moi, dit-elle, avoir du temps libre, ce n'est pas si horrible, au contraire. On pourrait s'offrir un jour de spa bien-être, avec sauna, jacuzzi, massage, la totale. Après quoi tu dormirais pendant trois jours d'affilée, je te le promets, vu l'état d'épuisement dans lequel tu es, tu en aurais bien besoin. Ou si tu veux, on pourrait aller en voiture à Baden-Baden et faire d'une pierre deux coups : la journée aux sources thermales et le soir aux casinos. Ou bien on prend des billets pour le théâtre. Ou bien on s'envole pour Paris, faire du shopping. Ou peut-être que tu préfères New York ? Bon sang, Sylvia, tu as enfin le temps de dépenser l'argent que tu passes ton temps à gagner !

Sylvia sourit et s'enfonça dans son fauteuil.

Veronika avait raison. Et pourtant, ce n'était pas ce dont elle avait envie à l'heure actuelle. Ni Paris, ni Milan, ni New York. Sylvia ferma les paupières et vit de l'eau à l'horizon. Des vagues. La mer. Le ciel. Quelques mouettes planant dans le bleu du firmament. Peut-être devrait-elle se rendre à la mer, la mer du Nord. Ou bien l'Atlantique. Elle allait y réfléchir.

— Si tu as un mois entier devant toi, dit alors Veronika, à qui le changement d'humeur de son amie n'avait pas échappé, tu n'es pas obligée de te décider immédiatement. Laisse les idées venir à toi. Tu vis toujours selon un emploi du temps si rigide. Je suis là, et si tu as envie d'entreprendre quoi que ce soit, tu peux m'appeler.

Puis Veronika lui raconta son voyage à Venise et lui parla du séduisant juriste de Munich qu'elle avait rencontré là-bas par hasard, juste au moment où elle était en train d'écrire la carte postale pour Sylvia.

— Il m'a demandé, dit Veronika en souriant, pourquoi j'avais deux verres d'Aperol devant moi, si l'un était éventuellement pour lui. Et devine quoi ! J'ai eu le coup de foudre.

Sylvia s'esclaffa. Veronika avait toujours un fervent admirateur, un amant, ou un ami sous le coude.

— Mais un homme en permanence à la maison, se plaisait-elle à décréter, il n'en est pas question.

Le petit-déjeuner convivial se mua bientôt en brunch prolongé, puis Veronika persuada son amie de se promener au Jardin anglais. Après quoi, Sylvia refusa, reconnaissante, l'invitation lancée par Veronika de l'accompagner au théâtre avec son nouvel amoureux.

— De toute façon, je le rencontrerai tôt ou tard, dit-elle, si c'est toujours d'actualité à ce moment-là.

Soudain, elle se sentit assommée de fatigue.

— Ne rien faire est exténuant, admit-elle en gémissant. Je suis bien moins crevée après une journée de travail.

Veronika éclata de rire.

— Bah, dit-elle, tu t'y habitueras vite ! Mais en tout cas, n'hésite pas. Si tu as envie de compagnie, appelle-moi !

***

Ce soir-là, Sylvia se coucha tôt. Elle prit un roman qu'elle voulait lire depuis des semaines, mais dès les premières pages, ses paupières se firent lourdes. Elle se réveilla le lendemain matin à neuf heures et demie. Elle avait dormi treize heures d'un sommeil de plomb. Et se sentait maintenant fraîche et dispose.

L'après-midi, Holger revint de mauvaise humeur de son déplacement. Sylvia en avait plus ou moins l'habitude, mais elle l'avait rarement vu aussi remonté.

— Il a foutu en l'air le rendez-vous chez le notaire à la dernière minute, lâcha-t-il en guise d'explication, puis il disparut dans son bureau.

Ce fut seulement au dîner qu'elle apprit la raison de sa colère, liée à la vente du terrain de tante Lucie. L'acheteur avait demandé à la dernière minute d'ajourner le rendez-vous à cause d'un empêchement. Mais selon Holger, ce n'était pas possible avant quatre à six semaines. Sylvia fut étonnée d'éprouver du soulagement. Soudain, ces semaines lui apparurent comme un répit offert sur un plateau d'argent.

— Tu sais quoi, dit-elle spontanément, je vais y aller, avant qu'on le vende.

Holger la dévisagea comme si elle avait perdu la raison.

— *Où* veux-tu aller exactement ?

— En France. Dans l'exploitation horticole de tante Lucie.

— Mais pour quoi faire ? demanda-t-il sèchement. C'est une véritable perte de temps. Et puis… je croyais que tu étais débordée !

La fureur s'empara de Sylvia, bien que sa raison lui soufflât que cela ne servait à rien de se disputer avec Holger. Même lorsqu'il lui parlait sur ce ton, qui, considéré objectivement, était inadmissible, elle savait que ce n'était pas mal intentionné de sa part. Mais ce soir-là, elle ne put s'empêcher de ressentir de la colère.

— Mais tu n'as pas de temps à perdre avec ce genre de choses, poursuivit Holger d'une voix mielleuse, quelque peu radoucie.

Il semblait avoir remarqué qu'il avait raté son but.

— Crois-moi, vraiment, ça n'en vaut pas du tout la peine. Que se passe-t-il avec ton nouveau client à Zurich ?

— Il a annulé le contrat, éluda Sylvia, laconique.

Lorsque Holger était dans ce genre de disposition, il était tout à fait inutile de discuter avec lui. Aussi ravala-t-elle sa fureur. Ce qui ne signifiait pas pour autant qu'elle cédât en quoi que ce fût. Elle n'en était pas encore arrivée au stade où elle lui laissait imposer sa volonté. Elle irait visiter l'exploitation horticole de Lucie avant qu'elle soit vendue. N'en déplaise à Holger.

***

Le lendemain matin, Sylvia attendit que son mari eût quitté l'appartement. Puis elle alla dans son bureau et sortit la photocopie des pleins pouvoirs avec lesquels elle avait autorisé son époux à céder son héritage. Elle trouva l'adresse de la propriété, ouvrit son ordinateur portable et l'inscrivit dans le moteur de recherche. Elle s'attendait à une parcelle dans une quelconque province française, au beau milieu de nulle part. Elle fut d'autant plus surprise lorsque l'écran zooma sur l'extrémité de la côte nord-ouest.

— La Bretagne ? marmonna-t-elle dans sa barbe.

Telle que représentée sur la carte, l'exploitation horticole se situait en bord de mer.

Pendant un moment, Sylvia resta assise, le regard perdu dans le vague, laissant aller et venir le flux de ses pensées. Lucie… c'était donc là-bas qu'elle avait vécu, à l'autre bout de l'Europe, à plus de mille kilomètres. Pendant qu'elle-même avait bâti sa carrière brique par brique, sa tante avait cultivé des plantes. Des légumes probablement. Du chou et de la betterave. Ou des artichauts. La Bretagne était réputée pour ça.

Sylvia activa son calculateur d'itinéraire pour connaître la distance exacte. Elle ne possédait pas de voiture, car il était plus commode de faire appel à des taxis dans une ville comme Munich et avec un métier comme le sien. Et elle parcourait les grands trajets en train ou en avion. L'aéroport le plus proche était Brest. De là, elle pouvait louer une voiture…

Soudain, elle hésita. Une petite voix en elle lui souffla qu'elle ne devrait pas aborder la patrie adoptive de sa tante décédée de la même manière que ses clients. Elle avait toujours rêvé de traverser la France en voiture. Pourquoi ne pas louer une voiture ici ? songea-t-elle. Pourquoi ne pas m'accorder du temps pour ces mille quatre cents kilomètres ? Elle avait quatre semaines devant elle, rien que pour elle. Son cœur s'emballa à la perspective de conduire à travers la France d'est en ouest, jusqu'à sa destination sur la côte.

Sans tergiverser, Sylvia appela le concessionnaire automobile chez lequel Holger achetait toutes ses voitures. Ils entretenaient également des relations amicales.

— Je te prête une voiture pour quatre semaines, Sylvia, répondit-il immédiatement, bien entendu, aucun problème. Ça fait partie du service avec des bons clients comme vous. J'ai justement une très jolie Boxster, une voiture de fonction qui a moins d'un an et qui vient d'arriver. Je te la mets de côté si tu veux. Quand en as-tu besoin ?

— Demain, répondit Sylvia, effrayée par ses propres paroles.

— C'est entendu, fit la voix calme de l'homme à l'autre bout du fil. Si tu veux, je peux te la faire amener chez toi. Ça te conviendrait ?

— Bien sûr, dit Sylvia. Merci beaucoup ! C'est bien aimable de ta part.

— Elle sera devant chez toi à dix-sept heures. On glissera les papiers et les clés dans ta boîte aux lettres. Bon voyage, Sylvia ! Et ne roule pas trop vite ! La petite a quand même 265 chevaux.

Elle s'esclaffa, le remercia encore une fois et raccrocha. Quelle veine incroyable elle avait, tout de même !

***

Comment vais-je l'annoncer à Holger ? songea Sylvia tandis qu'elle faisait sa valise, une fois de plus.

Pour ce voyage, elle pouvait laisser ses tailleurs stricts dans l'armoire. Elle se décida pour un jean confortable, des chemises bouffantes en lin, deux robes, bien qu'elle ne pensât pas les mettre, quelques pulls épais, et des draps en soie. Elle était absorbée par la pensée de cette étrange altercation de la veille, dont elle n'avait pu éviter l'escalade qu'en prenant énormément sur elle.

Puis elle se ravisa. Elle répugnait à partir en laissant la dispute en suspens, mais devait-elle vraiment se justifier d'avoir envie de visiter le lieu où avait vécu sa tante, avant qu'il soit vendu ? Décidément, c'était dérisoire.

Aussi éprouva-t-elle un certain soulagement lorsqu'elle reçut un sms de Holger :

Je dois me rendre aujourd'hui en Toscane pour trois jours. Pourrais-tu, exceptionnellement, préparer ma valise ? Mon avion décolle à quinze heures. Lena viendra la chercher. Tu es un amour. H.

Sylvia s'en occupa sur-le-champ. Quand sonna Lena Weinhalter, la secrétaire de Holger, une femme replète dans la cinquantaine, avec des verres de lunettes comme des loupes, tout était fin prêt. Même si Sylvia l'avait voulu, elle n'aurait pas eu l'occasion d'informer précisément son mari de ses plans.

À dix-sept heures, de son toit-terrasse, Sylvia observa un jeune homme faire un créneau avec la Porsche devant son immeuble. La voiture était rouge pétant, et Sylvia sourit en s'imaginant filer à travers la

France avec ce véhicule extravagant. Quelques instants plus tard, elle récupéra les clés et les papiers dans sa boîte aux lettres. Ses bagages étaient déjà dans le hall, et elle avait réservé une nuit d'hôtel à mi-chemin.

Si cela n'avait tenu qu'à elle, Sylvia se serait mise en route immédiatement. Mais on était vendredi soir, et elle contint son envie ardente de se glisser tout de suite au volant du bolide rouge et de tracer vers l'ouest. Elle serait restée coincée dans les embouteillages, ce qui ne constituait certainement pas un bon départ pour son périple et sa quête de vestiges.

Quête de vestiges ? Qu'escomptait-elle de ce voyage ? Sylvia avait pour habitude d'interroger avec rigueur ses clients sur leurs motivations. Il était grand temps de faire de même pour elle. Pourquoi tenait-elle tant que cela à visiter l'exploitation horticole en ruine de Lucie ?

Elle resta là, un moment, immobile, absorbée dans ses réflexions. Puis elle se dirigea vers son bureau et balaya ses étagères du regard. Enfin, elle tira de celle du haut, où elle cherchait rarement quoi que ce fût, un album photo relié en toile de jute beige. Elle se versa un verre de vin, se recroquevilla sur le canapé du salon, alluma la lampe et ouvrit l'album. Les photographies lui étaient familières, bien qu'elle ne les eût plus regardées depuis longtemps. Ce soir-là, elle feuilleta l'album à la recherche d'une personne en particulier, sa tante Lucie, et fut déçue de la trouver sur très peu de clichés. Il y avait celles de ces fameuses vacances à la mer dont elle se souvenait si bien.

Lucie était d'une beauté hors du commun, élancée, avec un sourire séduisant. À côté d'elle, la mère de Sylvia, Annie, avait un air un peu frustre, alors qu'elle aussi était indubitablement une belle femme.

Qui sait si l'exclusion familiale n'est pas survenue à cause d'une histoire d'amour scandaleuse, songea Sylvia. N'importe quel homme aurait certainement perdu la tête pour la Lucie de ces photos.

Sylvia constata soudain qu'elle ressemblait énormément à sa tante – presque comme si elle était sa fille, et non sa nièce. Sauf que je ne suis pas aussi jolie, pensa-t-elle en continuant à feuilleter l'album. Les photos suivantes montraient son grand-père, un homme grisonnant à l'allure stricte. Sylvia avait peu de bons souvenirs de lui et elle s'empressa de passer aux pages suivantes. Alors qu'elle s'apprêtait à refermer l'album et le reposer sur l'étagère, son regard fut attiré par un cliché de groupe à l'occasion d'un mariage, pris devant le fronton d'une église. Elle se découvrit, une enfant vêtue d'une robe blanche ravissante, de socquettes et souliers vernis blancs, tenant à la main un bouquet de fleurs. Sa mère se tenait derrière elle, les mains sur ses épaules. Brusquement, Sylvia eut l'impression de ressentir ce contact, lourd et rigide, et c'était la même sensation qu'elle éprouvait lorsque Holger, dans son sommeil, posait son bras sur elle.

De quel mariage s'agissait-il donc ? Sylvia ne se rappelait pas du tout de cette célébration.

Mais lorsqu'elle examina le visage de la mariée de plus près, elle faillit lâcher l'album de stupéfaction : c'était tante Lucie.

Sylvia feuilleta les dernières pages, mais sa tante n'apparaissait plus sur aucune des photos. Comme si, avec son mariage, elle avait été effacée du cercle familial, pensa Sylvia, et elle jeta un nouveau coup d'œil sur le marié. Était-ce lui, le motif de la brouille ? Alors pourquoi la famille était-elle réunie au grand complet, incluant le grand-père austère, autour du couple de mariés ? Sylvia reposa l'album sur le canapé et avala une gorgée de vin.

Et soudain, elle sut pourquoi elle voulait aller en Bretagne. Ce n'était pas l'exploitation horticole qui l'intéressait, ni même le fait que Lucie n'ait visiblement pas été une femme d'affaires avisée. Sylvia était curieuse d'apprendre ce qu'était devenue sa tante après le mariage. Elle espérait trouver dans son héritage des indices du genre d'individu qu'elle avait été. C'était probablement une manière de rattraper un peu ce qu'elle n'avait pu faire du vivant de sa tante – déterrer un fragment de ses propres racines, maintenant qu'il n'y avait plus personne pour répondre à ses questions. Et, bien sûr, elle se sentait également attirée par la mer.

***

Le lendemain matin, son réveil sonna à cinq heures. Sylvia avait l'habitude de se lever très tôt et elle bondit immédiatement du lit. Une heure plus tard, elle était partie. Elle atteignit rapidement l'autoroute et ce fut un vrai plaisir de mettre les gaz sur le cabriolet nerveux. Entre Ulm et Stuttgart, elle tomba sur les travaux habituels, mais c'était un samedi matin de période scolaire et il y avait peu de circulation. Elle traversa la frontière entre l'Allemagne et la France vers neuf heures, et, de là, fila sur une autoroute presque déserte. Elle était en train de déjeuner dans les environs de Metz lorsque son téléphone portable sonna. C'était Veronika.

— Où es-tu ? fit la voix enjouée de son amie. Ça te dirait d'aller dans les montagnes, avec ce beau soleil ? Ça fait combien de temps que tu n'as plus fait de randonnée ?

Sylvia éclata de rire.

— Je suis en France, près de Metz.

Veronika poussa un gros soupir.

— Un nouveau client ?

— Non, s'empressa de répondre Sylvia. Je suis juste… en vadrouille.

— En vadrouille ? Comme ça ? s'enquit Veronika méfiante. Je ne te crois pas. Et où vas-tu ?

— En Bretagne, dit Sylvia. Pour des vacances.

Il y eut un petit silence à l'autre bout du fil. Cela arrivait rarement avec Veronika.

— Allez, dis-moi la vérité, l'implora-t-elle.

— Bon d'accord… répondit Sylvia, qui répugnait à mentir à sa meilleure, et seule véritable amie, alors voilà, ma tante est morte et m'a laissé un héritage. En France.

— Cool, lâcha Veronika. Et c'est quoi exactement ? Un cabanon délabré sur une falaise au-dessus de l'Atlantique ?

— Non, répliqua Sylvia, une exploitation horticole.

Holger l'a déjà vue et pense qu'on devrait la vendre. Il a déjà un client.

Il y eut de nouveau un silence suspicieux sur la ligne.

— Et pourquoi conduis-tu jusque là-bas, alors ?

Sylvia se racla la gorge, énervée. Qu'était-il passé par la tête de son amie pour qu'elle se mette à parler comme Holger ?

— Parce que le terrain appartenait à ma tante. Et parce que je veux simplement le voir avant qu'il soit vendu. Et que j'ai du temps libre, de toute façon. Tu me crois, maintenant ?

— C'est bon, c'est bon ! dit Veronika d'une voix teintée de culpabilité. C'est juste que… normalement, tu ne traverserais pas la moitié de l'Europe en voiture sans bonne raison… pragmatique, s'entend.

Sylvia s'esclaffa.

— Tu as raison. C'est chouette que, pour une fois, ce soit moi qui te surprenne. Comment ça marche avec ton juriste de Venise ? demanda-t-elle pour changer de sujet.

— Ah, répondit Veronika, nous avons constaté que nous n'avons pas les mêmes opinions politiques.

— Depuis quand t'intéresses-tu à la politique ? la taquina Sylvia.

— Je me contrefous de la politique, admit Veronika. Mais lorsqu'il insinue qu'on devrait modifier notre droit d'asile, et le plus tôt possible, il n'y a pas de place pour lui dans mon cœur.

Sylvia pouffa.

— Ne t'en fais pas, la consola-t-elle, tu vas bientôt t'en dégotter un mieux.

— J'espère, répondit Veronika. Et toi, tiens-moi au courant, d'accord ?

Sylvia lui en donna sa parole.

***

Dès l'après-midi, elle atteignit sa première étape dans les environs de Reims. L'hôtel où elle avait l'intention de passer la nuit était situé dans un village idyllique comprenant un château à douve, que Holger aurait sans doute jugé intéressant. Sylvia effectua une grande promenade, le mouvement lui fit du bien après le long trajet, et lui permit de se vider l'esprit. Personne au monde, hormis Veronika, ne se doutait du lieu où elle se trouvait à cet instant précis, et cette perspective l'enivrait presque de bonheur. Elle ne savait absolument pas comment épuiser son désir d'action, tant elle débordait d'énergie.

L'hôtel qu'elle avait réservé au hasard sur Internet, appelé *La Châtelaine,* lui plut immédiatement. Les chambres venaient d'être rénovées, sans pour autant effacer le charme de l'ancienne auberge qu'il avait été autrefois. Elle commença à papoter avec la propriétaire et apprit que la bâtisse appartenait jadis au château, dont elle servait de pavillon de chasse.

— Il date du XVIIe siècle, dit fièrement la maîtresse de maison, madame Bertrand, en lui tendant un petit prospectus qui résumait l'histoire du lieu. Le château appartient toujours à un particulier, expliqua-t-elle, et ce soir, nous avons une fête de mariage. Celui de la petite-fille du châtelain. Bien entendu, vous êtes cordialement invitée à vous joindre à nous pour la noce, madame.

La Française sourit en apercevant l'expression perplexe de Sylvia.

— C'est la coutume chez nous, ajouta-t-elle en lui décochant un clin d'œil. Ne soyez pas timide, venez, car de toute façon, vous ne pourrez pas fermer l'œil jusqu'à la fin de la fête.

Sylvia se dirigea vers sa chambre avec un sentiment partagé. Peut-être n'avait-elle pas eu la main heureuse, après tout, avec cet hôtel ? Une fête de mariage jusqu'au bout de la nuit, ce n'était pas précisément ce qu'elle aurait souhaité comme halte de repos pour un si long trajet. Devait-elle vraiment s'inviter à la célébration, une étrangère, toute seule ? Elle doutait que ce fût une bonne idée.

Sylvia se déshabilla, ne gardant que ses sous-vêtements, se glissa dans le lit et tira la couverture sur ses oreilles. Quoi qu'il en fût, elle avait bien le droit de se reposer un peu après une journée aussi exténuante.

***

Sylvia fut réveillée par une salve de coups de feu. En sursaut, elle se dressa sur son séant. Elle ne savait plus du tout où elle était. Les contours vagues de la chambre, maintenant plongée dans l'obscurité, la déroutaient.

Puis, brusquement, tout lui revint. Dehors, la fête battait son plein. Elle était en France, et au-dessous, les invités de la noce qu'avait mentionnée madame Bertrand s'en donnaient à cœur joie. Sylvia se laissa retomber sur ses oreillers en soupirant. Quelle heure pouvait-il bien être ?

Elle tâtonna sur la table de chevet pour trouver sa montre. Il était dix-neuf heures. Elle avait dormi deux heures comme un loir. Elle lutta pour ne pas succomber aux sirènes irrésistibles de sa fatigue accablante. En admettant qu'elle arrive à se rendormir malgré le bruit qui allait crescendo, elle se réveillerait au plus tard dans six heures, c'est-à-dire à une heure du matin. Il valait donc mieux se lever.

Sylvia sortit du lit en bâillant et s'étirant, puis elle s'exhorta au courage. Elle prit une douche glacée et constata qu'elle avait grand faim. Eh bien soit, pensa-t-elle, puisque je suis invitée au mariage, je m'y rendrai.

Elle pourrait toujours se retirer dans sa chambre après le dîner.

Elle farfouilla dans sa valise pour choisir la plus élégante des deux robes, celle en soie bleu canard. Pendant ses études, Sylvia avait vécu quelque temps en France, aussi savait-elle qu'on n'est jamais trop chic dans ce pays. Ici, les femmes avaient l'art et la manière de s'habiller. Elle se maquilla avec soin, et voilà, elle était prête.

Lorsqu'elle pénétra dans la salle, madame Bertrand s'avança vers elle.

— Comme c'est gentil à vous d'être venue, je vous ai déjà annoncée. Puis-je vous présenter au couple de mariés et à leurs parents ?

Avant que Sylvia ait eu le temps de dire ouf, elle avait embrassé une multitude de joues et avait été accueillie le plus chaleureusement du monde. La mariée était une brune pétillante aux yeux immenses, qui rutilaient comme des marrons lustrés. Elle portait une robe osée profondément échancrée dans le dos, tandis que le marié avait fière allure dans son uniforme.

— Frédéric vient d'obtenir le statut de chef des chasseurs, expliqua la maîtresse de maison à Sylvia tout en la conduisant vers sa place. Et depuis 1689, chez nous, chaque chef des chasseurs porte cet uniforme.

Sylvia se retrouva attablée entre une dame pétulante de son âge et un monsieur au regard coquin qui aurait pu être son père.

— Je m'appelle Margot, se présenta la femme, qui portait une robe aux épaules dénudées retenues par un bustier. Je suis la tante de Chantal, la mariée. Et le monsieur grincheux à côté de vous est mon époux, Albert.

— Enchantée, dit Sylvia en français.

Albert, à côté d'elle, se mit à rire.

— Ne croyez pas un mot de ce qu'elle vous dit, plaisanta-t-il. Je ne deviens grincheux que quand il n'y a rien à manger. Mais j'ai entendu dire que nous allons être traités aux petits oignons ce soir. J'espère que vous aimez le gibier, ma chère ?

Albert avait raison et, sans même parler des mets exquis, Sylvia passa une excellente soirée, comme cela ne lui était plus arrivé depuis des lustres. Entre les plats étaient prononcés des discours, et Sylvia, qui les jugeait d'habitude lugubres, fut obligée de réviser son opinion ce soir-là : il y eut des toasts si drôles que tout le monde en pleurait de rire, d'autres philosophiques qui réussissaient l'exploit d'éviter et le didactisme et l'ennui. Mais ce fut surtout le discours du marié qui émut profondément Sylvia, tant et si bien que les larmes lui montèrent aux yeux. Il y évoquait son amour pour la jeune fille aux yeux marron d'une façon qui allait droit au cœur, et Sylvia se surprit à espérer que ces deux-là sauraient préserver, pour le meilleur et pour le pire, leur bonheur, et la conscience de son caractère unique.

Alors, pendant que les invités applaudissaient à tout rompre après chaque intervention et levaient leur verre à la santé du couple qui venait de convoler, pendant que quelqu'un entonnait une chanson, censée garantir la réalisation des vœux, Sylvia se sentit soudain envahie de mélancolie. Elle repensa à son propre mariage, qui n'aurait pu être plus fastueux, se revit dans sa robe de mariée cousue de perles, qui avait coûté une fortune, se souvint brusquement avec une netteté presque irréelle du moment précis à l'église où le prêtre avait posé sa main sur celle de Holger et les avait unis. Elle se remémora le visage ému de sa mère, qui était incroyablement fière, fière que sa fille ait réussi à « décrocher » un homme comme Holger, le gendre rêvé de toute belle-mère.

Elle se souvint de ses propres rêves pour l'avenir à ce moment-là, rêves qu'elle avait quasiment tous concrétisés. Sandra avait raison, ils avaient réussi, ils avaient forgé ensemble un patrimoine conséquent et formaient une bonne équipe.

Mais cela suffisait-il vraiment ? Être une bonne équipe ? Faire bonne figure en distribuant de concert des poignées de main et entretenant des conversations de salon ? Cela suffisait-il vraiment de pouvoir s'offrir un appartement de rêve dans l'endroit le plus prestigieux de l'Allemagne et conduire une voiture coûtant le prix d'un pavillon ? Cela compensait-il toutes ces remarques désagréables que lui lançait quotidiennement Holger sans réfléchir ? Cela suffisait-il vraiment de faire l'amour deux fois par mois et, autrement, faire chambre à part car chacun devait se lever à des heures impossibles pour attraper un avion ou bien rentrait à la maison en pleine nuit, et se déplaçait entre-temps partout dans le monde, pris dans l'engrenage de sa propre réussite ?

Sylvia observait Chantal, qui se préparait pour la première danse du bal et ajustait sa robe. Quelques tables avaient été déplacées et rassemblées dans un coin ; Frédéric souleva sa jeune épouse sous les acclamations des invités, bondit à sa suite, et le couple commença à danser sur la musique, valsant sur la piste improvisée. Peu après, les autres tables furent également dégagées, les chaises alignées le long du mur pour ceux qui ne désiraient pas danser ou voulaient se reposer entre deux.

— Vous permettez ? entendit Sylvia derrière elle, et Albert l'avait déjà fait pivoter et prise dans ses bras.

— C'est une musette, expliqua-t-il, un genre de valse.

Cela faisait une éternité que Sylvia ne s'était plus déhanchée sur une mesure à trois temps, car Holger ne dansait pas, néanmoins, habilement guidés par Albert, ses pieds retrouvèrent tout naturellement les pas.

— Où est Margot ? s'enquit Sylvia, mais Albert se contenta de rire, lui désignant du menton sa femme et le père de la mariée, qui virevoltaient avec tant d'extravagance qu'ils s'accaparaient une place conséquente sur la piste.

La soirée passa comme un songe. Sylvia eut l'impression d'avoir échangé quelques mots avec chacun des invités de la noce. On l'entraînait de l'un à l'autre et la présentait à chacun, et elle entendit ainsi les anecdotes les plus insolites de la famille, déclinées en différentes versions, qu'on se plaisait visiblement tout particulièrement à raconter à cette parfaite inconnue. Et lorsqu'à une heure tardive, une soupe, un consommé de perdrix, fut servie, Sylvia constata, à son grand étonnement, qu'il était déjà minuit bien sonné et que les premiers invités prenaient congé.

— Quels sont vos projets, Chantal ? demanda Sylvia à la mariée lorsque celle-ci vint la rejoindre pour trinquer.

— Nos projets ? répéta la jeune femme, c'est très simple. Frédéric va prendre la direction de notre exploitation agricole. Nous produisons principalement des tournesols et du maïs. Et je suis institutrice. Nous vivrons au château, comme nos aïeux.

Chantal s'esclaffa.

— Ça ne paraît pas très excitant, n'est-ce pas ?

Sylvia secoua la tête.

— Le plus important, répondit-elle sérieusement, c'est de préserver vos sentiments.

Chantal renversa la tête et pouffa à nouveau. Ses yeux pétillaient.

— Mais bien sûr, dit-elle, cela va de soi.

***

Le lendemain matin, Sylvia fit la grasse matinée. Elle était en vacances et, après tout, personne ne l'attendait en Bretagne. Au petit-déjeuner, elle retrouva quelques-uns des convives de la noce. Ses voisins de table étaient également là, à tremper mollement leur croissant dans leur café au lait.

— Et où allez-vous maintenant, au fait ? s'enquit Margot.

Mais avant que Sylvia n'ait pu répondre, le couple de jeunes mariés entra dans l'auberge et déclencha une clameur de bonjour. Ils firent des adieux théâtraux à chacun des invités présents, après quoi tout le monde les accompagna dehors, où les attendait leur voiture, une deux-chevaux bleu ciel, dont s'élançait une brassée de ballons multicolores, attachés au pot d'échappement par une ficelle.

— Ils s'en vont pour leur lune de miel ! cria Albert, tout excité, à Sylvia. Venez, nous devons leur dire au revoir comme il faut.

Cela dura encore quelque temps avant que la moitié du village fût rassemblée sur la place, puis le jeune couple s'éloigna, sous les klaxons bruyants et l'ovation exubérante de ceux qui restaient.

***

Lorsque Sylvia quitta également le village, une heure plus tard, au volant de sa Boxster, ses pensées s'attardèrent encore un moment sur le jeune couple.

— Cela va de soi, avait spontanément répondu Chantal.

Sylvia espérait ne pas avoir eu l'air désabusée. Voire aigrie. Peut-être que la jeune femme avait raison, et que l'amour d'un être pour un autre allait bel et bien « de soi ».

C'était l'après-midi lorsqu'elle atteignit Quimper. De là, elle devait se fier à son GPS, car le lieu où se situait l'exploitation horticole n'apparaissait sur aucune carte. Le GPS la conduisit sur une route bordée de platanes se dirigeant vers l'ouest, jusqu'au moment où elle aperçut, pour la première fois depuis le début de son périple, la mer scintiller à l'horizon. Le soleil déjà déclinant aveuglait Sylvia, et elle dut réduire sa vitesse pour sortir ses lunettes de soleil de son sac à main et les enfiler. Alors surgit sous ses yeux un drôle d'endroit, simple assemblage de maisons en pierres grises naturelles qui semblaient se dresser, collées l'une contre l'autre. Sylvia le traversa lentement. Des enfants se tenaient le long de la route, puis ils se mirent à courir en riant et criant derrière la voiture de sport rouge vif.

La pensée traversa soudain l'esprit de Sylvia qu'elle aurait souhaité conduire une voiture plus discrète. Une Renault par exemple, si possible un peu cabossée, comme les quelques voitures qu'elle croisait ici.

Mais où donc la conduisait cette route ? Sous peu, elle atteignit la côte, et il n'y avait toujours aucune exploitation horticole en vue. Holger n'avait-il pas mentionné qu'elle était entourée d'un vaste terrain ?

Sylvia arriva à un croisement, où elle découvrit un panneau. Elle s'arrêta et lut : JARDIN AUX CAMÉLIAS. Une fleur stylisée était dessinée à côté de l'inscription, et une flèche pointait vers la mer. Sylvia la suivit du regard et retint son souffle. Elle venait de découvrir un isthme étroit qui traversait la mer. Était-il possible que l'exploitation horticole se trouvât sur une île ? Mais non, ce jardin aux Camélias ne pouvait tout de même pas être son héritage. Perplexe, elle examina l'écran de son GPS. À n'en point douter, la flèche rouge indiquait la bande de terre exiguë.

Sylvia fit redémarrer le moteur et conduisit avec précaution dans la direction indiquée. Son bas-ventre fourmillait. Cette sensation lui arrivait rarement, et toujours quand une surprise l'attendait. C'était un genre de pressentiment, que Sylvia n'avait jamais réussi à s'expliquer de manière rationnelle. Cela faisait une éternité qu'elle ne l'avait plus éprouvé, mais il était bien là, à nouveau, et l'envahissait peu à peu tandis qu'elle se rapprochait de l'isthme. En fait, ce n'était pas beaucoup plus qu'une longue langue de terre sur laquelle se déroulait un chemin. Sylvia aperçut un autre panneau figurant une fleur. Il pointait vers la route qui semblait flotter sur les crêtes de l'Atlantique.

Sylvia retint sa respiration. Elle détestait ce genre de passages. Et même s'il était objectivement assez large pour être emprunté, l'élément de l'eau, peu familier à Sylvia, la déstabilisait. Néanmoins, elle prit son courage à deux mains et engagea la voiture dans le chemin.

Le soleil dardait ses rayons précisément dans ses yeux, et l'éblouissait malgré ses lunettes. Sylvia conduisait lentement et avec concentration, pour ne pas dévier de sa trajectoire. Elle ne regardait ni de droite ni de gauche, où les vagues déferlaient à une proximité inquiétante de la route. Puis, après ce qui lui parut une éternité, la passe fut franchie. La Boxster roulait sur la terre ferme et Sylvia poussa un soupir de soulagement. Elle remarqua qu'elle s'était cramponnée à son volant pendant les quelques kilomètres sur l'isthme. Dodelinant de la tête, elle arrêta la voiture et en sortit. Une rafale de vent projeta ses cheveux sur son visage, telle une petite gifle.

Merci pour l'accueil, se dit Sylvia en riant, et elle balaya les mèches de ses yeux. Elle vit alors qu'elle se trouvait effectivement sur une île. Devant elle s'élevait une imposante bâtisse, construite avec le même type de pierre naturelle grise que les maisons de la côte, mais d'une taille beaucoup plus grande. Elle ressemblait à un mélange de maison de maître et de fort militaire, et était adossée à un haut mur percé d'un portail. Les ventaux en bois anciens, délavés par le sel des embruns, étaient ouverts, accueillants. Sur la porte, elle distingua la même inscription :

Le jardin aux Camélias – Bienvenue.

De nouveau, Sylvia ressentit le singulier fourmillement dans son ventre. Le vent lui coupait le souffle et lui donnait un léger vertige. En se débattant contre les rafales, elle franchit le portail.

Derrière la haute enceinte, subitement, tout fut complètement calme et ombragé. Sylvia enleva ses lunettes de soleil. Pendant un instant, elle eut l'impression d'être aveugle. Puis, progressivement, ses yeux s'habituèrent à la pénombre. Devant elle s'étendait un paysage contrastant entièrement avec l'austérité de la côte. À l'abri du mur élevé se trouvait, sur un immense terrain en pente douce, un parc luxuriant strié de sentiers en gravier blanc chatoyant. Juste après le portail, des arbres aux troncs noueux projetaient dans l'azur intense du ciel leurs branches chargées de feuilles vert foncé, qui avaient l'air vernies tant elles rutilaient ; au-dessous, Sylvia découvrit des fleurs blanches, roses et rouges, merveilleusement majestueuses, qui ressemblaient à des roses.

— Des camélias, murmura Sylvia.

La lumière de fin d'après-midi enveloppait les rameaux de faisceaux d'or, se réverbérait sur les feuilles et baignait les lieux d'un halo doux et irréel. En bas, à l'horizon, Sylvia distingua une bande bleue scintillante – la mer.

Pendant un long moment, elle resta là, émerveillée. Même si elle s'était fourvoyée et qu'il ne pouvait en aucun cas s'agir de l'exploitation horticole de sa tante, le détour en valait largement la peine. Après tout, elle n'était pas pressée. Pourquoi ne pas s'aventurer dans cet endroit féerique ?

Sylvia jeta un œil alentour, mais ne vit pas âme qui vive. Machinalement, elle fit un pas en avant, dans l'allée qui se trouvait devant elle, sur un tapis de pétales de fleurs, et s'enfonça dans la végétation somptueuse du parc.

Apparemment, les premiers camélias avaient été plantés tout autour de la maison, puis le parc s'était développé petit à petit. Sous les arbres élancés, les sentiers en gravier étaient bordés d'arbustes, de taille moyenne au début, puis plus menus au fur et à mesure qu'on s'éloignait. Les plantes étaient rassemblées par groupes, comme le comprit Sylvia aux écriteaux dressés le long du sentier. *Camellia Japonica Rosiflora*, lut-elle par exemple, ou *Camellia Japonica Shuchuka* pour une espèce particulièrement jolie, mouchetée rose et blanc. Sylvia continuait et s'extasiait, s'arrêtait régulièrement devant telle ou telle espèce, fascinée, humait ci et là les bourgeons, touchait avec délicatesse les doux pétales. Elle avait l'impression de ne jamais avoir rien vu de plus beau. Qu'une plante puisse se décliner en tant de variétés différentes ! Et lorsqu'elle pensait avoir enfin vu la plus belle, elle découvrait quelques mètres plus loin un camélia qui la subjuguait encore davantage.

Enfin, elle s'approcha de la partie inférieure du terrain, où étaient plantés de plus petits arbrisseaux, de nouvelles pousses, supposa Sylvia. En bas, elle distingua un homme, qui était courbé sur un arbuste. Il avait l'air concentré et, dans ses mains, quelque chose brillait sous les derniers rayons du soleil. Sylvia reconnut un sécateur. À cet instant, il se redressa et mit ses mains sur ses hanches. Sylvia ne comprit pas pourquoi son cœur s'affola tout d'un coup. Était-elle entrée ici par effraction ?

Soudain elle frémit. Depuis combien de temps se trouvait-elle dans ce parc ?

Son regard s'attarda sur la silhouette et elle sentit les fourmillements s'accentuer dans son bas-ventre. L'homme contemplait la mer, comme s'il attendait une réponse ou une solution à un problème. Puis il fit volte-face dans sa direction. La lumière du crépuscule parait son visage et ses cheveux de reflets vermeils.

Je devrais rebrousser chemin, songea Sylvia. Elle se sentait comme une intruse, comme si elle n'avait pas le droit d'être dans ce lieu enchanteur. À cet instant, le jardinier remarqua sa présence. Il leva la main pour la saluer. Elle agita la sienne, gênée. Il sourit et s'avança vers elle à grandes enjambées.

— Bonjour madame, dit-il en lui adressant un grand sourire.

— Bonjour, répéta Sylvia en constatant, perplexe, qu'une bouffée de chaleur lui montait aux joues. Excusez-moi d'être entrée comme ça, mais il n'y avait personne au portail.

L'homme éclata de rire, dévoilant des dents blanches étincelantes. Sa peau était très hâlée, ses yeux avaient la couleur de la mer, bleu turquoise.

— Vous avez bien fait, dit-il, Solenn est partie en

voiture sur la côte. Et le dimanche, les employés ne travaillent pas.

— Alors, vous êtes le propriétaire de ce magnifique jardin ? demanda Sylvia.

Son interlocuteur secoua la tête et se passa la main dans les cheveux. Il balaya le parc du regard et Sylvia remarqua, troublée, qu'une ombre traversait ses yeux.

— Non, non, dit-il. Mais c'est moi qui ai tout aménagé, tout ce que vous pouvez voir ici.

— C'est incroyablement beau, s'empressa-t-elle de répliquer, je n'ai jamais rien vu d'aussi magnifique.

L'homme afficha un sourire poli. À cet instant, le soleil disparut derrière le mur, et c'était comme si quelqu'un avait éteint la lumière. Sylvia fut parcourue d'un nouveau frisson, plus fort que le précédent.

— Venez, fit l'homme. Allons-nous-en. Bientôt, il fera frisquet ici.

Ils remontèrent en silence le sentier principal jusqu'à la maison. Sylvia sentait son cœur marteler vivement sa poitrine. Mais qu'ai-je donc ? se demanda-t-elle. Marcher aux côtés de cet homme lui semblait si familier, comme si elle avait fait ça toute sa vie. On aurait dit qu'il émanait de son corps une chaleur qui attirait Sylvia et lui procurait une sorte de bien-être.

Mon Dieu, se morigéna-t-elle, c'est un parfait inconnu. Un jardinier !

Mais son cœur semblait s'en contreficher. Il battait de manière erratique, de plus en plus violemment, comme s'il voulait lui dire quelque chose.

— Je devrais prendre congé maintenant, dit Sylvia lorsqu'ils atteignirent le portail.

L'homme la contempla avec amusement.

— Et où voulez-vous donc aller ?

— Je dois chercher un hébergement, répondit-elle, en le regardant crânement droit dans les yeux, ses yeux incroyablement turquoise. Peut-être pourriez-vous m'indiquer un hôtel ?

— Sur l'île, il n'y a que nous, dit l'homme en souriant.

— Eh bien alors il faut que je retourne sur la côte, répliqua Sylvia.

— J'ai bien peur que ce soit impossible.

— Et pourquoi donc ?

D'un signe de tête, l'homme indiqua à Sylvia de le suivre et sortit par le portail. Elle fit de même, et son cœur faillit s'arrêter. Là où, peu de temps auparavant, s'étendait une route, il n'y avait plus que des vagues. Comme si l'isthme n'avait jamais existé.

— Vous feriez mieux de garer votre voiture au parking du haut, suggéra le jardinier en pouffant. Sinon, elle va avoir les pneus dans l'eau.

Sylvia le dévisagea, complètement abasourdie.

— Oh mon Dieu ! lâcha-t-elle enfin. Et où vais-je dormir ce soir ?

— Pas de problème, dit son guide. Nous avons des chambres d'hôtes pour nos clients. Ceux qui arrivent jusqu'ici y passent la nuit, la plupart du temps.

Sylvia poussa un soupir de soulagement. Mais autre chose lui traversa l'esprit.

— Et votre femme, dit-elle, Solenn ? Elle ne pourra pas rentrer non plus !

L'homme s'esclaffa.

— Solenn n'est pas ma femme, dit-il d'un ton espiègle. Elle… enfin, elle dirige l'exploitation horticole. Et ce soir, elle rend visite à sa sœur. Elle ne reviendra que demain matin.

Sylvia se sentit ridicule. Bien entendu, les marées n'avaient plus de secret pour les autochtones, contrairement à elle. Et maintenant, elle avait honte de sa question au sujet de sa femme. Elle lui lança à la dérobée un coup d'œil gêné. Mais le jardinier la regarda gentiment dans les yeux, et ses traits s'adoucirent.

— Au fait, je m'appelle Maël, dit-il, bienvenue sur l'île aux Camélias ! Puis-je vous inviter à partager mon modeste dîner ?

***

Une demi-heure plus tard, Sylvia était assise dans la cuisine confortable de la grande bâtisse, observant Maël sortir une grosse casserole du réfrigérateur et la mettre sur le feu. Il nettoya deux maquereaux sous l'eau du robinet, les coupa en morceaux de trois centimètres environ et les jeta, avec une poignée de moules, dans le faitout fumant.

— Oh, dit Sylvia en reniflant, ça sent drôlement bon !

— C'est juste de la *godaille*, répondit Maël et, peu après, il lui servit la soupe de poisson avec des pommes de terre, de l'ail et des carottes. Autrefois, expliqua-t-il, on faisait une *godaille* avec ce que les pêcheurs gardaient pour eux de la pêche, ou bien ce qu'ils n'avaient pas vendu sur le marché. Ils le ramenaient en douce chez eux et les femmes le jetaient dans un bouillon de légumes – une brème, des maquereaux, quelques harengs, ou des fruits de mer. Tu aimes ?

— Oh oui, beaucoup !

La soupe fut suivie d'un beau pont-l'évêque bien fait accompagné d'une baguette. Après deux verres de cidre brut, Sylvia fut envahie de somnolence.

Elle avait remarqué, secrètement satisfaite, que Maël était passé tout naturellement du vouvoiement au tutoiement au cours du dîner. Elle se sentait incroyablement bien en présence de cet homme et la perspective de dormir tous deux seuls sous le même toit la remplissait d'une excitation qu'elle avait un peu honte d'éprouver, même en son for intérieur. Tu es heureuse dans ton mariage, Sylvia, se dit-elle, néanmoins, cela ne semblait pas jouer le moindre rôle pour son cœur. Il tressautait inlassablement, et le fourmillement dans son bas-ventre s'était mué en douces pulsations. Était-elle sur le point de tomber amoureuse ?

Oui, c'était ce qui était en train de se passer, et plutôt deux fois qu'une. Que lui arrivait-il donc ? Elle éprouvait un désir impérieux de… Justement, de quoi exactement ? Lorsque leurs mains se touchèrent brièvement par mégarde, ce contact déclencha comme une secousse électrique en elle, plaisamment tendre et chaude. Maël lui jeta un coup d'œil et Sylvia sentit ses joues s'empourprer.

Avait-il ressenti la même chose ? Le coup de foudre existait-il vraiment ?

— Je pense, dit-elle après un petit moment de silence, que je devrais aller me coucher.

— Je vais te montrer ta chambre, répondit Maël d'une voix singulièrement rauque, puis il se leva et prit la valise que Sylvia avait posée dans le corridor. Par ici, dit Maël. En fait, on est rentrés par la porte de derrière, ceci est la porte d'entrée principale.

Sylvia le suivit dans le hall, où elle vit la porte d'entrée imposante, un escalier en bois qui menait à l'étage supérieur, et une cheminée en brique construite dans le mur de pierre. Et, en face, un assortiment de canapé et de fauteuils.

— De quand date cette maison ? demanda-t-elle.

— Du XVIIIe siècle, répondit Maël. Mais elle a été entièrement rénovée quand Lucie l'a reprise.

Sylvia en resta pantoise. Ses oreilles se mirent à bourdonner. S'était-elle méprise ?

À cet instant, son regard tomba sur une peinture à l'huile encadrée accrochée au-dessus de la cheminée, et elle se figea. Il n'y avait aucun doute possible. Le visage souriant qu'elle contemplait était celui de sa tante Lucie, et il avait l'air de lui souffler : c'est si merveilleux que tu sois enfin venue, ma petite !

3

L'île aux Camélias

Le lendemain matin, Sylvia s'éveilla en riant. Elle avait rêvé, et si son rêve s'était immédiatement dissipé comme un voile de brume au soleil, il lui en restait le souvenir de senteur florale, de lumière douce sur son visage et de la présence d'une jeune femme.

Lorsque Sylvia ouvrit les yeux, son regard s'accrocha aux rideaux en coton qui étaient ouvrés de broderies et de dentelle blanches. Ils se mouvaient gracieusement au gré de la brise devant un ciel bleu intense. Où était-elle ?

Sylvia battit des cils, puis tout lui revint. Son voyage. Le jardin aux fleurs. Et cet homme aux yeux turquoise… Maël.

Elle rejeta le couvre-lit et s'assit. Ses plantes de pieds nues se posèrent sur un parquet de bois soyeux couleur miel, tiède au toucher, car le soleil matinal s'était frayé un chemin par l'une des fenêtres et déroulait un tapis de lumière sur le plancher.

La chambre d'hôte où l'avait conduite Maël la veille se trouvait au dernier étage de la maison principale. C'était une chambre d'angle dont les fenêtres donnaient à l'est et au sud. Dans le coin entre les deux fenêtres reposait un fauteuil à oreilles, recouvert d'un plaid en lin à motifs jaune et orange, qui semblait inviter à s'installer confortablement. Juste à côté de la porte menant à la salle de bains, se dressait une cheminée ouverte en brique sur laquelle les rayons du soleil dessinaient des formes insolites.

Sylvia se leva et marcha pieds nus vers la fenêtre, qui laissait filtrer le soleil du matin. Elle contempla le pan de mer qui séparait l'île de la côte. L'eau s'était amplement retirée, l'isthme s'élevait de quelques mètres au-dessus du miroir de la mer ondoyante. Sur la grève, les rochers rutilaient de noir dans la lumière matinale, et ici et là, Sylvia apercevait le vert des algues chatoyer entre les vagues qui léchaient doucement mais inlassablement la rive. Visiblement, l'eau était déjà en train de remonter.

Sylvia se dirigea vers la fenêtre orientée au sud. Lorsqu'elle tira les rideaux, elle resta bouche bée. Sous ses yeux s'étendait jusqu'au loin, en bas, le jardin aux Camélias, bordé d'une bande scintillante bleu foncé à l'horizon – la mer.

La vue de ces pousses et arbustes plantés avec tant d'amour et de soin, le motif que traçaient les sentiers ondulants dans cette oasis de beauté, tout cela dégageait une telle harmonie que le cœur de Sylvia en bondit dans sa poitrine. Était-ce vraiment tante Lucie qui avait créé un tel paradis ?

Alors, elle aperçut Maël. Il était dans la cour et parlait avec une femme blonde qui était en train d'ouvrir une porte avec l'inscription RÉCEPTION. Celle-ci approuva d'un signe de tête, puis cala quelque chose sous la porte pour qu'elle reste ouverte, et apporta une pancarte en fer forgé vers le portail. Sylvia y déchiffra : OUVERT. Au-dessous, une flèche pointait vers le bureau de vente. Comme si Maël avait senti le regard de Sylvia sur lui, il leva les yeux vers elle et la salua de la main.

— Bonjour, cria-t-il. Tu as bien dormi ?

— Merveilleusement bien, répondit-elle, en sentant les battements de son cœur s'accélérer.

— Ce matin, je vais faire un tour de l'île, lança Maël, veux-tu m'accompagner ?

— Oh oui, répondit Sylvia, je m'habille rapidement.

— Prends ton temps, dit Maël en riant. Je t'attends dans la cuisine.

Sylvia fit une toilette de chat, puis elle enfila son jean et une chemise bleu azur qui soulignait subtilement ses formes, enroula un léger foulard autour de son cou et prit sa veste coupe-vent du portemanteau.

Dès les escaliers, elle huma l'arôme du café. L'estomac de Sylvia commença à gronder. Néanmoins, elle s'arrêta encore une fois brièvement dans le vestibule, plantée devant le portrait de Lucie. Ce matin, le regard de sa tante lui semblait étrangement absorbé dans ses pensées. Sylvia prit une grande inspiration, puis pénétra dans la cuisine animée.

— Tu en veux aussi ? demanda Maël en versant du café fumant dans un *bol*.

— Oui, avec plaisir, répondit Sylvia en prenant prudemment des deux mains le récipient en céramique blanche que l'on utilisait en France pour le café du petit-déjeuner.

— Du lait ?

Sylvia secoua la tête, mais s'empara avec gratitude d'une madeleine qu'elle découvrit dans une boîte en fer-blanc posée sur la table.

— Puis-je ?

— Mais bien sûr ! Tu dois prendre des forces avant qu'on monte en voiture.

— En voiture ? demanda Sylvia stupéfaite.

— Mais oui ! répondit Maël en riant à nouveau. À pied, on serait à peine rentrés pour le déjeuner.

***

À vrai dire, Sylvia avait l'intention d'appeler Holger ce matin-là. Après tout, il ne savait toujours pas où elle était. Cependant, avec la dernière gorgée de café, s'était volatilisée de son esprit toute pensée pour son mari. À la place, elle suivit Maël derrière la maison vers un vieux pick-up Peugeot, dont la peinture était déjà abondamment rongée par le sel des embruns. Lorsqu'elle voulut ouvrir la portière côté passager, elle n'y parvint pas.

— Attends ! dit Maël, puis il contourna le véhicule et lui ouvrit la portière. Elle est un peu dure.

Il prit place au volant et démarra. Sylvia n'avait pas du tout remarqué, la veille, en arrivant, que l'île s'étendait bien au-delà de l'espace délimité par la maison et le parc.

— Nous allons au secteur des plantations commerciales, déclara Maël, là où nous cultivons les arbres et arbustes pour la vente.

— Et les camélias près de la maison ? demanda Sylvia étonnée.

— C'est notre jardin d'exposition, répondit Maël en souriant. Ils ne couvriraient pas la demande.

Sylvia tendit l'oreille. Holger n'avait-il pas affirmé que Lucie était au bord de la faillite ?

— Regarde, poursuivit Maël avant que Sylvia ne pût poser de questions, en désignant devant lui. Ici, on a une jolie vue.

Ils avaient atteint une petite butte. Maël gara la voiture, en descendit et fit le tour pour ouvrir la portière à Sylvia. Dehors, une forte brise lui enroula les cheveux autour de la tête. Sylvia ne put s'empêcher de rire et, à l'abri du vent derrière la voiture, s'attacha les cheveux avec son foulard. Puis elle lança un regard alentour et en eut le souffle coupé.

L'île avait la forme d'une étoile de mer – ou d'une fleur. Sylvia se tenait à l'endroit où se trouverait l'étamine sur une fleur, et elle avait une vue intégrale à trois cent soixante degrés de l'île. Trois langues de rochers escarpés s'avançaient dans la mer, celle du milieu pointait vers l'ouest dans l'horizon infini de l'Atlantique, tandis que les deux autres étaient plutôt orientées vers le sud et le nord. Face à la côte, deux des pétales dessinaient un havre abrité, où Sylvia distingua quelques bateaux – un port naturel.

— Autrefois, répondit Maël à la question posée par Sylvia, l'île était effectivement rattachée à la terre ferme. La mer ronge inlassablement la petite bande de terre qui la relie. Nous devons retaper la route à chaque printemps. Pierrick est notre spécialiste, il connaît exactement les directions des courants et les plus grands dangers de l'érosion.

Puis il montra à Sylvia une cuvette luxuriante juste devant eux. Bien abritées des vents d'ouest et du nord, se déployaient ici les plantes que Maël avait évoquées. Elles formaient des milliers de points de croix vert émeraude entre les rocs gris.

— Ici, elles disposent d'un micro-climat idéal, expliqua le jardinier. La cuvette naturelle les protège du vent, et les rochers emmagasinent la chaleur. Le sol contient la composition exacte de minéraux dont raffolent les camélias. En hiver, il peut faire très froid, mais ici, la température ne tombe jamais en dessous de zéro, grâce au Gulf Stream et aux embruns salés. Et la pluviosité est également propice.

— Combien de mètres carrés y a-t-il ?

— Seize hectares, dit Maël en lui jetant un regard étonné.

— Quel boulot, dit Sylvia. Tu ne dois pas faire ça tout seul avec Solenn, j'imagine.

— Non, répliqua Maël, nous avons des employés, bien sûr.

Il porta sa main à ses yeux en visière et les plissa vers la cuvette.

— Je vois que Coco et Manuel sont déjà là.

Alors, Sylvia distingua à son tour deux minuscules silhouettes qui bougeaient au milieu des plantations.

— Viens, s'écria Maël en retournant vers la voiture. On va descendre.

— Avez-vous affermé le terrain ? demanda Sylvia.

— Non, répondit Maël, l'île a toujours été une propriété privée. Auparavant vivait ici une famille de pêcheurs installée de longue date. Aujourd'hui, tout appartient à l'exploitation horticole.

Sylvia se tut, impressionnée. Et soudain, sous le choc, elle réalisa que, dorénavant, l'île lui appartenait. Du moins encore, à l'heure actuelle. Il fallait vraiment qu'elle demande à Holger quels étaient les projets de l'acheteur. Qui que ce fût, l'exploitation horticole devait absolument être préservée…

— Tu es intéressée par quel genre de camélia ? demanda Maël tout en conduisant habilement la voiture dans le chemin en terre parsemé de nids-de-poule qui descendait vers la cuvette.

Au début, Sylvia ne comprit pas à quoi il faisait allusion. Puis elle saisit qu'il la prenait pour une cliente. Évidemment. Et ce n'était probablement pas plus mal.

— Un arbre ou un arbuste ? continua Maël. Tu as déjà des camélias dans ton jardin ? Tu n'es encore jamais venue chez nous, n'est-ce pas ? Je me souviendrais de toi.

Sylvia lui jeta un bref coup d'œil et remarqua qu'il rougissait légèrement. Ou bien se méprenait-elle ?

— J'ai un toit-terrasse, dit-elle, et jusqu'à présent pas de camélias. Je suis plus ou moins arrivée ici… par hasard. Je pensais m'être perdue.

Maël s'esclaffa.

— Alors tu es une touriste, constata-t-il plutôt qu'il ne le lui demanda.

Devait-elle dire la vérité à cet homme ? Cela ne lui paraissait pas être le bon moment. Du reste, ce n'était visiblement pas lui, le gérant, mais cette Solenn, que Sylvia ne pouvait pas encore se représenter, qui dirigeait l'exploitation horticole. Pourtant, elle eut l'impression d'être un imposteur lorsqu'elle finit par lui répondre.

— Plus ou moins, oui. J'ai pris quelques semaines de congés et…

Elle ne savait comment finir son explication sans s'embourber davantage dans le mensonge.

— Ah d'accord, la secourut Maël à son insu. Je suis content que ta route t'ait amenée jusqu'à chez nous. La plupart des gens qui viennent ici sont des amateurs de camélias. Ils restent quelques jours parmi nous et visitent tout. Parfois, ils reviennent un jour et achètent quelque chose, parfois pas. Tous les visiteurs sont les bienvenus ici. L'essentiel est qu'ils n'amènent pas de bulldozer avec eux.

— Que veux-tu dire ? demanda Sylvia étonnée.

— Bah… rien, fit Maël en guise de réponse, comme s'il regrettait d'avoir lâché ces paroles. Oublie ce que je viens de dire. Nous voilà déjà arrivés.

Ils sortirent de la voiture et entrèrent dans la plantation. Sur sa gauche, Sylvia découvrit une bâtisse de plain-pied de forme rectangulaire, construite avec la pierre naturelle grise dont l'île semblait constituée. De loin, on la distinguait à peine.

— Bonjour Coco, dit Maël en tapant sur l'épaule d'une jeune femme, qui, avec ses cheveux courts teints rouge carotte, ressemblait à un garçon. Ça va ?

— Ça va, répondit Coco en lançant de ses yeux verts pétillants un regard inquisiteur à Sylvia.

— Voici Sylvia. Elle nous rend visite. Comment se portent les nouvelles boutures ? Est-ce que Manuel les a déjà plantées ?

— Oui, ce matin, répondit Coco. On a utilisé le terreau que tu leur as préparé.

À l'entrée de la bâtisse se trouvait un genre de bureau. Sylvia distingua par la fenêtre un écran d'ordinateur ancestral et quelques étagères avec des classeurs. On n'a pas forcément besoin des systèmes informatiques les plus à la pointe, songea-t-elle avec indulgence, parfois les vieux dinosaures font aussi l'affaire. Néanmoins, elle ne put s'empêcher de s'imaginer déjà un centre moderne pour visiteurs à cet emplacement. Ce serait sans aucun doute également pratique d'utiliser un programme informatique conçu spécialement pour les plantations. N'étaient-ce pas, là-bas derrière, des rangements pour fiches bristol ? Cela faisait une éternité que Sylvia n'en avait plus vu.

— C'est juste mon bureau, lança Maël derrière elle. Rien de particulièrement intéressant, j'imagine. Veux-tu voir comment nous reproduisons les camélias ?

— Mais oui, s'empressa de répondre Sylvia, volontiers !

Ici, dans la cuvette, il n'y avait pas de vent et il faisait chaud. Sylvia ôta sa veste et la noua autour de la taille. Derrière le bureau se dressaient des serres. À leur lisière s'alignaient, abritées par une toiture rudimentaire, une multitude de tables de plantes accolées les unes aux autres, sur lesquelles Sylvia aperçut des milliers de minuscules pots de fleurs.

— Ce que tu vois ici, expliqua Maël, est la reproduction au moyen de boutures. Nous coupons des rameaux bien spécifiques d'arbres adultes et nous les plantons dans un certain terreau en espérant qu'ils prendront racine.

— Et, s'enquit Sylvia, ça marche ?

— En général oui, répliqua Maël. Mais les besoins des boutures varient selon les types. Pour des espèces rares ou nouvelles, nous sommes souvent obligés d'expérimenter jusqu'à ce que ça prenne.

Sylvia contempla les tables soigneusement rangées et étiquetées, couvertes d'innombrables plantules. Elles portaient toutes trois ou quatre feuilles vert foncé, qui, de plus près, se distinguaient selon les espèces par leur forme et leur taille. Cependant, elles rutilaient toutes d'un éclat magnifique, comme si elles avaient été enduites d'une couche de cire.

— Et à quoi ressemblent celles-ci quand elles fleurissent ? demanda-t-elle en désignant la table juste devant elle.

— Ça, ce sont des boutures de l'espèce *Masayoshi*, répondit Maël, une fleur à moitié rose rayée de blanc. La *Masayoshi* est très recherchée par les amoureux.

Il l'entraîna un peu plus loin et lui montra une bouture appelée *Marinto*.

— Il n'y a pas beaucoup de camélias qui embaument, poursuivit-il. Ici, se trouve une espèce très rare de la famille des *Sasanquas*, avec des fleurs rose saumon. Nous n'avons que quelques arbustes de ceux-là dans le jardin d'exposition, et c'est la première fois que je tente la reproduction par bouture. Croisons les doigts pour que ça marche.

— Y a-t-il d'autres moyens de reproduire les camélias ? demanda Sylvia. On doit aussi pouvoir le faire à partir de semences, j'imagine ?

— Bien sûr, répliqua Maël. Mais, pour un jardinier, c'est un moyen très aléatoire et peu fiable de reproduction.

— Pourquoi ?

— Un camélia a besoin, selon les espèces, de six à huit ans pour produire des semences. Et puis, dans un jardin où se côtoient diverses espèces, comme on a ici, et dans la plupart des autres parcs de camélias, on ne peut pas être vraiment certain de quelle plante a ensemencé les fleurs. De cette manière naissent beaucoup de nouvelles variantes, aux formes de feuilles et caractéristiques de fleurs différentes. Mais dans quasiment tous les cas, la plante-fille ressemble à sa mère.

Maël la guida un peu plus loin, vers un champ adjacent.

— Bien entendu, j'essaie aussi d'utiliser ce phénomène. Regarde, ici, tu peux voir les résultats de jeunes pousses provenant de semences. Elles ont quatre ans. Elles ne fleurissent pas encore, mais je suis déjà curieux de voir comment elles vont me surprendre.

Au pied de chacune des plantes, hautes de cinquante centimètres environ, Sylvia aperçut un cartel comportant de nombreuses abréviations.

— Ça veut dire qu'il faut être sacrément patient.

— Pendant quelques années, je te l'accorde, sourit Maël. Tu vois, sur les pancartes, on note la plante-mère, son âge lors de la bouture, le lieu et l'année du germe. Au bureau, j'ai constitué une fiche pour chacun de ces plants obtenus par semence, sur laquelle je note toutes les informations susceptibles d'être intéressantes par la suite. Si les boutures sont les clones exacts de la plante-mère, on espère obtenir ici des variétés rares, voire inédites. Chacune est potentiellement une pochette-surprise que notre clientèle pourrait un jour s'arracher.

— D'où vient votre clientèle ? demanda Sylvia, curieuse.

— De partout, expliqua Maël. De tous les pays d'Europe, des États-Unis. Et même d'Asie, ce dont nous sommes particulièrement fiers, car c'est la patrie des camélias. Depuis peu, les épouses de riches cheiks arabes commencent aussi à s'intéresser aux camélias. Plus l'espèce est rare, plus elles en raffolent. Ce qu'elles voudraient, en fait, c'est posséder un arbre qui n'existe nulle part ailleurs au monde. Mais ce vœu est difficile à exaucer.

— Mais l'un de ces plants, ici, des semences, pourrait devenir un exemplaire unique ? demanda Sylvia.

Cette pensée la fascinait. Une création dont il n'existait aucune copie au monde… Où trouvait-on cela autrement ? Son sens des affaires était en éveil. Cela pouvait devenir une véritable mine d'or.

— Certes… répondit modestement Maël, mais ce n'est pas tous les jours qu'on réussit un nouveau cultivar. De temps à autre, pourtant, ça arrive. Mais évidemment, je n'abandonne pas tout au hasard. Viens, je vais te montrer autre chose.

Il la dépassa à grandes enjambées et se dirigea vers une serre bien camouflée par des rochers. Ce faisant, ils traversèrent un champ où Coco redressait des plants à hauteur de genoux avec des tuteurs en bambou. La jardinière lança vers Sylvia un regard irrité, que celle-ci sentit encore un moment sur son dos. Maël amenait-il normalement des visiteurs ici ? Ou bien était-elle une exception ? Elle ressentit à nouveau son bas-ventre réagir, comme des centaines de papillons emprisonnés.

— C'est ici, dit Maël après avoir soigneusement refermé la porte derrière eux. Avec la pollinisation, j'essaie de créer d'autres variétés. Bien entendu, je ne suis pas le seul au monde à faire ce genre d'expérimentations, ajouta-t-il en remarquant le regard impressionné de Sylvia. Mais j'ai réussi à obtenir quelques nouveautés. Regarde celle-ci.

Il guida Sylvia vers une plante qui atteignait le haut de sa cuisse. Les yeux de Maël pétillaient lorsqu'il lui montra l'unique fleur, qui s'épanouissait au milieu du feuillage sombre. Ses pétales externes, d'une teinte beige crème, se fondaient dans la frondaison, et, bordant l'étamine presque noire, flamboyait un cœur rouge carmin.

— Elle est magnifique, murmura Sylvia.

— À ma connaissance, lui glissa Maël à l'oreille, car ils étaient tous deux penchés sur la plante, à l'heure actuelle, il n'existe pas de telle variété. J'en ai envoyé une photo à tous les cultivateurs et collectionneurs que je connais, de l'Amérique du Sud au Japon. Personne n'a jamais rien vu de semblable.

Pendant un moment, ils se turent, plongés dans la contemplation de la fleur somptueuse. Il en émanait une pureté et une perfection à couper le souffle. Plus Sylvia s'enfonçait dans son observation, plus elle distinguait de détails. Les légères veinules violet pâle qui ourlaient délicatement les pétales du milieu couleur crème, si discrètes qu'on ne les décelait que de très près. Le vert tilleul délavé des pédoncules des étamines, qui faisait subtilement écho aux reflets émeraude des pétales externes. Sylvia aurait pu rester là des heures.

— Ils vont se l'arracher, finit-elle par lâcher, une inflexion émerveillée dans la voix.

— Nous essayons d'en négocier un bon prix, dit

Maël. Mais entre toi et moi, j'aimerais mieux ne pas la vendre du tout.

Puis, brusquement, son visage changea d'expression. Ses yeux, qui brillaient si intensément il y avait encore quelques secondes, se détournèrent de la fleur qu'il avait dû, songea Sylvia, attendre depuis au moins dix ans. Sans jeter un seul coup d'œil à Sylvia, il quitta la serre, alla rejoindre Manuel, qui foulait le chemin avec une brouette chargée de terre, échangea quelques mots avec lui, puis se hâta à grandes enjambées vers la voiture. Sylvia le suivit perplexe.

— Qu'y a-t-il ? demanda-t-elle. J'ai dit une bêtise ?

Maël secoua la tête, passa sa main devant ses yeux puis la regarda d'un air soucieux.

— Désolé, Sylvia, dit-il. C'est très impoli de ma part. Excuse-moi s'il te plaît. C'est juste que… nous avons… nous avons des difficultés. Mais bien entendu, cela n'a absolument rien à voir avec toi. Viens, on va rentrer. Je t'en prie, ne m'en veux pas, d'accord ?

Alors, Holger avait raison après tout. L'exploitation horticole était dans une situation critique. Tandis qu'ils remontaient dans la voiture et que Maël faisait démarrer le moteur, Sylvia se demanda pourquoi. Après tout ce qu'elle avait vu et appris ce matin-là, cet endroit aurait pu être une véritable mine d'or. Si seulement elle avait pu jeter un œil sur les livres de compte, les bilans des années précédentes. Si seulement elle savait à combien s'élevaient les dettes accumulées par sa tante, elle pourrait certainement concevoir un moyen de remettre l'exploitation horticole sur de bons rails.

Il fallait absolument qu'elle s'entretienne dès que possible avec cette fameuse Solenn et qu'elle lui dise qui elle était en réalité. Il était temps d'arrêter de jouer la touriste qui s'était fourvoyée par hasard à l'extrémité de la côte ouest bretonne. Le mieux à faire était de commencer ici et maintenant avec Maël, avant que tout ne s'envenimât davantage.

— Maël, dit-elle en prenant une profonde inspiration, il faut que je te dise quelque chose…

Mais à cet instant, elle ne trouva pas les bons mots pour aborder le sujet. Maël arrêta la voiture et la dévisagea.

— Ne dis rien, chuchota-t-il.

Ses yeux n'avaient jamais été aussi verts qu'à l'instant où il se pencha sur elle et effleura ses lèvres. Et bien que la raison de Sylvia lui soufflât que c'était la chose la plus stupide qu'elle pût faire, qu'elle était une femme mariée et que cet homme se basait sur des assomptions complètement erronées, bien qu'une partie en elle vît avec lucidité les difficultés qui l'attendaient, des complications telles qu'elle n'en avait encore jamais connu – et n'était, à vrai dire, jamais censée en connaître , elle enroula ses bras autour du cou de Maël et plongea, avec l'autre partie en elle dont elle n'avait encore jamais soupçonné l'existence, dans ce baiser, qui ne consumait pas seulement ses lèvres, mais ébranlait son corps entier, un baiser qui était une promesse, et un serment, et une folie, tout simplement. Combien de temps dura leur étreinte, plus tard, elle fut incapable de le savoir. Le temps semblait suspendu. Lorsqu'ils se détachèrent enfin, Maël rayonnait comme un enfant.

— Je voulais le faire depuis hier, lui murmura-t-il à l'oreille, quand tu es apparue dans le jardin, comme perdue, toute seule. C'est un vent heureux qui t'a amenée ici, Sylvie…

Elle ne répondit pas. Le bruit du moteur la ramena à la réalité. Que devait-elle faire, maintenant ? Lorsqu'ils atteignirent le jardin aux Camélias et franchirent le portail, Sylvia dut admettre qu'elle ne s'était jamais sentie aussi confuse qu'à cet instant.

***

Dans la cour se tenait une femme, petite, trapue, le visage tanné par le soleil, avec des cheveux bruns courts. Elle avait les poings enfoncés dans les poches de sa longue veste en laine bleu marine et discutait avec une cliente, dont le mari était en train de rabaisser la banquette arrière de la voiture pour caler une plante bien emballée. Tout en l'aidant à stabiliser le camélia, elle darda un regard sur Maël et Sylvia qui descendaient du pick-up, et Sylvia eut l'impression que cette femme savait tout de ce qui venait de se passer entre elle et Maël.

La femme suivit ses clients du regard jusqu'à ce que leur voiture eût disparu derrière le portail. Puis elle se retourna vers eux.

— Sylvia, dit Maël, puis-je te présenter Solenn ? Solenn, Sylvia est arrivée hier et elle reste chez nous.

Solenn s'avança vers elle et la toisa si directement que Sylvia en fut gênée. Cela ne lui arrivait pas souvent. On aurait dit que, tout en examinant ses traits, cette femme lisait également dans ses pensées.

— Bienvenue, finit par dire Solenn, d'une manière ni franchement amicale, ni franchement antipathique, mais simplement courtoise et réservée, comme elle devait probablement l'être avec chaque client. Le déjeuner sera servi dans un quart d'heure.

Puis elle fit volte-face et regagna la maison.

Au cours du déjeuner, Sylvia fit la connaissance de Gwen, qu'elle avait déjà vue dans la cour près de la réception le matin. Elle plaisantait en breton avec Pierrick, qui ressemblait au tronc noueux d'un vieil arbre à camélias. Au jardin aux Camélias, il était, comme le lui expliqua Maël, jardinier, maître de maison et homme à tout faire.

— Quand il faut disposer un nouveau parterre, ajouta Pierrick gaiement, et son visage s'anima d'une infinité de rides d'expression, ou qu'un mur en pierre s'écroule, quand le portail grince et que le pick-up ne veut pas démarrer, on appelle Pierrick.

Sylvia avait bien du mal à le comprendre, à cause de son fort accent.

Elle était attablée devant une *galette* appétissante à la farine de sarrasin, que Solenn avait garnie de jambon et d'un œuf au plat, et suivait la conversation, en essayant d'éviter le regard de Maël.

— Tu n'aimes pas ? demanda brusquement Solenn en allemand.

— Si si, s'empressa de répondre Sylvia en enfournant une pleine bouchée de galette.

Elle sentit la chaleur lui monter au visage, attisée par le regard insistant de la Bretonne.

— Comment ça se fait que vous parlez allemand ? demanda-t-elle.

— Ça n'a rien d'extraordinaire, répliqua Solenn en souriant pour la première fois en présence de Sylvia, quand on a partagé sa vie avec une Allemande.

Sylvia eut l'impression que le soleil se levait sur le visage de la femme mûre. Elle en oublia d'avaler… quand on a partagé sa vie avec une Allemande ? Que signifiait cela ? Solenn la dévisagea imperturbable, son sourire sembla se teinter de tristesse.

— Ma compagne est malheureusement décédée depuis neuf mois, dit-elle.

Puis elle se leva et se retourna pour attraper le plateau à fromages.

C'était donc ça, songea Sylvia en se coupant un petit morceau de camembert avant de faire passer le plateau à fromages. C'était la raison pour laquelle Lucie avait été exclue si impitoyablement de la famille. Elle aimait les femmes.

Mais… pourtant elle s'était mariée !

Sylvia se souvint de la photo du mariage dans son album. Et à un moment donné, elle s'est enfuie, répondit Sylvia à sa propre question. Elle avait pris le large et était allée en France. À l'autre bout du monde, en Bretagne… Elle avait dû rencontrer Solenn ici. Cela avait sans doute suffi à provoquer la fureur de son père, le grand-père de Sylvia.

Sylvia observa les autres qui coupaient soigneusement la croûte blanche de leur part de camembert et ne conservaient que la pâte molle à l'intérieur, l'étalant et la dégustant sur un petit bout de pain. Elle fit de même, se concentrant sur cette activité, si bien qu'elle pouvait garder la tête baissée et cogiter tranquillement. Sa tante magnifique avait aimé une femme, la femme qui était précisément attablée en face d'elle et dont elle était l'invitée. Quel courage avait eu Lucie de se délivrer de son mariage pour aller reconstruire sa vie dans un endroit complètement reculé, protégé par la mer, et trouver le bonheur tel qu'elle se le figurait. Soudain, Sylvia éprouva une immense tendresse pour sa tante, mêlée à de l'admiration et de la fierté. Ce devait être une femme incroyablement forte.

— Veux-tu une part de tarte ?

Sylvia remarqua alors que Solenn l'avait tutoyée depuis le début. Peut-être qu'elle le faisait avec toutes les jeunes femmes, ou bien que c'était la coutume ici.

— Non merci, dit-elle. Je n'ai plus faim !

Puis, pendant un long moment, elle se tut. Car, outre la copieuse galette et le fromage, elle avait beaucoup de choses à digérer.

***

Après le déjeuner, Sylvia s'excusa et se retira dans sa chambre. Pendant une bonne demi-heure, elle resta assise sur le lit à contempler le parquet à ses pieds, le regard perdu dans les veinures des lattes en bois. Elle avait l'impression de sentir encore les lèvres de Maël sur les siennes. Cela n'aidait pas du tout à réfléchir posément. Elle se trouvait dans la maison de sa tante décédée, dont elle était l'héritière. Elle venait juste de rencontrer sa compagne. Une nuée de questions tourbillonnait dans son esprit. Pourquoi Lucie n'avait-elle pas légué l'exploitation horticole à Solenn ? Cela aurait été plus logique. Elles avaient construit cet endroit toutes les deux, y avaient vécu et travaillé ensemble. Pourquoi n'y avait-il pas de testament ? Avait-elle eu un accident ?

Sylvia fut frappée par l'évidence qu'elle ne connaissait rien, mais absolument rien, de sa tante, et elle eut de nouveau honte de ne jamais avoir répondu aux lettres de Lucie. Quel dommage, songea-t-elle, et le regret de toutes ces occasions manquées grevait lourdement son cœur.

Sylvia se leva et arpenta la chambre de long en large. Il était trop tard pour une rencontre avec sa tante. Mais pas pour s'occuper de son héritage. Comme elle avait bien fait de venir ici !

Absorbée par ses réflexions, elle marcha jusqu'à la fenêtre et jeta un coup d'œil dehors. Soudain, elle réalisa qu'elle guettait quelqu'un en particulier, Maël.

Effrayée, elle recula. Était-elle réellement en train de tomber amoureuse d'un parfait inconnu ? Doux Jésus, avait-elle perdu tout bon sens ?

En hâte, elle sortit son téléphone portable de son sac et l'alluma. Il fallait absolument qu'elle parle à Holger.

Il fallait qu'elle sache qui était l'acquéreur et quelles étaient ses intentions. En outre, elle avait besoin de toute urgence d'entendre la voix raisonnable de son mari, et elle redeviendrait la femme avec les pieds sur terre, et toute cette confusion qui s'était emparée d'elle se dissoudrait au contact familier et rassurant de son époux. Cependant, lorsque son portable finit par s'allumer, elle constata qu'elle n'avait pas de connexion dans la maison.

Elle rechercha les réseaux disponibles – il n'y en avait pas. Comment était-ce possible ? Cela faisait des lustres que Sylvia ne s'était pas retrouvée dans un endroit sans connexion à un réseau mobile, et elle fut submergée par la désagréable impression d'être coupée du reste du monde.

Elle bondit jusqu'à la fenêtre pour vérifier l'état des marées, et se mordit les lèvres. L'eau avait atteint le niveau de la route, et les premières vagues léchaient déjà le bitume. Il ne fallait pas songer à regagner la terre ferme à l'heure actuelle.

Avec un profond soupir, Sylvia s'affala dans le fauteuil. Elle resta assise, immobile. Pendant combien de temps ? Elle n'en savait rien. Sylvia était une citadine, et elle n'avait aucune notion des marées. Pendant un court instant, Sylvia sentit la panique monter en elle. Elle sauta à nouveau sur ses pieds, courut dans les escaliers, puis passa devant le portrait de Lucie, puis dans la cuisine, qu'elle trouva désertée, traversa la cour, où elle ne rencontra personne, et enfin pénétra dans le bureau d'accueil, où Gwen, étonnée, leva les yeux de son travail.

— Il n'y a pas de réseau mobile ici ? demanda-t-elle hors d'haleine.

Gwen secoua la tête en signe de regret.

— Désolée, répondit-elle. Il y a beaucoup de visiteurs que ça dérange. Sur la côte, il n'y a aucun problème, mais ça ne vient pas jusqu'ici…

— Vous pensez, demanda Sylvia, que je pourrais utiliser le téléphone fixe ?

— Mais bien sûr, répondit gentiment la jeune femme. Et tu peux m'appeler Gwen. Ici, en Bretagne, on n'est pas très protocolaire. Viens, assieds-toi dans le fauteuil de Solenn.

Elle montra le bureau situé juste en face d'elle.

— Tu dois composer le zéro pour l'indicatif, expliqua Gwen en lui tendant le vieil appareil vert rouille, un modèle dont l'écouteur était encore relié à l'appareil par un cordon à spirale.

Sylvia souleva l'écouteur et fixa le téléphone. Elle n'avait pas l'habitude de passer des coups de fil en présence d'inconnus. Et si Gwen comprenait l'allemand ? Elle prit sur elle et composa le numéro de téléphone portable de Holger. Pendant un moment, elle entendit des craquèlements antédiluviens sur la ligne, puis la voix informatique bien connue du répondeur se déclencha, l'informant que son interlocuteur n'était pas joignable. Une fois de plus, Holger avait éteint son téléphone.

Sylvia coupa la communication et composa le numéro de son téléphone fixe à Munich, juste pour entendre sa propre voix disant aimablement que chez les von Gaden, personne n'était à la maison mais qu'on pouvait laisser un message. Elle ne sut quoi dire et raccrocha. Pendant un long moment, elle resta assise, à observer Gwen qui s'activait sur un ordinateur datant de la préhistoire informatique.

— Est-ce qu'il y a Internet, au moins ? demanda Sylvia.

Subitement, tout lui sembla possible, y compris le fait que les clients du jardin aux Camélias soient obligés de communiquer par voie postale. Mais, bon sang, pensa-t-elle dans une bouffée d'impatience manquant gravement de professionnalisme, l'exploitation horticole doit bien avoir au moins accès à Internet !

— Oui, confirma Gwen, ça n'a pas été facile, mais madame Lucie s'est beaucoup battue pour ça. Malheureusement, la connexion est très lente. Mais bon, dit-elle en riant et en haussant les épaules, après tout, nous sommes sur une île ici, n'est-ce pas ? Et si ça prend du temps d'envoyer un mail, c'est tout de même plus rapide que le courrier.

Sylvia s'efforça de sourire. Elle se représenta sa tante, assise là, s'escrimant avec la compagnie du téléphone afin d'obtenir une connexion Internet pour l'île. Cette année, elle aurait eu cinquante-six ans. Ce n'était tout de même pas vieux ! De quoi était-elle morte, au fait ?

Je ne sais rien d'elle, reconnut Sylvia frustrée. Absolument rien. Elle s'apprêtait déjà à se relever lorsqu'elle pensa soudain à Veronika. Tiens-moi au courant, lui avait-elle dit. Quand, déjà ? Y avait-il seulement deux jours ? Était-ce possible ? Sylvia avait l'impression qu'il s'était écoulé des années. Elle composa le numéro de Veronika.

— Alors, c'est comment, la Bretagne ?

Ça faisait du bien d'entendre la voix familière de son amie.

— C'est – comment pourrais-je dire au juste – bluffant.

— Redis-moi ça, s'il te plaît.

— Pourquoi ?

Veronika gloussa.

— Parce que je ne sais pas trop si tu parles d'un homme ou d'un paysage.

Sylvia déglutit. Peut-être n'aurait-elle pas dû l'appeler, après tout. Veronika la connaissait décidément trop bien.

— Que t'arrive-t-il, Sylvia ? entendit-elle à l'autre bout du fil.

La voix de Veronika possédait maintenant une inflexion tout à fait sérieuse.

— Dois-je m'inquiéter ?

— Mais non Vero.

Même Sylvia sentit que sa réponse manquait de conviction.

— Maintenant, je commence vraiment à me faire du souci. Où es-tu exactement ?

— Sur une île, retranchée du reste du monde.

— Ah, eh oui, c'est le propre de l'île, n'est-ce pas ?

Il y eut un grand silence.

— Comment s'appelle cette île ?

— Elle a un nom imprononçable et l'endroit n'apparaît sur aucune carte.

Veronika hésita, puis elle éclata de rire.

— Mais ça n'existe plus, un truc pareil. Pas en Europe. Tu te fous de moi, n'est-ce pas ? Et comment est l'exploitation horticole ?

Sylvia sourit. Que devait-elle raconter à son amie ? Que la propriété de tante Lucie était le plus beau petit coin de terre qu'elle ait jamais connu au monde ? Qu'on y cultivait des camélias qui n'avaient pas leur pareil sur cette planète ? Qu'ici précisément, elle avait rencontré l'homme le plus séduisant qui fût ?

— Elle te plairait, dit Sylvia. Tu aimes les camélias ?

— Les camélias ? répéta Veronika étonnée. Est-ce que des camélias poussent là-bas ?

— Environ dix mille… à la louche.

— Tu es sérieuse ?

À cet instant, Sylvia vit Maël dans la cour. Il scrutait les alentours, comme s'il cherchait quelqu'un, et le cœur de Sylvia se mit à battre la chamade.

— Écoute, Veronika, dit-elle, je te rappellerai, OK ?

— Attends une minute, protesta son amie, pas si vite. Donc, tu es sur une île sur laquelle poussent des camélias et tu as l'air complètement à l'ouest. Tu es sûre que tout va bien ?

— Oui, répondit Sylvia, résignée, en regardant Maël monter dans le pick-up et franchir le portail, je vais bien.

— Mais tu n'en as pas l'air.

— Je suis en vrac, Vero.

Elle entendit distinctement son amie retenir son souffle à Munich.

— Tu es en vrac ? demanda Veronika alarmée. Tu n'as jamais été en vrac depuis que je te connais. Ça ne te ressemble pas du tout. Que s'est-il passé ?

— Je ne le sais pas moi-même, Vero. Tout est… si différent de ce que je m'imaginais.

Il y eut un long silence à l'autre bout du fil.

— Devrais-je venir ? demanda alors Veronika. Si tu veux, je te rejoindrai là-bas demain.

— Non, protesta Sylvia. Ce n'est pas la peine. Ça va aller, ne t'inquiète pas.

— Tu en es sûre ?

— Certaine !

Sylvia regrettait déjà d'avoir appelé son amie. Brusquement, elle se sentit terriblement nigaude.

— Bon d'accord, dit Veronika. Mais il y a une chose qu'il faut que tu saches, Sylvia. Si jamais tu as besoin de moi, je suis là. OK ? Et je viendrai sur n'importe quelle île avec n'importe quel nom imprononçable, même si elle n'est sur aucune carte. Tu m'entends ?

Sylvia acquiesça, touchée.

— Merci, Vero, dit-elle.

— Un coup de fil suffit.

— Entendu. Je te tiens au courant.

— N'y manque pas, dit Veronika. Et profite bien de ce que tu fais là-bas, quoi que ce puisse être ! Après tout, tu es en vacances.

***

Lorsque Sylvia quitta le bureau, elle se sentait beaucoup mieux. Veronika avait raison. Grâce à l'absence de connexion Internet et de réseau de téléphone portable, elle était finalement en vacances. Quoi que cela pût signifier. Et soudain, elle ne put s'empêcher de se trouver ridicule.

Ses pieds la portèrent machinalement le long du sentier en gravier blanc dans le jardin aux Camélias, où elle se chercha un petit coin près du mur à l'abri du vent. Elle finit par découvrir, derrière un arbre fleuri particulièrement resplendissant, un banc en pierre, et, lorsqu'elle s'y assit, elle prit une grande inspiration. De là, s'offrait à ses yeux une vue majestueuse du parc descendant jusqu'à l'océan. Un matelas de mousse arborant toutes les nuances de vert recouvrait les dalles à ses pieds, tandis que de la fougère s'était nichée dans les interstices du mur en pierre naturelle et avait planté ses racines. Des mouettes, dont Sylvia ignorait le nom, striaient le ciel bleu azur de flèches en lançant des cris rauques. Devant le banc se trouvait un parterre avec des arbustes à hauteur de taille, qui foisonnaient de fleurs rouge carmin toutes simples, Sylvia compta huit pétales autour d'un cœur jaune vif d'étamines moirées. Comparées aux fleurs élégantes et sophistiquées qu'elle avait admirées le matin dans la serre, celles-ci paraissaient singulièrement rustiques, néanmoins elles dégageaient une sorte de charme énigmatique.

De sa vie, elle n'avait jamais été dans un endroit si plein de contrastes. Il y avait le vent fougueux et les tendres rayons du soleil, la mer déchaînée et la grâce délicate des fleurs, les stridulations des goélands et le bourdonnement léger des abeilles, qui voletaient de bourgeon en bourgeon, pour y déposer leur nectar et engendrer potentiellement un précieux camélia inédit, en essaimant le pollen de pistil en pistil – ces minuscules ouvrières, jardinières et pollinisatrices qui œuvraient selon un système occulte qui avait organisé la création afin que pussent constamment naître de nouvelles déclinaisons de beauté et d'harmonie.

Un sentiment hors du temps et empli de paix submergea Sylvia, un sentiment tout à fait inhabituel, et pendant qu'elle fermait les paupières, écoutait le vrombissement des insectes, les cris des mouettes, le frémissement de la mer, qui, du lointain, résonnait dans ses oreilles et impulsait à tous les autres bruits la tonalité et le rythme, comme des battements de cœur qui ne tarissaient jamais, elle comprit ce qui avait dû pousser sa tante à demeurer dans ce lieu, y vivre, y aimer, et y mourir. Et soudain, Sylvia ressentit, elle aussi, le désir de ne jamais devoir s'en aller.

4

L'investisseur

Lorsque Sylvia entra dans sa chambre, elle sentit tout de suite que quelque chose avait changé par rapport au matin. À côté du fauteuil se trouvait une petite table, sur laquelle étaient posés un vase avec un unique camélia blanc et un vieux téléphone à cadran. Un bout de papier l'accompagnait. *Pour que tu ne te sentes pas coupée du reste du monde, Solenn,* lut-elle.

Sylvia ne put réprimer un sourire. Quelle délicate attention de la part de son hôtesse ! Elle ôta sa veste, enfila un pull et frotta ses doigts gelés. Le soleil s'était à peine couché derrière le mur que le jardin était devenu sensiblement plus froid.

On frappa doucement à la porte et le cœur de Sylvia cessa de battre pendant une fraction de seconde. Cependant, lorsqu'elle ouvrit la porte, ce n'était pas Maël, comme elle l'espérait secrètement, mais Pierrick qui se tenait là, avec un grand panier rempli de bûches.

— Solenn m'a demandé de te préparer du feu de cheminée, dit-il. Il fait frisquet dès que le soleil se couche, pas vrai ?

— Ça oui, on peut le dire.

Sylvia sourit et invita le vieil homme à entrer. Fascinée, elle observa le Breton allumer le feu avec des gestes experts puis y rajouter quelques bûches.

— Voilà, fit-il satisfait, bientôt ça va réchauffer la pièce. Je laisse le panier ici, comme ça tu pourras en rajouter.

— Merci, dit Sylvia.

— Il n'y a pas de quoi, répondit le Breton en lui adressant un grand sourire. Au fait, le dîner est servi à sept heures.

Et il disparut promptement.

Sylvia prit place dans le fauteuil et contempla le feu crépitant. Les flammes baignaient la chambre d'un éclat chaleureux et mouvant. Dehors, le crépuscule enveloppait l'île tel un foulard en soie bleue. La fleur blanche sur la table dégageait son propre halo, comme si elle restituait par faisceaux la lumière qu'elle avait absorbée.

Sylvia flottait dans une atmosphère d'irréalité. Elle pensa à son appartement à Munich et à sa vie frénétique, et soudain, la Sylvia von Gaden qui se hâtait de rendez-vous en rendez-vous lui apparut comme une inconnue, un personnage de film ou de magazine sur papier glacé. Pourtant, n'était-ce pas sa propre vie, à laquelle elle avait toujours aspiré, et pour laquelle elle s'était si ardemment battue ?

Il fallait qu'elle appelle Holger. Ils devaient discuter de tant de choses. Il y avait un téléphone ici. Pourquoi hésitait-elle ? Craignait-elle de briser un sortilège ? Parce que deux mondes entreraient en collision – celui, ici, sur l'île, où elle faisait des choses déraisonnables et s'était laissé embrasser comme une adolescente, et sa vie normale, où elle était une femme d'affaires sensée avec les pieds sur terre, et, qui plus est, mariée ?

Sylvia secoua la tête. Que lui était-il donc arrivé ? Il fallait absolument qu'elle parle à Maël et mette fin à tout cela. Elle devait dévoiler qui elle était, à lui et Solenn, et clarifier l'histoire de l'héritage. Elle devait ramener de l'ordre dans ce chaos émotionnel, aussi s'exhorta-t-elle à décrocher le téléphone et composer à nouveau le numéro de Holger.

— Allo ? beugla-t-il à l'autre bout du fil après quelques sonneries. Qu'y a-t-il ?

— C'est moi, répondit Sylvia étonnée.

Nom d'un chien, elle n'avait encore jamais entendu son époux sous un jour aussi antipathique.

— Qui est à l'appareil ?

Avait-elle fait erreur ?

— Ce n'est pas Holger von Gaden ?

— Si, bien sûr… Mon Dieu, Sylvia, c'est toi ?

— Oui, répondit Sylvia confuse.

Que se passait-il maintenant avec Holger ?

— Comment ça se fait que tu aies ce numéro de téléphone français ? Où es-tu ?

Sylvia prit une grande inspiration. Elle se souvint combien il était difficile d'avoir une conversation sérieuse avec lui quand il était remonté. Et il l'était indubitablement aujourd'hui, quel qu'en fût le motif.

— Bon, écoute, dit-elle d'un ton apaisant. J'essaie de te joindre depuis un bout de temps pour te parler. Je suis en Bretagne. Dans la maison de ma tante. Et il faut qu'on discute de quelques points ensemble.

Brusquement, ce fut le silence complet sur la ligne. Et juste à l'instant où Sylvia s'apprêtait à s'assurer qu'ils n'avaient pas été coupés, elle entendit Holger répondre :

— Où es-tu ? Je n'ai pas bien compris.

— Je suis sur l'île aux Camélias. Dans la propriété dont j'ai hérité de ma tante.

À nouveau un silence inhabituel.

— Dis-moi, Holger, continua Sylvia, ce que je voulais te demander, c'est… quel genre d'acquéreur est-il, ton client potentiel ? Que compte-t-il faire avec l'exploitation horticole ?

— Ce qu'il compte faire ? Comment pourrais-je le savoir ? Et pourquoi ça t'intéresse ? Sylvia, il paye quinze millions pour l'affaire. Je n'ai pas demandé de détails. Après tout, c'est son problème, ce qu'il en fait. Tu n'es pas d'accord ?

Le regard de Sylvia tomba sur le camélia à côté du téléphone. Quinze millions. Qu'était-elle censée faire avec tout cet argent ? Pouvait-ce contrebalancer les rayons du soleil dansant sur les vagues ? La perfection démultipliée du miracle des fleurs, dont aucune n'était rigoureusement identique ? La paix qui l'avait envahie il y avait une heure à peine sur le banc en pierre ? Et encore bien d'autres choses pour lesquelles elle n'avait pas de mots ?

— Ça, ce que tu appelles l'affaire, répondit calmement Sylvia, est une île. Avec une exploitation horticole qui est une véritable mine d'or.

Sans même mentionner que c'est un jardin enchanteur, ajouta-t-elle dans sa tête.

— C'est bien pour ça que le prix est si exorbitant. Quinze millions, c'est…

— Mais nous n'avons pas besoin de quinze millions, riposta Sylvia. Chacun de nous gagne bien plus que ce que nous pouvons dépenser. Déjà rien que parce que nous n'en avons pas le temps.

Sylvia entendit son mari pousser un gros soupir.

— Ma chérie… commença Holger d'un ton singulièrement tendre, nous étions pourtant d'accord…

Mais brusquement, Sylvia n'eut plus envie de discuter.

— Demande-lui ce qu'il compte faire, répliqua-t-elle du tac au tac, d'un ton aimable mais ferme. S'il n'a pas l'intention de conserver l'exploitation horticole, de continuer à employer les gens qui travaillent ici, et de remettre l'affaire sur des bases solides, je ne lui vendrai pas.

En entendant ses propres paroles, Sylvia sourit. Elle était redevenue la femme avec les pieds sur terre.

Elle perçut un halètement à l'autre bout du fil. Puis le silence s'installa à nouveau.

— Sylvia, mon amour, finit par dire Holger, c'est comme tu veux. Je vais lui parler. Immédiatement. Et je te rappellerai, pour que tu sois tranquillisée. Puis-je te joindre à ce numéro ?

Sylvia respira.

— Oui. Il n'y a pas de réseau de portable sur l'île. Mais j'ai un téléphone près de moi. Rappelle-moi quand tu lui auras parlé. Et dis-lui que je souhaite voir son business plan.

Ce fut seulement après avoir raccroché que Sylvia se rendit compte qu'il ne lui avait pas du tout demandé de ses nouvelles. S'était-il fait du souci pour elle ? Lui avait-elle manqué ? Probablement pas. Il n'y avait rien d'exceptionnel à ce qu'ils ne se vissent pas pendant des jours. Puis elle réalisa qu'elle non plus n'avait posé aucune question sur les raisons de sa mauvaise humeur.

Sylvia aussi avait cessé depuis longtemps de s'enquérir de l'état de son mari. Comment devrais-je aller ? était sa réponse typique. Les sentiments sont surestimés, lui avait-il assené dès le début de leur relation. Il n'existe rien de plus volatil que les sentiments. Souhaites-tu construire ta vie là-dessus ?

Non, ce n'était pas ce que voulait Sylvia. Elle l'avait fait une fois et était tombée de haut. Elle avait alors décidé que cela ne lui arriverait pas une seconde fois. Holger était fiable, il était fidèle, responsable et capable de se projeter dans le long terme. Avec lui, elle n'aurait jamais de mauvaise surprise, et au fond, c'était la raison pour laquelle elle l'avait épousé. Oui, elle était tombée amoureuse de lui, l'amour s'était développé avec le temps, lentement, patiemment, exactement comme grandissaient les pousses de camélias, et elle en avait récolté des fleurs merveilleuses.

C'est une chose, d'être amoureux, se dit Sylvia en fixant le téléphone à cadran dans l'attente du coup de fil de Holger, et c'en est une autre d'entretenir l'amour au quotidien. C'était ce qu'elle répétait régulièrement à son amie Veronika, qui vivait en amour pratiquement l'opposé de ce que Sylvia avait choisi pour elle-même. Seuls les grands sentiments trouvaient grâce aux yeux de Veronika, si bien que ses relations ne dépassaient jamais quelques mois. Sa liaison la plus stable avait duré un semestre, après quoi elle avait balancé les affaires et la valise du pauvre type par la fenêtre.

Voilà ce que c'est de se laisser guider exclusivement par ses sentiments, avait alors pensé Sylvia. Ils ne constituent décidément pas une bonne base pour une vie commune. Sylvia, quant à elle, soutenait la théorie que les sentiments ne peuvent grandir que sur un socle solide d'intérêts partagés. Exactement comme le terreau qui décidait, en fin de compte, si la bouture prendrait ou pas…

C'était ce que lui avait expliqué Maël. Pourquoi son cœur s'emballait-il si vivement à la seule pensée du jardinier ?

Sylvia commença à faire les cent pas dans la chambre. Soudain, elle sentit à nouveau sur ses lèvres le toucher de velours du baiser, et chaque parcelle de son corps se mit à vibrer. Il lui fallut un long moment avant d'accepter qu'il était inutile de s'en vouloir pour cela. Qu'il était également inutile de penser à Holger, car il n'avait encore jamais déclenché de semblables sensations en elle. Si Sylvia était vraiment honnête, elle n'avait jamais eu, jusqu'à ce matin même, la moindre idée que de telles sensations pussent exister…

Elle approcha le fauteuil de la cheminée et s'y blottit. Pendant des années, elle avait cherché un fauteuil potable chez les designers les plus chers pour trouver finalement le confort suprême ici, à l'autre bout du monde, avec cette vieille bergère fatiguée, qui venait visiblement d'être retapée. Sylvia devinait dans ce lieu le spectre de sa tante, son influence ; tout ici, même la décoration de la chambre d'hôte, témoignait d'une harmonie mais aussi d'un choix de l'essentiel. La personne, quelle qu'elle fût, qui avait aménagé ce lieu, n'était pas prête à faire des compromis. Ni dans sa vie, ni dans son environnement…

Le téléphone émit un son strident. Sylvia, qui était habituée aux sonneries synthétiques feutrées des smartphones, sursauta.

— Allô ? fit-elle dans l'écouteur, qui pesait lourdement dans sa main.

— Je viens de lui parler, fit la voix de Holger, qui sonnait enjouée et de bonne humeur, telle qu'elle ne l'avait pas entendue depuis longtemps. Il a dit que tu as absolument raison. Non seulement il va garder l'exploitation horticole, mais il va aussi la développer et la moderniser. Bien entendu, il va reprendre les experts sur place, ceux qui l'ont bâtie. Cette plantation de camélias n'a pas son pareil dans le monde entier, a-t-il dit. Les autres ne lui arrivent pas à la cheville. Tu peux donc te tranquilliser, Sylvia. Et il te fait savoir, tout spécialement à toi, que tu y seras toujours la bienvenue, car il comprend bien que cet endroit représente quelque chose de particulier pour toi, puisque c'est là où a vécu ta tante. Voilà, tu es satisfaite, maintenant ?

Sylvia poussa un profond soupir. Elle sentit le poids dans sa cage thoracique s'évanouir et fut étonnée de sa propre réaction. La propriété de Lucie lui tenait-elle déjà tant à cœur ? Néanmoins, en dépit de son soulagement, la femme d'affaires en elle gardait la tête froide.

— Pourrait-il me confirmer ça par écrit ? Dis-lui qu'il m'envoie son projet.

Holger éclata de rire.

— Comme tu veux, je le lui demanderai. Mais sérieusement, ma chérie, tu n'as pas à t'inquiéter. Tout est pour le mieux. Quand reviens-tu à la maison ? Tu me manques.

Sylvia pressa l'écouteur contre son oreille et toute sa tension se volatilisa. Le sentiment de confiance et de tendresse lui réchauffait doucement le cœur, ce qu'elle appelait l'« effet Holger ».

— Toi aussi, tu me manques, dit-elle sincèrement.

Sa vie bien ordonnée, la structure qui conférait une colonne vertébrale à son quotidien, la discipline qui semblait toujours la maintenir sur la bonne voie, lui manquaient. Oui, tout d'un coup, le farniente lui parut beaucoup plus éreintant que sa vie professionnelle trépidante.

— Mais je vais rester encore un peu dans le coin, ajouta-t-elle néanmoins. Maintenant que je suis en vacances d'une façon aussi inattendue, et que je suis déjà ici, je vais en profiter pour visiter encore un peu la Bretagne.

— Comme tu veux, dit Holger.

N'avait-elle pas entendu cette phrase plusieurs fois ce soir-là dans la bouche de son époux ? Pourtant, elle n'appartenait pas précisément au répertoire habituel de Holger.

***

Au dîner, il manquait Maël, et Sylvia en fut simultanément soulagée et déçue. Solenn mentionna juste qu'il s'était rendu sur la côte pour s'occuper de quelques petites choses, et ne reviendrait que dans deux jours.

Sylvia ressentit comme un léger coup au cœur. Elle se demanda pourquoi il n'avait pas pris congé d'elle. Après tout, comment pouvait-il être certain qu'elle serait encore là à son retour ? Un tel baiser ne signifiait-il rien pour lui ? Mais elle se raisonna. Au moins, elle ne risquerait pas de se retrouver dans une situation embarrassante.

Gwen aussi était rentrée sur la terre ferme, où elle habitait chez ses parents, comme le lui expliqua Pierrick lorsqu'arriva la tourte au poisson. Aussi, Sylvia était seule avec lui et Solenn. Après le fromage, elle prit son courage à deux mains et demanda si cela ne posait pas de problème qu'elle restât quelques jours supplémentaires.

Solenn darda ses yeux perçants sur elle et Sylvia eut de nouveau l'impression que cette femme singulière pouvait voir en, et à travers, elle.

— Tu peux rester ici, dit-elle sans ambages, aussi longtemps que tu le désires.

Puis elle se leva et commença à ramasser les assiettes vides. Lorsque Sylvia fit mine de l'aider, elle lui lança simplement :

— Laisse donc, Sylvie. Tu dois être fatiguée. L'air d'ici fait toujours cet effet aux nouveaux arrivants. Repose-toi.

Sylvia n'osa pas lui dire qu'elle ne savait pas vraiment ce que signifiait se reposer. Que les pensées continuaient à s'agiter inlassablement dans sa tête et qu'elle se sentirait probablement mieux si elle avait les mains occupées. Pendant toute la durée du dîner, elle avait tenté d'imaginer ce qui adviendrait ici dans les prochains mois. Tout allait-il continuer comme avant ? Solenn arriverait-elle à s'entendre avec le nouveau propriétaire ? Solenn ne semblait pas être du genre à se laisser facilement dicter des actes et des comportements. Pourtant, vendre était la meilleure chose à faire. Quelle chance que l'acquéreur ait reconnu le potentiel de l'île !

Sylvia souhaita bonne nuit à Solenn et traversa le vestibule. Cependant, là, sous le regard énigmatique de tante Lucie, qui lui paraissait différent à chaque fois qu'elle le sentait peser sur elle, cette sorte de malaise fébrile s'empara à nouveau d'elle. Comme si Lucie lui reprochait de vouloir se débarrasser de son héritage. Comme si elle voulait défier sa nièce de quelque chose.

Comme si elle connaissait un mystère ayant un rapport avec elle, Sylvia.

— Qu'essaies-tu donc de me dire ? susurra-t-elle.

Elle entendait, derrière la porte de la cuisine, le claquement des casseroles, le glouglou de l'eau du robinet. Dehors, autour de la maison, mugissait le vent. Pendant un moment, Sylvia resta encore face au portrait, puis elle se hâta de rejoindre sa chambre à l'étage. Là, elle fut accueillie par la chaleur bienfaisante du foyer dans la cheminée et par le confort du fauteuil. Sylvia contempla les flammes jusqu'à ce que leur danse s'amenuise et qu'il n'en reste plus que des braises, puis elle se glissa au lit sans vérifier l'heure. Et, bien qu'elle ait l'impression qu'il fût encore très tôt, elle sombra immédiatement dans un profond sommeil sans rêve.

***

Sylvia n'entendit ni le vent qui se déchaînait sur l'île, ni le violent déluge qui s'abattit sur la terre et l'océan. Lorsqu'elle ouvrit les yeux le lendemain matin, le firmament irradiait d'un bleu immaculé et la mer s'était calmée. La route reliant à la côte était dégagée.

— Je pense que je vais faire une excursion sur la terre ferme aujourd'hui, dit-elle à Solenn en buvant son café du matin dans la cuisine.

— Pourrais-tu me rendre un service, alors ? s'enquit Solenn. Est-ce que ça te dérangerait de me ramener quelques courses ?

— Mais pas du tout, avec plaisir, se réjouit Sylvia. Fais-moi une liste de ce dont tu as besoin.

***

Cela faisait une drôle d'impression de conduire la voiture sur l'isthme qui reliait l'île à la terre ferme comme un cordon ombilical. Sylvia n'avait passé que deux nuits sur l'île, mais elle s'y sentait déjà presque comme chez elle. Et elle se surprit à se réjouir d'y retourner bientôt.

— La route est encore praticable jusqu'à deux heures environ, lui avait expliqué Solenn. Mais tu peux passer toute la journée sur la côte et ne rentrer que pour le dîner.

— Ça doit être bien compliqué, tout ça, enfin, l'histoire des marées, avait lancé Sylvia.

Mais Solenn s'était contentée de rire.

— Bien entendu, nous avons aussi un bateau, lui avait-elle répondu. Et en comptant celui de Pierrick, même deux. Quand on vit ici, il faut évidemment faire en sorte de ne pas dépendre des marées. Mais malgré tout, il y a des périodes où l'océan est si déchaîné qu'on ne peut pas quitter l'île pendant des jours et des jours. Ça ne me gêne pas. On est vraiment tranquille ici. J'apprécie ça à sa juste valeur. Et puis, de toute façon, ici, je suis chez moi.

Soudain, un nuage sombre était passé sur le visage de Solenn et elle avait abruptement fait volte-face. Se faisait-elle du souci pour l'avenir ? Sylvia se réjouissait de pouvoir bientôt dissiper son inquiétude. Elle espérait recevoir sous peu les plans concrets du futur propriétaire et c'était également l'un des motifs de sa visite sur la terre ferme. Peut-être Holger lui avait-il déjà envoyé par mail le document de l'acquéreur. Dans tous les cas, Sylvia avait l'intention de demander son nom et faire quelques recherches. Ou, encore mieux, de lui parler. Oui, c'était ça qu'elle devait faire. Si seulement Holger n'était pas aussi susceptible…

Après avoir atteint la terre ferme, elle suivit une route étroite longeant la côte vers le nord jusqu'au petit village de pêcheurs que lui avait indiqué Solenn. Elle gara la voiture sur la place de l'église et déambula dans les ruelles jusqu'au port. Bien que ce fût encore tôt dans la saison, le soleil matinal portait la promesse d'un jour radieux. Il projetait ses flèches dorées sur les maisons fortifiées en pierres grises, se réverbérait sur les toits d'ardoises anthracite, ondoyait sur la surface du bassin portuaire où, dans un modeste chantier naval, gisait un chalutier qui affichait ses nombreuses années sur l'océan. À l'autre bout de la grève, Sylvia découvrit un drôle de petit phare, dont la moitié basse était blanche et le haut, incluant le fanal, rouge. Quelques yachts de sport traînaient, amarrés à un embarcadère, semblant attendre que les jours deviennent plus longs et plus cléments et que leur propriétaire les prépare pour une sortie en mer.

En se baladant dans le cœur du village, Sylvia remarqua que quelques boutiques, bistrots et restaurants, en ces premiers jours de mai, étaient encore fermés. Tout semblait paisible et assoupi. Dans la boucherie où Sylvia fit les emplettes pour Solenn, elle fut toisée avec curiosité par la vendeuse et deux clientes, qui ne s'attendaient pas encore à croiser des touristes.

Sylvia salua aimablement les Bretonnes étonnées, fit ses achats, apporta ses courses à la voiture et les glissa dans un sac réfrigéré que Solenn lui avait donné. Puis elle alla visiter l'église, qui semblait veiller, grise et austère, sur le village, et dont le clocher fin et pointu s'élevait dans le ciel myosotis. L'intérieur était aussi sobre et sévère que la façade extérieure, mais le soleil matinal qui dardait ses rayons à travers les vitraux, précisément sur l'autel, conférait une touche éthérée à la maison de Dieu. Sylvia s'assit sur le siège tressé de l'une des chaises en bois qui s'alignaient en guise de bancs, et, au bout de quelque temps, la sérénité qui émanait de ces vieilles pierres s'insinua en elle. Lorsqu'elle renversa la tête, elle découvrit que chacune des colonnes possédait un chapiteau à la sculpture différente. La colonne la plus proche d'elle était couronnée de fleurs burinées – des camélias.

Il faisait froid dans l'église, et au bout d'un moment, Sylvia décida d'aller boire quelque chose de chaud dans le village. Devant le fronton, elle regarda alentour et aperçut une boutique en face, légèrement sur sa diagonale. CAFÉ & SALON DE THÉ, était inscrit en lettres agrémentées de fioritures sur une pancarte métallique suspendue au-dessus de la porte peinte en bleu.

Un léger son de clochette retentit lorsqu'elle entra. Dedans, ça sentait la vanille et le beurre chaud. Quelques femmes assises autour d'une table ronde, devant des tasses de thé fumant, relevèrent brièvement la tête avant de la rabaisser. Sylvia distingua les mains de l'une des Bretonnes se mouvoir diligemment, s'affairant à un ouvrage délicat en fil blanc, et, en l'observant de plus près, elle vit qu'elle faisait du crochet avec des aiguilles.

Sylvia prit place dans un petit renfoncement près d'une fenêtre. Une jeune fille menue aux cheveux roux, qui ne paraissait pas avoir plus de seize ans, lui amena la carte. Sylvia commanda une théière de thé blanc, et, après quelque hésitation, la spécialité de la maison, une *crêpe au beurre salé*.

Pendant qu'elle attendait sa commande, sa fébrilité habituelle commença à la gagner. Elle vérifia si elle captait un réseau de téléphone portable, et lorsqu'elle constata qu'il était excellent, poussa un soupir de soulagement. Et voilà qu'arrivait déjà le thé. Sylvia mit son smartphone de côté, tandis que sa messagerie se remplissait de centaines de mails, d'accusés de réception, d'appels manqués et de flashs d'information. Alors, la serveuse lui apporta sa crêpe, qui avait l'air si incroyablement appétissante que Sylvia en oublia tout le reste pour un instant.

Dommage que Veronika ne soit pas là, songea-t-elle après en avoir dégusté les premières bouchées. De minuscules cristaux de sel, contenus dans le beurre étalé sur ce délice extraordinairement subtil, fondaient sur sa langue et formaient un contraste saisissant avec la saveur de la vanille. Mais précisément au moment où elle s'apprêtait à enfourner la bouchée suivante, lui parvint une bribe de conversation.

— … ce qui est en train de se passer avec le jardin aux Camélias est un véritable scandale, entendit-elle déclarer l'une des femmes à la table de derrière.

— Mais bien sûr, répondit une autre, Solenn fait vraiment pitié.

— Mais ce n'est pas notre pitié qui va l'aider, répliqua la première avec véhémence. Nous devons faire quelque chose. Ce n'est pas possible que cette héritière détruise tout ce que Solenn et Lucie ont construit pendant ces longues années.

Sylvia retint sa respiration. Elle osait à peine bouger.

— Mais qui est-elle, d'abord, cette héritière ?

— Oh, une nièce quelconque d'Allemagne. On ne l'a jamais vue du vivant de Lucie. Crois-tu qu'elle aurait rendu visite à sa tante, une seule fois ? Mais non, même quand elle était très malade. Et elle n'était pas non plus à son enterrement. Elle ne s'est même pas déplacée jusqu'ici après la mort de Lucie. Au lieu de ça, elle a tout balancé à un agent immobilier, et maintenant, on a ce foutoir. Si au moins…

La porte du café s'ouvrit, deux hommes entrèrent, et le reste de la conversation à la table voisine fut couvert par le tintement mélodieux de la clochette. Sylvia était assise là, comme paralysée. Ses joues étaient cramoisies de honte. Ces femmes avaient raison. C'était exactement comme ça que les gens du cru devaient considérer la situation. Mais elle savait du moins que ces Bretonnes s'inquiétaient à tort. Certes, jusqu'à présent, elle ne s'était pas conduite comme une nièce, mais, dorénavant, elle se rattraperait, pour ce qui était encore possible.

— … un lieu de villégiature. Avec un golf gigantesque…, ajouta une voix masculine.

— Un hôtel, poursuivit la voix féminine. Je vous le dis. Ils vont tout foutre en l'air.

Elle se retourna avec précaution. Les deux hommes s'étaient assis à la table des femmes.

— Éric dit que c'est une chaîne d'hôtels qui possède ce genre d'endroits partout dans le monde. Dans six mois, on ne reconnaîtra plus l'île aux Camélias…

— Mais ce n'est pas possible… coupa l'une des Bretonnes, on ne va pas les laisser faire…

Sylvia aurait aimé se lever pour se présenter à ces gens et leur expliquer ce qui allait réellement se passer avec l'île. Mais quoique d'une nature téméraire, elle n'osa pas. Alors brusquement, surgit en elle une petite voix timide, qui lui insuffla des doutes. Des doutes au sujet de ce que Holger lui avait dit. Elle jeta un coup d'œil par la fenêtre, sans discerner quoi que ce fût – ni la place pavée, ni la façade austère de l'église, ni même les innombrables jardinières imposantes avec les plantes taillées qui fleuriraient ici cet été, lorsqu'elle aurait replongé depuis longtemps dans son ancienne vie.

Sylvia ne remarqua pas que sa crêpe, dont elle avait laissé la moitié dans l'assiette, était en train de ramollir et son thé refroidir. Elle était absorbée dans le souvenir de sa conversation téléphonique avec Holger, se la repassant mot pour mot. *Sylvia, ma chérie... comme tu veux...* résonna à son oreille. Son étrange rire forcé, qui ne lui allait pas du tout, ses raclements de gorge et ses silences appuyés, et enfin son ton exagérément enjoué lorsqu'il l'avait rappelée, lui flanquèrent soudain la chair de poule.

— Mais nous n'accepterons pas ça… reprit l'un des hommes, et Sylvia tressaillit, arrachée à ses pensées. Ils apprendront à nous connaître, nous les Bretons.

Il parut évident à Sylvia qu'elle devait dissiper ses doutes. Mais comment, par qui ?

Avec détermination, elle saisit son smartphone. De nouveaux messages continuaient à être téléchargés, mais elle n'y prêta pas attention. Elle chercha dans sa liste de contacts Lena Weinhalter, la secrétaire de Holger, et l'appela.

— Pourrais-je parler à mon époux ? demanda Sylvia, espérant secrètement que Holger soit en déplacement.

— Désolée, répondit la secrétaire. Il m'a dit qu'il ne repasserait plus aujourd'hui. Puis-je lui laisser un message ?

— Ah, fit Sylvia, feignant la déception. Bon d'accord. Mais… peut-être que vous pourriez m'aider, Lena. Seriez-vous assez aimable pour me chercher l'adresse de l'acquéreur intéressé par l'exploitation horticole de ma tante ? Je n'arrive plus à mettre la main dessus.

— De l'investisseur hôtelier ? demanda Lena.

Sylvia faillit avoir un infarctus.

— Je peux vous envoyer ses coordonnées par mail. Ça vous conviendrait ?

Sylvia dut toussoter afin de recouvrer sa voix.

— Ce serait formidable, Lena. Merci beaucoup, vous êtes un ange !

— Je l'ai déjà retrouvée, fit la voix de la secrétaire à l'autre bout du fil. Elle sera dans vos mails dans deux minutes. Puis-je faire autre chose pour vous, madame von Gaden ?

— Non, fit Sylvia d'une voix faible. Merci beaucoup. Et… évitez d'en parler à mon mari s'il vous plaît, ajouta-t-elle. Il s'énerve toujours quand je perds quelque chose.

Comme si elle avait déjà perdu la moindre information… Heureusement, Lena n'en savait rien.

La secrétaire s'esclaffa de bon cœur.

— Ne vous en faites pas, répondit-elle d'un ton de conspiratrice. Ça restera entre nous.

***

Sylvia demanda l'addition. Elle remarqua le visage préoccupé de la serveuse lorsqu'elle aperçut la crêpe à peine touchée.

— Vous n'avez pas aimé ? demanda la jeune fille inquiète.

— Si si, répliqua Sylvia gênée, c'était très très bon. Mais… soudain je n'avais plus faim. Ah… y aurait-il un cybercafé au village ?

— Non, désolée, répondit la serveuse, mais juste au coin, il y a notre bibliothèque municipale. On peut utiliser le wifi gratuitement, et la salle de lecture est très confortable.

Sylvia la remercia, laissa un généreux pourboire, et quitta la crêperie.

Dehors, elle emplit ses poumons d'une grande goulée d'air frais. Tout en elle refusait de croire ce qu'elle venait d'entendre. Si ces discours étaient la vérité, alors, cela devait signifier que…

Sylvia se redressa et se força à inspirer et expirer à intervalles réguliers pour se ressaisir. Si c'était la vérité, Holger lui avait menti. Mais pourquoi ? Elle ressentit une douleur dans la poitrine, une vieille cicatrice qu'elle croyait définitivement guérie. Voilà qu'elle se ravivait. La douleur d'avoir été trompée. Dupée et trahie. Sylvia se frotta le front.

Cela ne pouvait être vrai. Holger était l'être le plus fiable qu'elle eût jamais connu dans sa vie. C'était impossible, il devait s'agir d'une méprise. Mais, quel que fût le motif de cet imbroglio, elle devait clarifier les choses, et ce, dès maintenant.

Ses jambes se mirent en mouvement comme indépendamment de sa volonté. Une rue plus loin, elle trouva, comme le lui avait indiqué la serveuse, la bibliothèque, dans un ancien manoir à l'allure placide et désuète. Sylvia gémit. Dans un endroit pareil, on pouvait s'attendre à des ordinateurs obsolètes avec une connexion du même acabit, placide et désuète. Elle fut d'autant plus étonnée de découvrir dans la salle de lecture une bonne douzaine d'ordinateurs ultramodernes dotés d'écrans plats, auxquels ne manquaient plus que des utilisateurs.

— C'est toujours aussi tranquille ici ? demanda Sylvia à la bibliothécaire tandis que celle-ci lui donnait le mot de passe.

L'employée pouffa.

— Attendez seulement la sortie de l'école, fit-elle, on se croirait dans une ruche ici.

Bien que la connexion fût excellente, il fallut presque une demi-heure avant que tous les mails qui s'étaient accumulés dans la messagerie de Sylvia fussent téléchargés. L'attente fut une véritable torture, les nerfs de Sylvia étaient à vif, sur le point de lâcher. Elle s'enfonça dans sa chaise et ferma les paupières, s'obligeant encore à respirer profondément et calmement. Tout ce qui l'intéressait à l'heure actuelle était le mail de la secrétaire de Holger, et lorsqu'il arriva enfin, elle l'ouvrit immédiatement.

Golf-Hotel, Resort & Spa
PLENILUNIO
Sir James Ashton-Davenport
P.-D.G.

La carte de visite digitale incluait tous les détails possibles et imaginables, dont le site Internet du groupe. Sylvia l'inscrivit dans le moteur de recherche et ses pires craintes furent alors confirmées. Onze lieux de villégiatures paradisiaques taillés sur mesure dans les plus beaux coins du globe, chacun pourvu d'un golf immense, piscines, et oasis de bien-être, si luxueux que Sylvia en attrapa le vertige. Les tarifs étaient également exorbitants. *Tout simplement ce qui existe de mieux*, lut-elle.

Sylvia se couvrit le visage des deux mains et s'affala contre le dossier de la chaise. Pourquoi Holger faisait-il cela ? Elle se frotta les yeux, qui, brusquement, lui brûlaient, cliqua néanmoins sur chacune des destinations PLENILUNIO et constata qu'il ne manquait au groupe que la dernière perle pour atteindre la douzaine – un club en France. Et si magnifiques les autres lieux fussent-ils, ils n'arrivaient cependant pas à la cheville de l'île aux Camélias.

Dans son imagination, le parc prenait déjà forme. Les courbes douces de la surface de l'île et les champs où Maël avait installé les pousses offraient la configuration idéale pour un terrain de golf. Il y avait suffisamment d'eau, et le climat était propice. Le jardin d'exposition des camélias près de la maison principale ferait un magnifique parc pour l'hôtel. Vu sous cet angle, les quinze millions mentionnés par Holger étaient un prix dérisoire. Pourtant, ce n'était pas cela qui nouait l'estomac de Sylvia et provoquait des martèlements effrénés dans sa tête. Elle fut frappée par la certitude qu'elle ne voulait pas vendre. Ni à Sir James Ashton-Davenport, ni à qui que ce fût d'autre. Et le plus grave était ce que lui avait fait Holger dans cette histoire. Elle n'arrivait pas à y croire. Il lui avait bel et bien menti, et pas plus tard que la veille au soir encore. C'était *son* héritage et, depuis le début, il avait fait en sorte qu'elle le vende sans même y jeter un œil.

Et elle ? L'avait laissé faire. Lui en avait même été reconnaissante. Avait tout approuvé et lui avait fait confiance, aveuglément…

Alors, il se passa quelque chose qui perturba au plus haut point l'aimable bibliothécaire. Devant l'unique ordinateur occupé, sans crier gare, l'élégante étrangère éclata en sanglots.

5

La confiance en question

Le vent cinglait Sylvia au visage, mais elle ne le sentait pas. Depuis deux heures, elle courait simplement tout droit devant elle, sans se soucier de sa destination. Son visage était trempé, de larmes ou de la bruine qui s'était soudain mise à tomber du ciel bleu-gris, elle ne savait pas au juste. Il lui était impossible d'avoir les idées claires. Elle courait et courait, comme si la solution à ce chaos l'attendait quelque part devant elle.

Holger lui avait menti. Pourquoi ? Qu'est-ce qui l'avait conduit à jouer ce numéro d'acteur au téléphone ? Lorsqu'elle y pensait, ses joues s'empourpraient de rage et de honte. Qui était-elle donc, pour se faire embobiner de la sorte ? Et qui était-il donc, pour la traiter de la sorte ?

Soudain, Sylvia s'arrêta net. La terre n'allait pas plus loin. Quelques mètres en contrebas, les vagues se fracassaient contre une grève fortifiée, projetant leur nuée d'écume. Quelque part au large, se dressait l'île aux Camélias. Sylvia se retourna et prit son visage entre ses mains.

Que devait-elle faire maintenant ? Rentrer à la maison et parler avec Holger ? Elle avait laissé ses bagages sur l'île aux Camélias, elle devait d'abord les récupérer. Pourtant, elle savait qu'elle ne se résoudrait pas à revenir auprès de Solenn et Maël, sachant désormais ce qu'elle savait. Comment pourrait-elle encore les regarder dans les yeux ? Non, c'était impossible. Aussi devait-elle ramener Holger à la raison et empêcher cette vente ridicule, le cas échéant sans lui. Exactement. Voilà. Après tout, c'était elle, l'héritière.

Sylvia scruta les alentours. Elle avait quitté le village depuis longtemps. Pendant un moment, elle avait simplement suivi la route, puis s'était engagée sur un sentier pédestre qui longeait la côte. Elle se trouvait maintenant sur un vaste parking, certainement bondé en été, mais désert à l'heure actuelle. Le sentier continuait, descendant dans une cuvette, où des pins couchés par le vent encerclaient un monument en pierre. Lorsque Sylvia se rapprocha, elle distingua des rochers gigantesques en forme de colonne, dont deux dardaient leur pointe érodée vers le ciel. Un troisième gisait en travers près d'eux comme un vieil arbre chu. Il était brisé en deux.

L'espace d'un instant, Sylvia oublia ses soucis et examina attentivement les rochers. Entre les nuages se faufilaient maintenant quelques rayons de soleil, projetant sur elle une lumière irréelle. Lorsque Sylvia promena le bout de ses doigts sur la surface froide et graniteuse des cairns, elle se sentit brusquement infiniment petite. Les deux rocs verticaux, dont l'un dépassait quelque peu son compagnon, devaient mesurer dix mètres au bas mot. Sylvia en eut le vertige lorsqu'elle renversa la tête pour les contempler. Pouvaient-ce être les fameux menhirs, le rocher fétiche d'Obélix ? Depuis quand étaient-ils là ? Des millénaires ? Qu'avaient-ils donc bien pu voir ? À combien de générations avaient-ils survécu ?

Sylvia posa son front contre sa trouvaille et ferma les yeux. Elle avait l'impression de capter une force émanant de ces rochers, une énergie qui lui était inconnue et la bouleversait. Le monde ici était plus vieux qu'on ne pouvait même l'imaginer. Qui avait possédé la puissance et le courage d'édifier de tels monstres en pierre et les ancrer visiblement tant et si bien qu'ils s'érigeaient encore ici aujourd'hui, indétrônables et majestueux ? Et qu'est-ce qui avait fait tomber le troisième des compagnons de pierre ? Quand s'était-il brisé, et pourquoi ?

— Tous les visiteurs sont les bienvenus ici, avait dit Maël. L'essentiel est qu'ils n'amènent pas de bulldozer avec eux.

Sylvia poussa un faible gémissement. Ils savaient déjà ce qui s'avançait vers eux, lui et Solenn. Ils savaient, et continuaient malgré tout comme avant. S'occupaient imperturbablement des camélias, greffaient des boutures, attendaient la fleur, celle qui serait unique en son genre.

Elle était ici chez elle, avait dit Solenn. Et lorsque Sylvia y repensait, c'étaient les derniers mots qu'avait prononcés Solenn le matin avant son départ.

La lumière dorée disparut, et la petite bruine se mua en averse. Sylvia s'arracha fébrilement aux cairns et se remit en route. Elle était transie. Même si la veste soi-disant imperméable à cent pour cent tenait ses promesses promotionnelles, la pluie battait contre ses jambes, et en un rien de temps, ses chaussures et son jean furent trempés. Elle marcha plus vite, remonta sa capuche sur ses cheveux mouillés et sentit l'eau qui s'était accumulée dedans lui dégouliner dans la nuque et le long de la colonne vertébrale. Elle frissonna. À chaque bourrasque, le vent la giflait de gouttes telles des aiguilles glacées.

Où devait-elle aller ? Elle regarda sa montre. Il était deux heures passées, l'isthme était impraticable. Au cas où elle désirerait retourner sur l'île, elle devrait attendre jusqu'au soir. Sylvia se languissait de s'asseoir là-bas dans sa chambre devant la cheminée, se réchauffer en agrippant des deux mains un *bol* de thé fumant. Mais avant tout, elle devait s'efforcer d'empêcher les bulldozers de débarquer. Elle devait faire en sorte que tout restât comme avant. Comme sa tante Lucie l'avait laissé derrière elle.

— Mais pourquoi, bon sang, cria Sylvia sous la pluie en rebroussant tête baissée le chemin qu'elle avait parcouru, qu'est-ce qui a bien pu lui traverser l'esprit pour qu'elle me lègue ça, *à moi* ? Pourquoi pas à sa compagne Solenn ?

Elle atteignit de nouveau la route et tenta de se souvenir à quelle distance se trouvait encore le village où elle avait laissé la voiture. Un véhicule roula dans une flaque et lui aspergea les jambes d'eau boueuse. Elle entendit une autre voiture s'avancer derrière elle et se rapprocher du fossé autant que possible. Mais elle ralentit et s'arrêta à son niveau. La vitre côté passager du véhicule tout-terrain cabossé s'abaissa.

— Montez madame, fit une voix de femme, montez.

Sylvia ne se le fit pas dire deux fois. Elle ouvrit la portière et bondit sur le siège.

— J'ai bien peur, dit-elle en rabaissant sa capuche tout en s'efforçant d'en retenir l'eau – entreprise vouée à l'échec – de tremper votre siège. Je m'excuse…

— Mais non, répondit la femme en riant.

Elle portait un pull en laine ample tricoté à la main, qui ne cachait pas complètement ses formes généreuses. Sylvia la jaugea dans la cinquantaine, ses cheveux blond vénitien étaient coupés court et les racines argentées sur son crâne chatoyaient comme des brins d'herbe couverts de rosée.

— Ça séchera. Avec ce temps, je ne pouvais pas vous laisser marcher dans la rue. Vous avez eu une panne ?

Panne, pensa Sylvia en voyant apparaître déjà avec soulagement la pancarte du village. Ma vie entière est *en panne* en ce moment.

— Où est votre voiture ?

— Sur la place de l'église, dit Sylvia en remarquant seulement à cet instant qu'elle grelottait de froid. Je voulais juste faire une promenade.

— Certainement aux *peulvans*, dit la femme d'un ton engageant. Ne sont-ils pas impressionnants ? Je les connais depuis mon enfance et je suis toujours aussi fascinée. D'une certaine façon, on ne s'y habitue jamais. Même s'ils font partie de nous comme la mer.

— Ce sont des menhirs ? s'enquit Sylvia.

— Oui, tout à fait, répondit la femme. *Maen-hir*, Pierres Longues, comme on dit en breton. Vous n'êtes pas d'ici, *n'est-ce pas* ?

La femme lui jeta un regard en coin. C'était une affirmation, même si elle était tournée comme une question. Sylvia secoua la tête. Elle sentit ses joues s'empourprer. Combien de temps faudrait-il avant qu'on ne la reconnût comme la nièce sans cœur de Lucie, qui avait provoqué la perte de l'île aux Camélias ?

— Vous parlez très bien le français, continua la femme aimablement. Et vous savez, vous me rappelez quelqu'un. Je ne me souviens plus de qui exactement…

— De quand datent les *peulvans* ? demanda Sylvia pour changer de sujet de conversation.

— Ah, ça, on ne le sait pas exactement, répliqua la femme. Certains disent qu'ils ont été érigés pendant l'âge de la pierre polie. Il y a environ cinq mille ans. Mais ce pourrait tout à fait être deux mille de plus.

Elles avaient atteint la place de l'église. La Porsche rouge se tenait seule sous la pluie, ressemblant à un corps étranger que les maisons en pierres grises alentour contemplaient étonnées.

— Merci beaucoup de m'avoir raccompagnée, dit Sylvia. C'était vraiment gentil de votre part.

— Pas de quoi, répondit la femme avec chaleur, tandis que son visage s'illuminait d'innombrables rides d'expression. Je l'ai fait volontiers. Au fait, ajouta-t-elle, je m'appelle Rozenn. J'ai un atelier de poterie un peu au nord des *peulvans*. Si vous avez envie un jour, n'hésitez pas à venir y jeter un œil.

— Ce serait avec plaisir, l'en assura Sylvia, puis elle prit congé et descendit de la voiture.

Rozenn lui fit un petit signe de la main en redémarrant, et Sylvia regarda le 4X4 disparaître entre les maisons.

La pluie cessa à cet instant, aussi brusquement qu'elle avait commencé. Des rais de lumière filtrèrent à travers la couverture nuageuse gris anthracite et transformèrent la place pavée du marché en une piste de danse aux reflets argentés.

En frissonnant, Sylvia s'arracha à cette vision enchanteresse, remonta dans sa voiture, fit démarrer le moteur, et s'en alla. Mais où devait-elle aller au juste ? Le passage jusqu'à l'île était encore infranchissable. Elle avait besoin de toute urgence d'un bain chaud et de vêtements secs. Pendant une fraction de seconde, elle fut complètement déboussolée, un sentiment décidément si étranger à sa personnalité qu'elle avait du mal à se reconnaître. Puis, au croisement suivant, elle aperçut un panneau et prit une décision immédiate : elle roulerait jusqu'à Quimper. Pour l'instant, elle en avait assez de la vie campagnarde, de l'océan, sa lumière et sa magie ensorceleuse.

À la perspective de se retrouver bientôt dans une ville, Sylvia poussa un soupir de soulagement. Quimper n'était certes pas une métropole comme Munich, mais pour l'heure, ça lui était bien égal. Le principal était qu'elle possédât quelques magasins, et le principal était qu'il y eût un hôtel où l'on pouvait escompter un anonymat reposant et un certain confort correspondant à une gamme de tarifs, comme partout ailleurs dans le monde. Elle en avait vraiment un besoin urgent afin de concevoir un plan avisé. Et à cet effet, elle avait également besoin d'une tête froide, d'Internet et d'un réseau de téléphone portable. Enfin, elle recouvrait la maîtrise de ses cinq sens.

Sylvia pianota dans le moteur de recherche de son GPS « Hôtel Quimper » et choisit celui avec le plus d'étoiles.

Une heure plus tard, elle s'engageait dans le parking de l'hôtel. Elle réserva la suite la plus chère et se renseigna sur un magasin de vêtements à proximité.

— Nous avons une boutique dans l'hôtel, madame, dit la jeune femme à la réception, en lui expliquant comment s'y rendre.

Dans le petit magasin juste à côté du restaurant, Sylvia acheta un jean blanc, un tee-shirt blanc, et une chemise à manches longues couleur bois de santal, et, en sus, une veste en mohair tricotée dans des tons mauves chaleureux, deux paires de socquettes, et quelques culottes. Tout ce qui lui manquait autrement se trouvait déjà dans la salle de bains de la suite, de la brosse à dents jusqu'au peigne.

Elle fit couler de l'eau chaude dans la baignoire, et ôta enfin ses vêtements détrempés. Lorsqu'elle se plongea dans l'eau froufroutante du bain moussant, elle poussa un long soupir. Quel bien-être ! Elle ferma les paupières et s'enfonça dans l'eau. Ses orteils étaient encore parcourus de fourmillements, mais finalement, elle sentit la chaleur l'envahir tout entière.

Soudain l'eau du bain s'agita, se plissa de vagues et Sylvia se retrouva dans un océan immense qui la charriait inlassablement, sans qu'elle puisse se raccrocher à quoi que ce soit. Puis quelque chose de long et fin lui apparut, peut-être une branche, et elle s'y agrippa. Elle attira la chose à elle et reconnut le rameau souple d'un jeune arbuste de camélias. Il avait été sectionné. Comme elle, il était entraîné par le courant et dans sa corolle vert foncé scintillaient encore des fleurs, rouge écarlate comme des gouttes de sang…

Sylvia sursauta. Elle s'était assoupie et avait rêvé. Ses deux mains cramponnaient le pommeau de douche comme si sa vie en dépendait.

Mon Dieu, pensa-t-elle, je dois sauver l'île aux Camélias. Je n'ai pas de temps à perdre.

Un quart d'heure plus tard, elle enfila sa nouvelle tenue et se sécha les cheveux. Elle n'était toujours pas certaine de la façon dont elle devait procéder. Valait-il mieux confronter directement Holger sur le fait qu'elle connaissait la vérité ? Ou était-ce préférable d'emprunter des détours plus diplomatiques ? Mais lesquels ? Elle n'avait pas l'habitude des secrets et conseillait toujours à ses clients l'honnêteté et la transparence. La plupart des difficultés, du reste, naissaient du manque de communication, des mensonges et des faux-fuyants. Lorsqu'elle pensait à ce que Holger était en train de lui faire, elle en avait véritablement la nausée.

Sylvia saisit le stylo et l'épais bloc-notes portant le logo de l'hôtel.

— Lorsque vous n'êtes pas sûr de ce que vous devriez faire, se plaisait-elle à répéter à ses clients, écrivez noir sur blanc les conséquences éventuelles de chacune des conduites entre lesquelles vous hésitez. Ensuite, vous établissez une comparaison.

Voici précisément ce qu'elle allait faire.

Je déclare à Holger purement et simplement que l'île aux Camélias n'est pas à vendre, écrivit-elle en haut de la première feuille.

Conséquences :

1. *Il essaie de me faire changer d'avis.*
2. *Il annule la vente.*
3. ...

Sylvia fixa un long moment le point numéro trois. Se pouvait-il qu'il continue à lui mentir ? Qu'il lui affirme qu'il annulerait la vente, mais ne le fasse pas ?

Elle balança le bloc-notes sur la table. Comment pouvait-elle ne fût-ce qu'envisager une chose pareille ? Leur relation n'était-elle pas basée sur la confiance ?

Pourtant, hier, il t'a menti, disait une petite voix impitoyable en elle. *Et pas seulement hier. Depuis le début. Ne prétendait-il pas que l'exploitation horticole était complètement délabrée ?*

N'avait-il pas tu qu'il s'agissait d'une parcelle de terre inestimable au milieu de l'Atlantique, d'une île qu'on n'imaginerait même pas en rêve ? Il l'avait déjà présentée à un client, avant même qu'elle fût au courant de ce que sa tante lui avait légué.

— Et c'est de l'escroquerie, marmonna-t-elle dans sa barbe.

Sylvia eut l'impression qu'un précipice s'ouvrait sous ses pieds. Elle fut saisie de panique, d'un sentiment d'aliénation infinie, comme si elle se mouvait dans un espace en apesanteur, absolument seule, abandonnée de l'humanité entière. Elle connaissait ce sentiment, même si elle l'avait oublié et écarté depuis longtemps, comme des réminiscences d'une vie antérieure. Sa vie avant Holger. Son amour avant Holger. L'unique passion, le seul grand amour qu'elle ne se fût jamais autorisé dans sa vie. Et qui l'avait si cruellement trahie autrefois, des années auparavant.

Elle repensa à cette époque. Il s'appelait Robert, il était peintre, et elle aimait tout en lui : ses cheveux roux bouclés, qui lui tombaient ingénument sur le front, l'odeur qu'il dégageait, de mousse et d'herbes sauvages, sa manière de l'attraper, de ses mains calleuses de peintre, l'effluve de térébenthine qui imprégnait son atelier, et les peintures qu'il créait. Elle adorait sa façon de rire et de la regarder, le caractère absolu de son désir pour elle, elle ne se lassait jamais de l'écouter parler de son travail, de le contempler lorsque, complètement absorbé, il mélangeait ses couleurs. Elle n'était jamais rassasiée de leurs ébats sur le sofa Art nouveau de son atelier, elle le croyait sur parole lorsqu'il évoquait son grand amour pour elle, et l'avenir commun merveilleux qui les attendait, elle lui donnait tout, même son argent, si durement gagné à l'époque. Elle venait juste de finir ses études, avait fait des stages non rémunérés dans de grands cabinets de conseil en entreprise, avait subvenu à leurs besoins, à elle et à lui, en traduisant la nuit des manuels d'utilisation d'appareils électroménagers, absolument convaincue qu'un jour, une galerie réputée s'intéresserait à lui. Lorsque ce fut enfin le cas, au bout de trois ans, lorsqu'il vendit sa première grande toile à un prix exorbitant et qu'elle arriva dans son atelier avec une bouteille de champagne qu'elle s'était payée en sautant des repas, elle le trouva avec une autre, sur le sofa Art nouveau où, croyait-elle, il n'avait aimé qu'elle.

Du moins c'était ce qu'elle pensait.

Pourquoi n'apprend-on l'infidélité, dans une relation amoureuse, qu'une fois qu'il est trop tard ? Pourquoi même les meilleures amies n'osent-elles pas dire la vérité tant qu'on est encore bercée de l'illusion d'être l'unique ?

Mais, pire que tout : c'était Robert qui avait finalement largué Sylvia. Lui qui l'avait renvoyée chez elle, avec sa bouteille de Dom Pérignon, et avait fêté son succès avec d'autres. Qui n'avait plus jamais voulu entendre parler d'elle ni ne l'avait une seule fois remerciée de lui avoir financièrement gardé la tête hors de l'eau pendant toutes ces années, d'ailleurs, il n'en avait probablement même pas conscience. Il avait piétiné leur amour et disparu de sa vie comme si leur relation passionnelle n'avait jamais existé.

À cette époque, Sylvia souffrit les pires tortures, celles d'un être qui aimait avec chaque parcelle de son corps et chaque cellule de son âme, et ne parvenait pas à arracher cet amour du jour au lendemain de son cœur – les tortures du mépris, de l'abandon, de la trahison. Et lorsqu'enfin, elle eut à nouveau les idées claires, elle prit une décision. Elle se jura de ne plus jamais se laisser exclusivement mener par ses sentiments, mais de construire une relation avec un homme – si, du reste, elle en laissait encore un l'approcher à l'avenir – sur ce qu'ils partageaient. Des valeurs communes. Des buts communs. Des priorités communes. Et, après des nuits sans sommeil et des nuits à pleurer, elle en arriva à la conclusion qu'un projet de vie commun pesait plus lourd que des sentiments romantiques, qui, comme elle l'avait appris à ses dépens, ne duraient pas.

Il avait fallu beaucoup de temps avant qu'elle ne s'engage à nouveau dans une relation. De toute façon, il n'y avait pas de place dans sa vie pour un homme, assenait-elle à l'envi à son amie Veronika, qui voulait toujours la présenter à untel ou untel. Jusqu'à ce que Holger entre dans sa vie, lors de cette fameuse réception à Los Angeles. Elle n'était pas tombée éperdument amoureuse de lui et il n'avait pu deviner que c'était précisément son atout. Holger était indubitablement séduisant, il portait son smoking d'une manière quelque peu désuète, comme si c'était sa seconde nature de tenir un verre de cocktail à la main, comme s'il était né ainsi, et il hypnotisait son interlocuteur de son regard intense, qui semblait exprimer qu'à cet instant précis, il ne pouvait rien désirer au monde plus ardemment que cette conversation avec lui.

Cela, Sylvia l'avait appréhendé et analysé dans les cinq premières minutes de leur rencontre. Tout comme son désir de réussite, la pugnacité avec laquelle il s'acharnait sur son objectif jusqu'à l'atteindre. Son instinct de prédateur, qui lui soufflait quand une affaire était juteuse ou non. Et cette vulnérabilité qu'ils partageaient : la peur de revenir à zéro.

À cette époque, elle s'était accordé du temps et avait royalement examiné son offre. Mais graduellement, il avait réussi à se rendre indispensable auprès d'elle et peu à peu, l'attirance qu'elle avait ressentie pour lui au début s'était muée en un sentiment agréable de complicité, d'affinité, et finalement d'amour. Ils étaient comme Hansel et Gretel, qui se tenaient par la main dans ce monde impitoyable, toujours prêts à se protéger et se défendre l'un l'autre, conscients qu'ensemble, ils étaient plus forts que seuls. Ainsi, pendant toutes ces années, ils s'étaient servis impudemment dans la maison en pain d'épices de la forêt magique sans réveiller la méchante sorcière, jusqu'à finir par croire que cela leur appartenait entièrement…

Sylvia secoua la tête, se leva et arpenta la suite de long en large. Hansel et Gretel ? Foutaises ! Holger et elle étaient un couple qui, depuis dix ans, avait démontré sa complémentarité. Qui avait surmonté des hauts et des bas et dont l'amour mutuel était empreint de respect. Et pour cette raison, elle se devait de parler ouvertement avec Holger. Ce qui l'avait poussé à lui mentir devait cesser. Certes, elle n'arrangeait rien en se livrant à des jeux secrets de son côté. Sans compter que cela lui déplaisait terriblement.

Avant de pouvoir se raviser, Sylvia saisit son téléphone et appela son époux. Il décrocha immédiatement, ce qui la troubla l'espace d'une seconde. Puis, elle sut comment lui présenter les choses. Oui, elle allait ériger un pont en direction de Holger. Un pont pour pouvoir lui dire la vérité.

— C'est moi, fit-elle. Sylvia. S'il te plaît, aurais-tu la gentillesse de me donner le numéro de téléphone de ton acquéreur éventuel ? J'aimerais bien lui parler directement.

Holger cessa de respirer pendant un instant. Puis il recouvra son sang-froid.

— Sylvia, ma chérie, dit-il d'un ton affectueux, mais elle sentait qu'il lui en coûtait énormément de se maîtriser. Je pensais, poursuivit-il, que nous avions tout tiré au clair hier. Il m'a encore appelé tout à l'heure. Pour t'informer qu'il a encore besoin de quelques jours avant de t'envoyer son business plan.

— Holger, répliqua-t-elle sérieusement, je t'en prie, dis-moi la vérité !

— La vérité ? répéta Holger soudain furieux, sa voix s'étranglant presque. Tu me demandes de te dire la vérité ? Mais alors, tu crois que je te mens ?

Sylvia vit le pont qu'elle avait construit vers lui s'effondrer lentement et inexorablement. Sa voix était glacée lorsqu'elle recommença à parler. Elle possédait quelque chose du froid qu'elle avait ressenti quelques heures plus tôt sous la pluie.

— Tu essaies vraiment de me dire que Sir James Ashton-Davenport, le propriétaire de PLENILUNIO, est en train de travailler à un business plan pour conserver l'exploitation horticole de camélias ? C'est ça, la vérité, Holger ?

Dans le brusque silence en provenance de Munich, retransmis par Dieu sait quels satellites tournant autour de l'orbite terrestre, Sylvia crut entendre quelque chose se briser entre elle et son mari. C'était comme une flamme de bougie qui s'éteignait et, en dépit de la douleur qui la submergea à cet instant, Sylvia fut surprise qu'elle s'apparente davantage à un grésillement ou un murmure qu'à un grondement de séisme. C'était donc ainsi que prenait fin une relation basée sur la raison ? Étrange. Cela faisait mal, mais c'était supportable.

— Dis à ce type, poursuivit-elle, que je ne vends pas. Et surtout pas à lui.

— C'est trop tard pour ça, Sylvia, lâcha Holger en guise de réponse.

Sa voix ne sonnait ni froide, ni furieuse. Au grand

étonnement de Sylvia, elle semblait lasse, teintée de regrets. Et aussi un peu résignée.

— Pourquoi ? demanda-t-elle.

— Parce que nous avons signé un contrat. Et qu'il m'engage.

— Ça m'est égal, siffla-t-elle au téléphone. Annule-le ! Je n'ai pas donné mon accord.

— Tu n'as pas besoin de le faire, répliqua son époux. Tu m'as donné les pleins pouvoirs qui étaient nécessaires pour cela. L'île est déjà quasiment vendue. Dis-lui au revoir. C'est du passé.

— Non ! cria Sylvia, fulminant de colère et de désespoir.

Elle vit le visage de Maël sous ses yeux, lorsqu'il s'était penché sur elle pour l'embrasser. Elle vit l'immense ciel insaisissable qui recouvrait l'île, un ciel où se déroulait le ballet enchanteur des rayons du soleil avec les nuages. Elle vit Solenn derrière les fourneaux et dans le parc, le camélia en un exemplaire, blanc teinté de vert au cœur écarlate, le premier de la sorte qui eût jamais existé. Et elle se vit là au milieu, ébahie et emplie d'une sérénité qu'elle n'avait encore jamais éprouvée.

— Non, dit-elle encore une fois, calmement et fermement. L'île n'est pas à vendre. Elle m'appartient, ma tante me l'a léguée. Si je dois payer des pénalités d'annulation de contrat, je les paierai. JE NE VEUX PAS VENDRE, Holger, tu as compris ?

Il y eut encore un silence sur la ligne. Se pourrait-il, songea Sylvia, que je finisse par haïr l'homme que je croyais aimer ?

— Je ferai mon possible, dit enfin Holger. Si ça te tient tant à cœur, je vais voir ce que je peux faire.

Soudain, Sylvia eut les larmes aux yeux.

— Tu m'as menti, Holger, dit-elle en déglutissant.

Il ne manquait plus qu'il se rende compte qu'elle pleurait comme une gamine.

— Et tu sais ce que ça signifie pour moi.

— Sylvia, mon amour, fit-il d'une voix implorante, comment aurais-je pu deviner que juste toi, qui ne t'es jamais intéressée de ta vie à une quelconque primevère, t'enticherais à ce point-là de cette exploitation horticole ?

Ce n'est pas n'importe quelle exploitation horticole, eut-elle envie de répondre, mais elle se tut. Holger ne le comprendrait pas. Et c'était mieux ainsi. Car, comme le perçut clairement Sylvia à cet instant, ce qui l'empêchait principalement de céder l'île, ce n'était pas l'exploitation horticole, pas l'héritage de Lucie. C'étaient les gens là-bas. Solenn. Pierrick. Gwen. Et, bien entendu, avant tout, Maël. Maël, aux yeux couleur de l'océan, couleur qui changeait selon son humeur, ses pensées. Maël, qui parlait avec les camélias et espérait qu'ils se révéleraient à lui dans une splendeur et une multiplicité sans cesse renouvelées. Maël, qu'elle voulait absolument revoir, regarder droit dans les yeux sans avoir honte…

La voix de Holger l'arracha à ses réflexions :

— Dois-je te rappeler que c'est toi qui m'as prié de t'aider pour la vente ? Tu n'avais pas le temps de t'en occuper toi-même. Tu as déjà oublié ? Car tu sautes constamment d'un point du globe à un autre. Je ne te reproche rien, au contraire. Tu as toujours été comme ça, et tu l'es encore. Je t'aime tellement. Mais dis-moi quelque chose, ajouta-t-il d'un ton sincèrement désemparé, que s'est-il passé pour que tu changes à ce point-là ? Pour que tu t'agites ainsi pour cette île et que… tu veuilles absolument sauver cette exploitation horticole ? Pour que tu sois prête à perdre de l'argent pour ça, au lieu d'en gagner un paquet ? Que t'arrive-t-il, Sylvia ? J'aimerais vraiment le comprendre !

Sylvia ravala sa salive. Elle eut l'impression d'être prise en flagrant délit. Était-elle vraiment en train de changer ? Et si oui, était-ce grave ? Soudain, Holger lui fit de la peine. Il y avait de la vérité dans ce qu'il disait. Elle se sentit coupable. Elle se laissait embrasser par un inconnu et se conduisait comme une adolescente. Mais quand même. Cela ne donnait pas le droit à Holger de lui mentir.

— Pourquoi ne m'as-tu pas dit la vérité hier ? demanda-t-elle.

Il émit un petit geignement. Elle pouvait littéralement se le représenter, en train de faire les cent pas dans son bureau et passer la main dans ses cheveux épais et bruns.

— C'était bête de ma part, finit-il par lâcher, dépité, je t'en prie, pardonne-moi. Mais tout d'un coup, j'ai eu le sentiment que je… que je…

— Quel sentiment as-tu eu ? demanda Sylvia sur le qui-vive.

— Que je devais te protéger de toi-même. Tu me sembles si différente, récemment, si… comme pas toi-même. Sylvia, cette vente est l'affaire du siècle. Et toi, juste toi, tu veux la saboter ? Une telle opportunité ne se présente pas deux fois, crois-moi…

— Et que ferions-nous avec tout cet argent ? coupa Sylvia. Devrions-nous nous dégotter une autre belle île et l'acheter ? Holger, il faut que tu comprennes ça : l'île aux Camélias est inestimable. Un tel paradis ne se rencontre nulle part ailleurs dans le monde. Ces millions, nous n'en avons pourtant pas besoin…

Elle entendit un petit soupir.

— Des gens comme toi et moi, dit Holger d'un ton las, ont toujours besoin d'argent. Nous avons besoin de cet argent. Crois-moi, Sylvia. Fais-moi simplement confiance. Concluons ce deal et…

— Non, trancha Sylvia, l'île n'est pas à vendre. C'est mon dernier mot. Explique-le à Sir James Ashton-Davenport. Sinon, c'est moi qui le ferai.

Le silence sur la ligne était devenu glacé. Comme si une crevasse s'était formée entre eux et qu'un blizzard y soufflait. Sylvia en prit furtivement conscience.

Puis, Holger dit d'une voix plus chaleureuse, ce qui la dérouta quelque peu :

— C'est vraiment comme tu veux. Je vais lui parler. Mais après, rentre à la maison, mon amour. Tu me manques. Et la Bretagne, ne le prends pas mal, mais j'ai l'impression que ça ne te réussit pas.

— Je rentrerai à la maison, dit Sylvia en le pensant sincèrement, à condition que tu me promettes de te rétracter sur la vente.

— Je te le promets, répondit docilement Holger, je ferai tout mon possible.

— Et ne t'avise plus jamais de me mentir ! Tu m'entends ?

— C'est compris, Sylvia.

— Car si cela devait se reproduire, ne serait-ce qu'une seule fois, ce serait la fin entre nous. Me suis-je bien fait comprendre ?

— Absolument. C'est tout ce qu'il y a de plus clair. Je dois te laisser maintenant, Sylvia, j'ai un autre appel. Je te tiens au courant.

Sur ce, Holger raccrocha.

Soulagée, Sylvia inspira et expira profondément. Holger intercéderait en sa faveur, c'était certain, il le ferait. Elle se leva. Alors, son regard tomba sur le bloc-notes avec son écriture nerveuse. Elle lut :

Conséquences :

1. *Il essaie de me faire changer d'avis.*
2. *Il annule la vente.*
3. ...

Son regard resta suspendu sur la ligne vide derrière le chiffre trois. La troisième possibilité était, toujours et encore :

3. Il conclut la vente dans mon dos.

— Non, fit-elle à voix haute. Non, non, non. Holger ne ferait pas ça. Sûrement pas. Pas après cette conversation.

Déterminée, elle enfila ses chaussures, qui étaient presque sèches, et sa nouvelle veste en mohair. Son estomac gargouillait. Il était près de dix-huit heures, et elle n'avait rien mangé de conséquent depuis le petit-déjeuner. Elle était curieuse de voir ce que proposait le restaurant. Ensuite, elle passerait la soirée à tester le service de bien-être et spa de l'hôtel. Et le lendemain matin, elle retournerait dans l'île. Il était temps de tout expliquer à Solenn et Maël.

6

La magie de l'île

— Je me suis fait du souci !

Maël la dévisageait et ses yeux reflétaient le ciel limpide et la mer scintillante. Sylvia venait d'apporter les courses dans la cuisine, et comme elle n'avait pu dénicher Solenn nulle part, les avait rangées dans le réfrigérateur. Puis, dans la cour, elle était tombée sur Maël, dont le visage s'était éclairé.

— J'étais à Quimper, lui répondit Sylvia embarrassée, en détachant son regard à contrecœur des variations chromatiques de ses yeux vairons. Et après, c'était trop tard pour revenir en voiture. J'ai passé la nuit dans un hôtel.

Elle devina que sa réponse ne l'avait pas entièrement satisfait. Et elle avait décidé de lui dire la vérité. Autant le faire sur-le-champ, avant de retomber sous son charme irrésistible.

— J'aimerais parler avec toi, commença-t-elle en jetant un coup d'œil timide alentour.

Pierrick, qui passait justement avec une brouette pleine de terre, une cigarette à moitié consumée au coin des lèvres, les salua gentiment de la main. Sylvia lui rendit son signe en souriant, puis se retourna vers Maël.

— Pourrions-nous aller dans un coin tranquille… ?

— Mais oui, dit Maël en la gratifiant enfin de son beau sourire, qui, comme elle s'en aperçut à cet instant, lui avait manqué. Suis-moi. Je vais te montrer quelque chose. Un endroit vraiment spécial.

Ils prirent le même chemin cahoteux que deux jours plus tôt, lorsque Maël lui avait montré les plantations. Mais cette fois-ci, en haut de la butte, il bifurqua complètement à gauche. Sylvia ne distinguait aucune route, mais Maël manœuvrait la voiture avec des gestes sûrs sur une piste dégagée par le vent et les éléments naturels, jusqu'à ce qu'ils atteignissent l'extrémité d'une langue de terre s'avançant résolument dans la mer. En contrebas, à une centaine de mètres, les lames se jetaient contre l'île, se dressant en crêtes d'écume qui explosaient en mousse blanche dans un grondement fracassant.

— Viens, cria Maël en conduisant Sylvia sur un sentier escarpé qui partait du flanc est de la côte rocheuse et s'enfonçait vers l'océan.

Escortés par les goélands qui les encerclaient en criant, ils descendirent lentement et finirent par déboucher sur un palier protégé, à quelques mètres au-dessus du niveau de la mer. Sylvia accepta l'aide de Maël pour franchir les derniers mètres particulièrement abrupts et lorsqu'elle regarda autour d'elle, fut saisie d'émerveillement – au creux des hautes falaises qui les abritaient du vent, s'étendait une anse naturelle. Là s'était formé comme un bassin d'eau de mer qui réverbérait le bleu intense du firmament.

— Viens, répéta Maël en prenant Sylvia par la main.

Il n'y avait pas le moindre souffle d'air dans cette espèce de calanque. Sur la roche argentée poussait du lichen dans des tons jaune soufre moirés, et d'imperceptibles fissures jaillissaient des plantes aux minuscules fleurs violettes. Entre les pans des falaises et le bassin naturel, Sylvia découvrit une sorte de plage, au sable aussi fin que du sucre glace.

Maël enroula ses bras autour d'elle et l'attira vers lui.

Non, voulut-elle protester, nous devons parler, mais soudain, elle ne se souvint plus de ce qu'elle voulait lui dire. Et lorsque Maël commença à déboutonner délicatement sa chemise, baisser les bretelles de son soutien-gorge sur ses épaules, dégager et caresser ses seins, l'allonger doucement sur le sable fin, elle fut envahie d'un tel désir de l'étreindre et le toucher que ses dernières pensées raisonnables se volatilisèrent. Dans son champ de vision, tout semblait se dissoudre dans un bleu étincelant : le ciel, l'eau du bassin naturel, la mer et surtout les yeux de Maël, ce turquoise intense dans lequel elle avait désormais plongé, corps et âme. Et tandis qu'il explorait son corps et elle le sien, ardent et puissant, tandis qu'elle savourait ses baisers, à la fois salés et doux, tandis qu'elle s'ouvrait et qu'il entrait en elle, elle réalisa avec effroi que ce qu'elle ressentait à l'instant, elle ne l'avait jamais ressenti de sa vie. Ni avec Holger, ni avec Robert. L'avidité, le désir pressant, l'abandon, la fusion, la volupté presque lancinante qui la faisaient haleter, ces explosions qui l'assaillaient par vagues, encore et encore, sans vouloir s'arrêter, intarissables, jusqu'à ce que, lentement, très lentement, elles refluent, comme l'océan qui montait et se retirait, chaque fois un peu plus, pour laisser place à la douceur et la félicité, et une sérénité infinie dans les bras de cet homme inconnu et pourtant familier, qu'elle avait l'impression de connaître depuis toujours – tout cela, Sylvia ne l'avait jamais vécu.

L'après-midi s'achevait lorsqu'ils retournèrent enfin à la voiture. Ils se taisaient et Sylvia, heureuse, songeait qu'aucun mot ne possédait une quelconque signification en cet instant. Pendant tout le trajet, Maël ne lui lâcha pas la main. Ce fut seulement quand ils atteignirent le jardin aux Camélias et franchirent le portail, qu'ils aperçurent la silhouette de Solenn s'avançant vers eux, d'une démarche décidée qui n'augurait rien de bon, quand les mensonges de Holger lui revinrent à l'esprit, Sir James Ashton-Davenport et son maudit contrat – que la réalité la rattrapa et la frappa de plein fouet. Elle avait voulu parler avec Maël, tout lui expliquer. Et maintenant, elle était encore plus empêtrée dans le fouillis de ses émotions.

Maël gardait sa main dans la sienne, et à travers cette pression, elle le sentait encore tout entier dans son corps. Peut-être était-elle devenue folle, car soudain,

Sylvia n'eut plus peur. D'une façon ou d'une autre, tout finira par s'arranger, songea-t-elle alors qu'elle se battait contre la portière récalcitrante du côté passager, qu'elle réussit bel et bien à ouvrir. Maël contourna la voiture et, avec sollicitude, l'aida à descendre.

— Je dois aller voir Pierrick, lui glissa-t-il tendrement à l'oreille. On se verra au dîner.

Sur ce, il disparut dans le jardin parmi les arbustes de camélias.

Sylvia se passa la main dans les cheveux et se demanda si, en la voyant, on pouvait deviner ce qui venait de se produire entre elle et Maël. Puis, elle se tourna vers Solenn et alla à sa rencontre.

— J'ai mis les courses dans le frigo, dit-elle.

Solenn était appuyée dans l'embrasure de la porte de la cuisine, les paupières mi-closes, comme plongée dans ses réflexions.

— Tu voudrais bien boire un café avec moi ? demanda-t-elle alors en regardant Sylvia droit dans les yeux.

Dans les siens, Sylvia pouvait lire la douleur et l'inquiétude.

— J'aimerais parler de quelque chose avec toi.

Sylvia acquiesça. Le moment était donc venu. L'heure de vérité avait sonné. Et c'était tant mieux.

Elle suivit la compagne de sa tante dans la maison et attendit que celle-ci engageât la conversation. Mais Solenn prenait son temps. Elle prépara un café, comme si c'était la chose la plus importante au monde. Sylvia s'assit à la table de la cuisine et observa Solenn verser du lait dans une casserole bosselée, allumer le gaz en dessous, sortir deux bols du buffet, avant de lui tendre le café puis le lait bouillant séparément. Enfin, Solenn prit place en face d'elle.

— Je suis la nièce de Lucie, dit Sylvia, et elle s'émerveilla que cela fût soudain si facile.

Solenn hocha la tête.

— Je sais.

Sylvia écarquilla les yeux de surprise.

— Tu le sais ?

— Mais bien sûr. Je t'ai reconnue immédiatement. Tu lui ressembles tellement. *Mon Dieu*.

Solenn se passa la main devant les yeux, et soudain, elle eut l'air terriblement épuisée.

— Elle parlait très souvent de toi, poursuivit-elle. Lucie aurait tellement aimé…

Solenn s'arrêta, baissa le regard sur son café au lait, et secoua presque imperceptiblement la tête. Sylvia se sentit impuissante. Puis, brusquement, Solenn ouvrit le tiroir de la table et en sortit un dossier qui avait été visiblement ouvert très souvent.

— Elle avait tout gardé.

La voix de Solenn n'était plus qu'un murmure. Elle poussa le dossier vers Sylvia. Celle-ci le prit, l'ouvrit, le cœur battant, et tressaillit en voyant son propre visage la fixer sur une photographie. *Carrières : la femme qui amène l'ordre dans le fouillis,* était inscrit en majuscules en haut de l'article. Il datait d'il y avait cinq ans, et avait été publié dans un grand magazine national allemand. Elle connaissait l'article par cœur, il avait été le premier d'une longue série et elle se souvenait du sentiment de triomphe qu'elle avait éprouvé à l'époque pendant des jours et des jours. Elle avait réussi, elle figurait dans un magazine au tirage de plus de cent mille. Et cela ne faisait que commencer.

Sylvia continua à feuilleter les coupures. Elles y étaient toutes, l'une après l'autre, soigneusement classées par ordre chronologique — l'interview dans *La Semaine de l'économie*, le portrait dans *Capital*. Des reportages chez elle, dans plusieurs magazines féminins prestigieux, etc. etc.

Et enfin l'apogée : son élection parmi les dix femmes d'affaires les plus influentes d'Allemagne.

— Tu ne peux pas t'imaginer à quel point elle était fière de toi, dit Solenn.

Sur chaque article, Lucie avait noté, de son écriture fine et minutieuse, la date et la source. Sylvia referma le dossier. Elle se sentait vraiment minable. Mais maintenant, il était trop tard pour faire marche arrière.

— De quoi est-elle morte ? demanda Sylvia.

— Elle avait une tumeur au cerveau.

Solenn leva la tête et regarda Sylvia droit dans les yeux, comme pour voir comment elle réagirait à cette nouvelle.

— On ne savait pas qu'elle avait ce truc enfoui dans sa tête depuis longtemps, poursuivit-elle. Il y a deux ans, à Noël, elle a commencé à avoir des migraines, et ensuite, ça la torturait chaque nuit dès qu'elle se couchait. Le jour, tout allait bien et Lucie disait : ce n'est rien. Peut-être que je ne supporte plus le vin au dîner. Alors elle ne buvait plus que des infusions, mais les maux de tête empiraient. Parfois, ils la terrassaient tellement, y compris dans la journée, qu'elle restait assise dans son fauteuil, impuissante. Quand, un jour, elle s'est brûlé la main avec la plaque de gaz, sans s'en apercevoir parce qu'elle ne ressentait plus la douleur, j'ai insisté pour l'accompagner à l'hôpital. Au début, ils n'ont rien trouvé et l'ont renvoyée chez elle. Je suis allée jusqu'à Paris avec elle. Lorsqu'ils ont fini par découvrir la tumeur, c'était trop tard. On ne pouvait pas l'opérer, elle n'aurait pas survécu. Elle est morte l'été. Le jour du solstice. Mais en fait, elle était déjà partie depuis longtemps…

Solenn se leva et se détourna brusquement. Ses épaules étaient agitées de soubresauts. Sylvia, émue, fixait ses mains qui enserraient le dossier. La violence du chagrin de Solenn la bouleversait. Après ce qui sembla une éternité, la Bretonne recouvra son sang-froid.

— Voilà comment ça s'est passé, conclut-elle, en esquivant le regard de Sylvia.

Puis elle fit volte-face.

— Suis-moi, dit-elle résolument, j'aimerais te montrer quelque chose.

Sans attendre la réponse de Sylvia, elle se dirigea vers la porte et l'ouvrit. Sylvia la suivit, troublée par le changement d'humeur de Solenn. Celle-ci traversa la cour à grandes foulées et pénétra dans le parc aux camélias, si prestement que Sylvia dut presque courir pour la rattraper. Solenn s'arrêta devant le banc en pierre où Sylvia s'était assise deux jours plus tôt et avait éprouvé cette paix incroyable.

— Nous l'avons enterrée ici, dit-elle en désignant la plate-bande face au banc. C'était sa volonté. De toute façon, il aurait été impossible de la transporter jusqu'à la terre ferme. On aurait dit que le ciel et la mer s'étaient donné le mot pour exprimer leur courroux qu'elle s'en aille ainsi, au beau milieu de sa vie. Pendant une semaine entière, il y a eu un véritable déluge. Lorsque ça s'est enfin calmé, le prêtre est venu ici et a béni la tombe. Pas parce que ça signifiait quoi que ce soit pour moi. Mais Lucie le voulait. Et c'était la seule chose qui comptait.

Sylvia contemplait les arbrisseaux, les fleurs simples à cinq pétales, aussi écarlates que du sang, et elle réalisa que c'était de ces camélias qu'elle avait rêvé. Le rameau auquel elle s'agrippait dans la mer. Elle se rapprocha et découvrit alors la pierre qui se dressait entre les buissons comme un petit *Maen-hir*.

LUCIE
QUE NOUS AIMIONS PLUS QUE TOUT

— Des gens sont venus de très loin pour lui dire au revoir. Lucie était devenue l'une des nôtres, bien qu'elle soit allemande et que ce soit souvent difficile ici pour les étrangers. Mais Lucie avait quelque chose en elle auquel personne ne pouvait résister.

Sauf moi, songea Sylvia. Je lui ai résisté. Précisément moi, je l'ai laissée tomber.

— Ici, c'était son endroit favori pour se retirer, fit Solenn, elle s'asseyait souvent sur ce banc au coucher du soleil. Et pour être honnête, je pense qu'une partie d'elle est restée ici. Lorsque je m'assois ici et ferme les yeux, je sens sa présence. Sa paix. Sa joie. Son amour.

C'était donc ça, pensa Sylvia, et son cœur s'emplit brusquement de chaleur, cette sérénité extraordinaire que j'ai ressentie ici, cela venait donc d'elle ?

Et soudain, elle eut l'impression d'être à nouveau la fillette qui courait pieds nus le long de la plage, avec, à ses côtés, une jeune femme exubérante, dans une robe du même tissu que la sienne, au fond bleu océan parsemé de fleurs mauves qui ressemblaient à des roses. Ou bien des camélias ? Elle entendait encore son rire et sa voix qui l'appelait par son prénom. *Viens, Sylvie, viens vite !* Alors, elle se sentit soulevée et projetée dans les airs, le souffle coupé par son propre rire, en apesanteur, puis retombant dans des bras tendres. Ensemble, elles s'étaient affalées par terre et avaient roulé dans le sable fin comme du sucre glace. Tante Lucie. Sa tante Lucie.

Rien qu'à elle pendant un bel été. Lucie, qui lui achetait des glaces en catimini quand sa mère le lui avait interdit. Lucie, qui connaissait les plus jolies chansons. Lucie, qui inventait chaque jour un nouveau jeu. Lucie, qui lui avait ôté sa peur de l'eau, des vagues, et lui avait appris à nager, dans la mer du Nord à l'époque.

Et puis ? Que s'était-il passé ? Lucie s'était mariée. Et du jour au lendemain, elle avait disparu.

— Je n'arrive même pas à exprimer combien elle me manque, dit Solenn, et à cet instant, Sylvia remarqua les larmes qui ruisselaient aussi sur ses propres joues.

Sur quoi pleurait-elle ? Sur son enfance envolée ? Sur la tante Lucie d'autrefois ? Sur la Lucie qu'elle n'avait jamais connue, qu'elle avait oubliée et dont elle avait mis les lettres de côté sans les ouvrir ? Se morfondait-elle pour la petite Sylvie de cette époque, comme l'appelait toujours sa tante, ou bien son moi actuel, sa vie, son amour pour Holger ou même son amour pour Robert ? Ou bien pleurait-elle tout simplement parce qu'elle venait enfin de comprendre que pendant toutes ces années de sa vie, elle avait couru après quelque chose qui, aujourd'hui, était incapable de la réconforter, maintenant que Lucie était morte et que le mensonge et la méfiance s'étaient immiscés dans son couple, maintenant que sa relation construite sur la raison semblait se fracasser, minée par ses propres règles ?

Sylvia frissonna. Le soleil avait disparu derrière le mur. Un vent froid s'était levé, s'engouffrant dans sa veste, dans ses cheveux et dans les camélias pourpres sur la tombe de Lucie. Une cascade de pétales se détachèrent, et tourbillonnèrent en volutes sur leur tête tandis que des tourmentins noirs s'envolaient de l'arête du mur en poussant des cris lancinants et stridents et, tout d'un coup, cet endroit paisible sembla menaçant et glacial.

— On ferait mieux de rentrer, dit Solenn d'une voix voilée, on se verra au dîner.

Puis, avec sa brusquerie coutumière, elle fit volte-face et s'en alla d'un pas traînant. Elle me déteste, songea Sylvia en s'emmitouflant dans sa veste. Elle doit forcément me détester. À sa place, ça ferait longtemps que j'aurais envoyé paître la nièce de Lucie.

***

Ce soir-là, personne n'avait pensé à faire du feu dans la cheminée de sa chambre. De ses doigts gourds, Sylvia fourra dans l'âtre quelques-unes des bûches que Pierrick lui avait apportées et s'efforça de l'allumer. Elle fit craquer les allumettes, l'une après l'autre, de ses doigts ankylosés – en vain. Elle n'avait aucune expérience dans ce genre de choses. Elle finit par renoncer, furieuse contre elle-même, enfila un pull supplémentaire et se dirigea vers la fenêtre qui donnait sur la côte. De sombres nuages tournoyaient et formaient une chape épaisse entre le ciel et la terre. Et pourtant, seulement quelques heures plus tôt, le soleil avait brillé, lorsqu'ils étaient en bas, au bord du bassin naturel dans le sable…

Le corps de Sylvia, malgré le froid qui régnait dans la chambre, fut soudain parcouru d'une onde de chaleur. Ses joues s'empourprèrent de honte et aussi, d'un désir ravivé de Maël. Mon Dieu, elle était folle de cet homme ! Une partie d'elle pensait constamment à lui depuis quelques jours, cette chose inconnue qui l'habitait était comme un animal tapi, silencieux et immobile, guettant l'occasion d'annihiler toute raison. Maël viendrait-il lui rendre visite dans sa chambre cette nuit ?

Mais bon sang, qui lui arrivait-il donc ? Au cours des dix années d'existence de son couple, elle n'avait jamais ressenti l'envie de tromper son mari. Elle en aurait pourtant eu maintes fois l'occasion. Ses clients étaient principalement des hommes, et Sylvia était habituée aux regards concupiscents et aux tentatives cherchant à cerner ses limites. Aussi s'était-elle érigé une forteresse autour d'elle, avait-elle développé des stratégies visant à décourager avec courtoisie les approches séductrices, les laissant glisser dans le vide. D'une certaine manière, elle était devenue une experte pour signifier aux hommes qu'elle était inaccessible sans pour autant froisser leur vanité. Néanmoins, elle n'avait encore jamais rencontré quelqu'un comme Maël.

Maël. Il était tellement singulier. Si droit, si lui-même. Il semblait complètement indifférent à ce que possédait un individu ou au rang qu'il occupait dans la société. Il ne lui avait même pas demandé, pas une seule fois, ce qu'elle faisait dans la vie. Maël la prenait juste comme elle était, sans si ni mais. Il était comme un élément de la nature qui l'entourait ici : soit le soleil portait les couleurs à incandescence avec ses rayons magiques, soit le vent fouettait sauvagement les vagues et les nuages gorgés de pluie jusqu'à ce qu'ils explosent furieusement en ondées. Les gestes de cet homme, ses mains, faisaient toujours spontanément ce qu'il fallait, ce qui était juste.

Ce qui était juste, c'était d'aimer Maël. Elle ne pouvait faire autrement. Elle n'avait pas l'impression de commettre une faute, pourtant c'était faux. Est-ce possible ? songea Sylvia, que la faute semble juste et la justesse fausse ?

Sylvia se ressaisit et s'éloigna de la fenêtre. De telles pensées remettaient tout en question. Il valait mieux essayer de faire enfin quelque chose de sensé. Elle alluma le lampadaire et décida, dans la demi-heure qui lui restait avant le dîner, de parcourir ses mails, qu'elle avait ignorés jusqu'alors. Cinq cent quatre-vingt-huit mails non lus, annonça sa messagerie, Sylvia se mit au travail en soupirant. Heureusement, parmi eux se trouvait un bon nombre qu'elle put effacer immédiatement. Elle rangea ses clients dans leurs dossiers respectifs, elle avait développé son propre système pour ne pas noyer les messages importants, voire les perdre, dans son quotidien professionnel frénétique. Elle serait bientôt obligée d'en recontacter certains.

Sylvia sursauta. Il y avait un message du cabinet fiscal de Waldner. Thomas l'avait priée avant son voyage de le rappeler de toute urgence. Zut ! Elle avait complètement oublié. Même ça, enregistra-t-elle, autocritique, ne lui serait jamais arrivé de la vie, jusqu'à peu.

Mais avant qu'elle ne pût ouvrir le mail, on frappa à la porte. C'était Maël.

— Tu n'as pas froid ? demanda-t-il en passant timidement la tête par la porte entrebâillée. Devrais-je te faire du feu ?

— Oh, ce serait adorable, répondit Sylvia soulagée.

Maël commença à s'affairer à la cheminée. En un rien de temps, les flammes s'élevèrent dans l'âtre.

— Comment as-tu fait ? s'enquit Sylvia. J'ai essayé et ça ne voulait décidément pas prendre.

Maël éclata de rire.

— J'aimerais mieux ne pas te montrer, plaisanta-t-il, au moins j'aurais toujours une bonne raison pour venir ici. Regarde, il faut commencer par les brindilles que Pierrick a coupées menu, et avec ça, tu fais comme un tipi d'Indiens et puis tu rajoutes délicatement des branches de plus en plus grosses autour, par couches. Enfin, une fois que ça a bien pris, comme maintenant, tu peux mettre les bûches épaisses. Mais il faut que la cheminée soit déjà bien chaude. Tu vois ? Comme ça…

Habilement, de façon à ce que le foyer naissant ne soit pas étouffé, mais que les flammes viennent les lécher, il empila les bûches et lentement, elles commencèrent à flamber à leur tour.

Maël se redressa et se tourna vers elle. Il avait l'air incroyablement heureux, il était si effrontément beau que Sylvia ressentit à nouveau les papillons s'affoler dans son bas-ventre.

— Sylvia, murmura-t-il en s'avançant vers elle.

Il la prit dans ses bras et la serra contre lui. Le corps de Sylvia s'embrasa sur-le-champ, et ayant perdu tout bon sens ou raison, elle se pressa contre lui, s'emplit de son odeur, brûlant de le sentir plus profondément en elle.

— Maël, gémit-elle doucement, nichant son nez dans l'endroit douillet à la base de son cou, entre ses épaules.

Elle inspira son effluve de vent, de mer et de terre, sentit son corps musclé, et sa virilité qui se dressait à nouveau.

— Nous devons parler… fit-elle, mais elle n'alla pas plus loin.

La bouche de Maël emprisonna ses lèvres. Comment, doux Jésus, était-elle censée être raisonnable, avoir les idées claires et discuter malgré tout avec lui ?

— Sylvie, appela-t-on énergiquement du rez-de-chaussée, à table s'il te plaît.

C'était Solenn, qui sonnait l'heure du dîner. Sylvia repoussa gentiment Maël, le regarda dans les yeux et posa son front contre le sien. Il haletait, s'efforçant péniblement de contrôler son excitation.

— Et si on ne descendait pas, tout simplement ?

Sylvia ne croyait pas ses propres oreilles d'avoir dit une chose pareille.

Maël pouffa doucement.

— Elle serait bien foutue de monter et venir te chercher, dit-il à regret, puis il baisa encore tendrement ses lèvres, puis son nez, recula et se passa la main dans les cheveux.

— Il vaut mieux, dit-il, que tu descendes en premier. Je vous rejoindrai ensuite. Puis-je utiliser rapidement ta salle de bains ?

— Mais bien sûr, susurra Sylvia, puis elle prit une grande inspiration et quitta la chambre.

***

Dans la cuisine, Pierrick et Gwen étaient déjà attablés, penchés sur leur soupe. Solenn darda sur Sylvia un regard bref et inquisiteur en lui tendant son assiette.

— Où est passé Maël ? demanda Pierrick.

À cet instant, la porte donnant sur la cour s'ouvrit et il entra. Sylvia haussa les sourcils d'un air interrogateur. S'était-il vraiment donné la peine de contourner la maison pour faire croire qu'il venait de l'extérieur ? Il semblait également éviter son regard.

Mais tu devrais plutôt être contente, lui souffla la petite voix de la raison dans sa tête, *pas tout le monde n'est obligé d'être au courant que…* sa main, qui s'apprêtait à porter la cuiller à sa bouche, resta en suspens… *que nous avons une aventure.*

Alors, elle fut assaillie par la mauvaise conscience. Elle se comportait vraiment de manière irresponsable. Et le pire, c'était que Maël ignorait qu'elle était mariée. Elle ne savait décidément pas comment lui amener la chose, après tout ce qui s'était déjà passé entre eux.

***

Après le repas, Sylvia insista pour aider Solenn à faire la vaisselle. Elle faisait partie de la famille, somme toute, songea-t-elle, ce n'était pas une visiteuse quelconque de Munich. Solenn ne protesta pas, et Sylvia ne discernait plus aucune émotion chez la Bretonne, tant elle s'était refermée depuis leur conversation près de la tombe de Lucie. Sylvia entendit Gwen persuader un Maël récalcitrant de la conduire sur la terre ferme, car apparemment, quelque chose était cassé dans sa voiture. Puis Pierrick se retira dans sa maisonnette au fond du jardin et brusquement, ce fut très calme dans la cuisine. Seuls le tintement des assiettes et le léger cliquetis des couverts emplissaient l'espace.

Enfin, tout fut lavé et rangé. Solenn se retourna et ôta son tablier.

— Viens, dit-elle en se fendant d'un sourire forcé, buvons encore un petit coup de *lambig*.

Dans un placard, elle alla chercher une bouteille contenant un liquide doré et deux petits verres à pied en forme de tulipe.

— C'est quoi, le *lambig* ? s'enquit Sylvia.

— Dans le Nord, on appelle ça du calvados, répondit Solenn, en remplissant les deux verres à moitié, ça, tu connais, n'est-ce pas ? On le fait à partir du cidre.

— Oui, dit Sylvia en humant son verre.

Le *lambig* dégageait un arôme fruité de vanille et de pommes. Sylvia jeta un œil sur la bouteille et vit qu'elle ne portait pas d'étiquette.

— Il provient d'un ami de Maël, expliqua Solenn qui avait remarqué le regard de Sylvia, c'est le meilleur de la région. Ça tient aux pommes. Brioc a les bonnes espèces dans sa pommeraie. Car dans le *lambig*, on met des pommes sucrées, des acides et des amères. C'est ça qui lui donne ce bon goût. Exactement comme dans la vraie vie, disait toujours Lucie.

Solenn leva son verre.

— Trinquons à elle, à ta tante Lucie !

Les verres se heurtèrent avec un tintinnabulement de carillon. Sylvia avait envie de pleurer. L'eau-de-vie aux pommes était en même temps glacée et brûlante, et, l'espace d'une seconde, elle fut tellement saisie par le goût fruité d'été et de fraîcheur, et par une sorte de volupté sauvage, qu'elle en eut le souffle coupé. Puis, peu après, elle perçut l'alcool. Quarante pour cent, au moins, se dit Sylvia, en se promettant de faire attention.

— Je voulais te demander quelque chose, dit Solenn, en s'adossant au buffet de la cuisine, et s'il te plaît, ne le prends pas mal. Mais… j'aimerais bien savoir pourquoi tu es venue.

Sylvia baissa le regard, fixa le liquide ambré dans son verre et inspira son arôme. Des pommes sucrées, acides et amères, songea-t-elle, exactement comme dans la vraie vie.

— Je voulais voir où Lucie avait vécu, finit-elle par murmurer.

C'était la vérité. Même si, à cet instant, dans cette cuisine bretonne remplie à ras bord de souvenirs de sa tante, et au vu de la menace qu'elle avait convoquée sur ce lieu, cela sonnait comme un prétexte creux.

— Mais pourquoi seulement maintenant ? lâcha Solenn, ça n'a aucun sens. Pourquoi n'es-tu pas venue avant ?

Parce que je n'avais pas le temps, pensa Sylvia. Parce que je n'ai pas pris le temps. Parce que ce n'était pas assez important pour moi.

Mais elle ne pouvait pas dire cela. Même si ces mots flottaient en suspens dans la pièce. Sylvia toussota.

— Tu m'as montré le dossier avec les coupures de presse, dit-elle finalement, que Lucie avait rassemblées. Tu sais quel genre de vie je mène. Je crains de ne pas avoir toujours fixé les bonnes priorités. Et crois-moi…

Solenn se mit à rire, si bien que les paroles de Sylvia restèrent coincées dans sa gorge. Elle aurait voulu ajouter qu'elle était sincèrement désolée. Mais le gloussement de Solenn se mua bientôt en sanglot et lorsque, instinctivement, Sylvia esquissa un geste pour la prendre dans ses bras, Solenn se détourna. Ses sanglots s'apaisèrent et elle se ressaisit. Elle sortit un mouchoir en tissu de sa poche, se moucha, et son visage afficha une expression aussi impénétrable qu'avant.

— Lucie prétendait toujours que tu étais différente des autres membres de sa famille, dit la compagne de sa tante. Eh bien ! Je suis heureuse qu'elle n'ait pas eu à constater de son vivant à quel point elle s'était trompée.

Sylvia sentit le rouge lui monter aux joues.

— Ce n'est pas ce que tu crois, commença-t-elle. Je ne vendrai pas l'île.

Solenn darda sur Sylvia un regard qui lui coupa la parole.

— Ah bon ? demanda-t-elle. Tu ne la vendras pas ? Alors, pourquoi nous as-tu envoyé ce type, cet agent immobilier ? Pourquoi as-tu autorisé qu'il amène cet Anglais qui veut transformer ce lieu en club de vacances ? Pourquoi ? Pour nous foutre une trouille bleue et puis venir ici incognito allumer Maël et foutre le bordel dans sa vie ? Tu ne sais pas que là-bas, au Pont d'Kherkh, il y a déjà des pelleteuses et des bulldozers qui n'attendent qu'une chose, élargir et surélever la route d'accès à l'île ? Que pas plus tard qu'hier, un régiment d'architectes et de géomètres a envahi l'île comme une nuée de sauterelles ? Tu ne veux pas vendre l'île, dis-tu ? Elle ne t'appartient même pas, d'abord. Tu étais sur la côte hier. Tu n'as donc pas entendu le bruit qui court là-bas, que les jours du jardin aux Camélias sont comptés ?

Solenn serra les poings et marcha vers l'évier. Elle renversa une chaise sur son passage, qui chancela puis s'effondra. Horrifiée, Sylvia regardait la poitrine de la Bretonne se soulever violemment par à-coups.

— Solenn, dit Sylvia doucement, je t'en prie, écoute-moi. C'est vrai, je l'ai appris hier. Je n'étais pas au courant.

Solenn se contenta de secouer la tête. Comment diable, pensa Sylvia, lui faire comprendre ce qui s'est passé entre Holger et moi ?

— S'il te plaît, la supplia Sylvia, il faut que tu me croies. J'ai fait une erreur. J'ai fait aveuglément confiance à quelqu'un. Et cette personne m'a trahie. Mais il n'est pas trop tard. Je sauverai cette île, Solenn. Ensemble, nous trouverons une solution. Je suis consultante en management d'entreprises, et si tu es d'accord, je regarderai ce que nous pourrions optimiser dans l'exploitation horticole. Tu dois juste m'autoriser à jeter un coup d'œil dans les comptes…

— Sylvia, la coupa Solenn en se retournant vers elle. Maintenant, écoute-moi bien. Lucie n'avait pas pensé, même en rêve, à te léguer tout ça. Elle avait fait un testament, en ma faveur. Nous avons tout construit ici ensemble. Et elle avait également mis Maël dessus, c'est un bon gars et il est devenu comme un fils pour nous. Personne ne connaît mieux les camélias que lui. Et il a un cœur en or. Le problème, c'est que… le testament a disparu. C'est seulement pour cette raison que tu es là. Mais je n'aurais jamais pu m'imaginer que la nièce chérie de Lucie se comporterait comme un tel rapace.

Sylvia posa son verre sur la table. Tout tourbillonnait dans sa tête. Solenn avait raison. Néanmoins, elle sentait peu à peu la colère monter en elle contre cette femme bourrue. Décidément, c'était douloureux quand quelqu'un appuyait le doigt sur une blessure.

Soudain, Sylvia crut entendre la voix de Lucie. *Des pommes sucrées, acides et amères*... Elle ravala péniblement sa salive et pensa aux bulldozers.

— Solenn, dit-elle enfin, je comprends ton courroux. Moi aussi, à ta place, je serais furieuse. Mais à l'heure actuelle, cela ne nous aide pas. Je t'ai expliqué pourquoi c'en est arrivé à ce stade. Qu'on m'a trompée. Mais maintenant, je vois les choses clairement et je suis déterminée à sauver l'île. Mais je ne peux pas le faire toute seule, ce n'est qu'ensemble que nous y parviendrons.

Solenn la toisa longuement, les yeux froncés et méfiants.

— Ça se pourrait, finit-elle par lâcher. Mais un dernier point : je veux que tu laisses Maël tranquille. Il a vécu des choses terribles. Et je t'interdis de lui briser le cœur. Ça lui est déjà arrivé, et je ne crois pas s'il survivrait à une seconde fois !

7

La vérité

Dans sa chambre, le feu allumé avec tant d'amour par Maël était déjà presque éteint. Délicatement, Sylvia posa sur les tisons deux bûches, et vit, au bout de quelque temps, les flammèches les envelopper pour finir par les embraser. Puis elle se dirigea vers la porte et la ferma résolument à clef. Non pas qu'elle eût peur dans la maison de sa tante décédée. Mais elle redoutait surtout sa propre réaction si Maël venait frapper à sa porte.

C'en était arrivé à ce stade. Cet *amour fou* devait prendre fin. Ici et maintenant. Solenn avait raison. Même si elle n'était pas encore au courant que Sylvia était mariée. Ou bien le savait-elle peu ou prou ? Cette femme semblait tout savoir d'elle…

Il valait mieux penser à autre chose. Il valait mieux, pour changer, faire quelque chose de sensé. Elle prit son smartphone avec la ferme intention de classer ses mails.

Elle ouvrit le message de son conseiller fiscal et commença à le lire. Au début, elle n'arrivait pas à se concentrer, et les phrases dansaient devant ses yeux. Puis, soudain, son regard s'arrêta sur un certain mot et, à cet instant, elle se sentit sur le point de défaillir. Pardon ? Rêvait-elle ? Que se passait-il donc ? Qu'est-ce que le mot « insolvabilité » avait à voir avec sa comptabilité et celle de Holger ?

Ma chère Sylvia, relut-elle, *j'essaie désespérément de te joindre par tous les moyens et je suis très inquiet. Il FAUT ABSOLUMENT qu'on discute et se concerte sur la meilleure stratégie à adopter par rapport à l'insolvabilité qui menace Holger. Où que tu te caches en ce moment, rappelle-moi dès que possible, à n'importe quelle heure du jour ou de la nuit. Tu as mon numéro de portable personnel. Thomas.*

Holger était menacé d'insolvabilité ? Ce ne pouvait être vrai. Pourtant, Sylvia savait que Thomas était le conseiller fiscal le plus fiable au monde. Elle le connaissait depuis plus longtemps que Holger, il avait même été son témoin pour leur mariage. Ce n'était pas du tout son genre de plaisanter avec ces choses-là. Sylvia suffoquait. Elle se sentait étourdie, comme si quelqu'un lui avait balancé un coup de poing au visage.

Serait-ce la raison pour laquelle Holger faisait tout pour transformer l'île aux Camélias en argent sonnant et trébuchant ? Et si possible, un gros paquet ? Sous les yeux de Sylvia, chaque élément se mit soudain en place. *Des gens comme toi et moi ont toujours besoin d'argent*, résonna dans ses oreilles. *Nous avons besoin de cet argent. Crois-moi, Sylvia. Fais-moi simplement confiance...*

Confiance. Elle lui avait fait confiance. Tant et si bien que lors de leur mariage, elle n'avait pas insisté pour conclure un contrat en séparation de biens, même si sa raison le lui soufflait. Et pas seulement sa raison, mais également Thomas et son amie Veronika.

— Juste toi, avait-elle dit, tu devrais garder la tête froide. Ce n'est pas toi qui me bassines tout le temps avec les relations fondées sur le discernement ?

Mais Holger n'avait pas voulu, il l'avait dévisagée de ses grands yeux bruns et avait dit :

— Eh bien, c'est là toute la confiance que tu m'accordes ?

Elle n'avait pas osé insister. Il a raison, avait-elle pensé. Comment peut-on construire une relation à deux basée sur la confiance en tirant le frein à main dès le début pour les cas hypothétiques de dérapage ? Sylvia savait que c'était stupide de sa part, elle en avait toujours eu conscience, néanmoins, elle s'était dit qu'elle ne prenait aucun risque. Pas avec Holger. Holger était un homme d'affaires brillant, avec la tête sur les épaules. Mais que s'était-il donc passé, bon sang de bonsoir ? Et pourquoi, pour couronner le tout, Holger le lui cachait-il ? Précisément à elle, qui était réputée pour sortir les entreprises en difficulté de l'ornière ? Si ses affaires se portaient si mal que ça, pourquoi ne lui avait-il pas demandé de l'aide quand il en était encore temps ?

Sylvia regarda la date du mail. Thomas le lui avait envoyé il y avait deux jours. Qui sait les dégâts qui ont pu se produire en deux jours, songea-t-elle. Dans ce genre de situation, chaque heure comptait. Et encore, Sylvia n'avait aucune idée de la gravité des choses.

Elle décrocha le vieil appareil téléphonique et composa le numéro de Thomas. Il répondit immédiatement.

— Mon Dieu, Sylvia, dit-il, où étais-tu donc cachée ?

— Je suis en France, répondit-elle. Je prends enfin des vacances. Que se passe-t-il ?

— Le moment est bien mal choisi pour prendre des vacances. Ce qu'il s'est passé ? Tu n'es donc pas au courant de la situation ?

Sylvia eut l'impression que quelqu'un lui nouait sournoisement la gorge.

— Mais enfin, qu'est-il arrivé, Thomas ? demanda-t-elle emplie d'angoisse. S'il te plaît, dis-le-moi !

À l'autre bout du fil, elle crut entendre le conseiller fiscal jurer dans sa barbe.

— Ton mari a fait de mauvaises opérations. Je ne sais pas ce qui lui a pris. Je le connais depuis longtemps, et je n'aurais jamais pensé qu'il puisse faire une chose pareille.

— C'est grave ?

— Assez grave.

Thomas s'interrompit. Puis il se racla la gorge.

— Parle, Thomas, s'il te plaît !

— Bon voilà… Il a investi dans quelques affaires immobilières parce qu'il pensait pouvoir faire beaucoup plus de profit qu'avec de simples commissions.

Il voulait financer l'achat d'un bien par la vente de l'autre, etc. Mais le hic, c'est que les clients lui ont fait faux bond. Et maintenant, il est obligé de jouer cartes sur table.

Son ami fit de nouveau une pause.

— Continue, Thomas, le supplia Sylvia. Nom d'un chien, dis-moi tout !

— Eh bien… Actuellement, ses dettes se montent à environ quinze millions.

Subitement, ce fut comme si Sylvia tombait dans un trou. Tombait, tombait et tombait et n'arrivait nulle part. Elle voulut dire quelque chose mais sa voix avait flanché.

— Sylvia, fit Thomas inquiet à l'autre bout du fil, tu es toujours là ? Tu m'entends ?

Sylvia prit une grande inspiration. Toussota.

— Je suis toujours là, Thomas. Je suis juste…

— Alors, tu n'étais vraiment pas au courant.

C'était une constatation, pas une question.

Sylvia secoua la tête.

— Non, répondit-elle.

Puis, brusquement, la colère l'envahit.

— Mais non, bon sang, absolument pas !

Car son époux le lui avait caché et lui avait menti.

— Holger a affirmé, poursuivit Thomas, qu'il était censé avoir bientôt l'argent. Mais je suis incapable d'imaginer comment. Et il ne veut pas me le dire. Je ne suis pas sûr qu'il sache encore ce qu'il fabrique.

Sylvia avait toujours considéré Thomas comme un conseiller fiscal compétent et imperturbable. Mais actuellement, elle devinait, à l'inflexion de sa voix, qu'il était extrêmement préoccupé.

— Bon Dieu, Sylvia, continua-t-il comme elle ne réagissait toujours pas, je déteste vraiment que tu apprennes cette très mauvaise nouvelle par moi. Sincèrement. Je suis désolé.

Tu n'as pas à être désolé, songea Sylvia, si quelqu'un devrait l'être, ce devrait être Holger. Ou bien moi. D'avoir été assez bête pour refaire confiance à un homme.

— As-tu une idée, poursuivit Thomas, de ce que voulait dire Holger ? Es-tu au courant d'une affaire de quinze millions d'euros ?

— Oui, répondit Sylvia, épouvantée de ne pas reconnaître sa propre voix. Je vois de quoi il parle. J'ai hérité d'une île en Bretagne. Une île où poussent des camélias. Un paradis sur Terre, si tu vois ce que je veux dire, Thomas, un lieu féerique.

— Une île ? Comme propriété privée ?

— Oui, c'est ça.

— Et… y a-t-il un client solvable ?

— Oui, il y en a un. Holger veut la vendre à une chaîne d'hôtels internationale.

Elle entendit Thomas pousser un grand soupir.

— Juste ciel, Sylvia, fit-il soulagé, comme je suis content d'apprendre ça ! Alors, tout est arrangé…

— Non, le coupa-t-elle. Rien n'est arrangé. Je ne peux pas vendre cette île.

Il y eut un silence sur la ligne. Un silence de mort.

— Je ne comprends pas… entendit-elle alors son ami prononcer.

— Thomas, je suis désolée, mais il n'y a rien à comprendre, répliqua Sylvia.

— Sylvia…

— C'est impossible, c'est tout.

— Tu es consciente de ce que ça signifie ? Cet héritage est la seule issue de secours pour Holger…

— Suis-je impliquée, moi aussi ? s'enquit Sylvia d'une voix neutre. Si les choses dégénèrent jusqu'à l'insolvabilité, pourrait-on m'obliger à vendre cette île ?

— Alors, tu veux vraiment…

Thomas Waldner ne put terminer sa phrase. Sylvia le comprenait. Il essayait d'appréhender le fait que Sylvia et Holger n'étaient visiblement plus l'équipe où chacun était prêt à intervenir en faveur de l'autre. Du reste, elle s'efforçait encore, elle-même, de le digérer.

— Tu veux dire, dit Sylvia, lui venant en aide, serais-je vraiment prête à le laisser tomber ? Je n'ai pas le choix, Thomas. Non seulement il m'a caché la situation, mais en plus il m'a menti comme un arracheur de dents. Mais ma décision de ne pas vendre cette île, je l'avais prise avant, de toute façon. Je ne peux pas accepter que ce paradis ici soit détruit. Et c'est pour ça que je veux savoir : suis-je impliquée ? Peut-on me forcer à vendre ?

Pendant un moment, il y eut un silence sur la ligne.

— Non Sylvia, personne ne peut te forcer à vendre l'île dont tu as hérité. Au cas où une procédure d'insolvabilité serait ouverte contre Holger, tes propriétés et ton patrimoine ne figureraient pas dans le passif de la faillite.

Sylvia respira. Elle avait conseillé tant d'entreprises dans ce genre de situations désespérées. Qu'elle puisse être un jour personnellement menacée d'insolvabilité ne lui avait jamais effleuré l'esprit.

— Mais j'aimerais savoir quelque chose, Thomas : est-ce que c'est vraiment si grave, les affaires de Holger ? S'il s'agit d'un bien immobilier, il a encore une certaine valeur. Même si, pour l'instant, il n'y a pas d'acquéreur, cela peut venir…

— Il a fait de mauvais investissements, il a spéculé à tort et à travers, Sylvia, intervint Thomas. Et on ne parle pas d'un bien immobilier, mais de trois. D'un château à douve en Bavière aux fondations rongées par la moisissure, une *finca* dans le sud de l'Espagne dans une zone sismique à haut risque et un *palazzo* en Sicile. Celui qui le lui a vendu n'en était même pas le véritable propriétaire. Maintenant, les héritiers légaux réclament leur bien et l'escroc est introuvable. Bref, la Sicile.

Sylvia secoua la tête. Qu'était-il donc arrivé à Holger ? Tout le monde pouvait avoir un accès de malchance. Mais pourquoi achetait-il des biens sans une expertise préalable digne de ce nom ?

— Bon Dieu, Sylvia, je ne le comprends pas. Après tout, tu es consultante pour les entreprises. Pour quelle raison absurde n'est-il pas venu vers toi pour que tu le conseilles ?

Sylvia avala péniblement sa salive.

— C'est aussi exactement ce que je me demande, répondit-elle finalement. Je suis… sous le choc. Je dois d'abord digérer tout ça.

— Reviens, Sylvia, dit Thomas, et parle avec Holger. Vous avez toujours formé une si bonne équipe jusqu'à présent. Je n'arrive pas à comprendre qu'une telle chose puisse vous arriver, juste à vous.

Moi non plus, songea Sylvia en s'efforçant de réprimer ses larmes.

— Tu as raison, dit-elle à la place. Holger et moi devons parler de toute urgence. On aurait dû le faire depuis longtemps. C'est juste que… je n'avais pas la moindre idée. Je ne me suis jamais immiscée dans les affaires de Holger. Ni lui dans les miennes.

— Peut-être devrais-tu encore réfléchir calmement à cette histoire d'héritage, Sylvia, suggéra prudemment Thomas. Tu pourrais épargner un tas d'ennuis à ton époux. Et à toi également.

Sylvia leva les yeux et balaya la chambre d'hôte du regard. Le feu était presque éteint. Des deux bûches qu'elle avait ajoutées, il ne restait plus que des braises calcinées rougeoyant faiblement.

— Si l'investisseur de l'hôtel te déplaît, poursuivit Thomas en marchant sur des œufs, peut-être que Holger pourrait trouver un autre acquéreur. Tu n'es pas obligée de prendre ta décision aujourd'hui même. Remets-toi d'abord de tout cela. Et puis parle avec Holger. Je crois que ce serait le mieux à faire.

— Merci, dit Sylvia. Merci pour tout.

Elle mit fin à la conversation et raccrocha.

Puis elle resta là, assise, à fixer le feu mourant sans le voir. Elle essayait de réfléchir à l'étape suivante, mais n'arrivait pas à former une seule pensée cohérente. De sa vie entière, elle ne pouvait se rappeler avoir été aussi désorientée.

Peu après, on frappa doucement à la porte. Elle ne répondit pas. Elle entendit Maël murmurer son prénom, elle le sentait juste là, pressé derrière la porte, et les larmes coulèrent sur ses joues. Elle ne pouvait les contenir. Bien que ce fût atrocement difficile, bien qu'elle eût vraiment besoin de réconfort à cet instant, elle ne répondit pas. Finalement, elle entendit les pas légers s'éloigner avec hésitation, jusqu'à ce qu'il n'y eût plus rien d'autre que le bruissement des vagues, le mugissement du vent et les craquements de la charpente de la vieille demeure.

***

Dans la nuit, une tempête se déclencha. L'océan émit un rugissement qui rappelait à Sylvia celui d'une bête sauvage. Sous les bourrasques, les fenêtres s'entrechoquaient rageusement et lorsqu'elle finit par se lever, inquiète, pour jeter un coup d'œil dehors, Sylvia eut l'impression que l'Atlantique s'apprêtait à engloutir l'île. À coups de violents assauts, il se jetait contre la petite parcelle de terre proéminente comme s'il ne voulait plus en laisser une miette. De sombres nuages tournoyaient dans le ciel. Par intermittence, la lune presque pleine éclairait d'une lueur fantomatique le décor de la nature, dardant des flèches argentées sur les jets d'écume qui explosaient derrière le mur en pierre du jardin aux Camélias. Puis les nuages noirs vinrent à nouveau obstruer le croissant de lune et la lumière disparut, faisant place à une obscurité totale.

Sylvia se recoucha dans son lit, qui était sens dessus dessous, à force de se tourner et se retourner depuis des heures sans parvenir à s'endormir. Elle ne savait que faire. Elle, qui trouvait toujours des solutions, ne voyait aucune issue. Quoi qu'elle fît, cela aurait des conséquences dévastatrices. Si elle suivait l'élan de son cœur et ne vendait pas l'île, elle acculerait son mari à la faillite. Si elle acceptait que cet endroit paradisiaque devienne un club de golf international, elle ne pourrait plus jamais se regarder droit dans les yeux sans avoir honte d'elle-même. Elle détruirait l'œuvre de sa tante, et si elle ne s'était jamais préoccupée de Lucie de son vivant, Sylvia considérait désormais de son devoir de faire en sorte que la dernière volonté de sa tante soit respectée. Il n'était certes pas difficile de la comprendre – elle avait voulu que sa compagne adorée puisse poursuivre le travail commun de leur vie entière. Et Sylvia s'en voulait terriblement d'avoir pris ainsi à la légère la responsabilité qui découlait de la perte du précieux testament. Elle ne pouvait tout simplement pas donner son assentiment à la vente, et Holger devrait se rendre à l'évidence.

Mais que lui arriverait-il alors ? Que leur arriverait-il, à tous deux ?

Sylvia se blottit de l'autre côté du lit. L'orage semblait encore s'intensifier. De l'air froid se glissait entre les fentes du châssis, faisant virevolter les rideaux en coton. Brusquement, l'une des fenêtres s'ouvrit à toute volée, comme si un géant y avait donné un violent coup de pouce. Le vent aspira les rideaux, les attirant à l'extérieur, où ils flottaient comme des étendards blancs.

Sylvia bondit du lit et tenta d'agripper les longues étoffes en coton pour les tirer dans la chambre et refermer la fenêtre. Plus facile à dire qu'à faire. Elle s'était à peine penchée dehors qu'elle fut aspergée par la pluie. À plusieurs reprises, les rafales cinglèrent son visage du tissu dégoulinant, si bien qu'elle dut tâtonner à l'aveugle pour trouver les battants. Enfin, elle gagna la bataille contre la nature. Elle verrouilla les pênes, essora l'étoffe trempée des rideaux, essuya les cheveux mouillés de son visage et alla dans la salle de bains pour se sécher. Lorsqu'elle lança un coup d'œil dans le miroir, elle crut apercevoir une étrangère. Était-ce vraiment elle, cette femme livide aux yeux cernés et au regard harassé ?

Déterminée, elle enleva sa chemise de nuit trempée et la pendit à une patère. Puis elle enfila un jean et un pull. De toute façon, il était hors de question de dormir. À l'extérieur, la tempête faisait tellement rage qu'elle avait l'impression de devoir se tenir prête. Mais pour quoi ? Actuellement, on ne pouvait s'échapper de l'île. Elle regarda par la fenêtre en direction de l'isthme, et ne fut pas surprise de ne rien distinguer d'autre que des vagues déchaînées.

Sylvia décida d'aller dans la cuisine pour se préparer un thé. Sur la pointe des pieds, elle quitta sa chambre et descendit les escaliers grinçants. Lorsqu'elle arriva devant la porte de la cuisine, elle aperçut un rai de lumière filtrant du seuil. Sylvia hésita. Puis elle ouvrit résolument la porte.

Solenn était attablée devant un bol fumant. Elle portait un peignoir en flanelle bleue qui avait visiblement beaucoup servi et, aux pieds, des pantoufles fourrées.

— Tu veux du thé, toi aussi ? demanda Solenn. Il y a des sachets de thé dans la boîte en alu sur l'étagère là-bas. L'eau est encore bouillante.

Sylvia sortit un *bol* de l'armoire, choisit parmi les variétés de thé une infusion relaxante en priant pour qu'elle soit efficace.

— C'est plutôt impressionnant, ce qu'on a dehors, pas vrai ? fit Solenn. Mais ne t'en fais pas. La maison a déjà surmonté bien des tempêtes.

Puis elle replongea dans le silence. Sylvia dut lutter contre la tentation de ramener le bol de thé dans sa chambre. Au lieu de cela, elle s'assit à la table en face de Solenn.

— Comment vous êtes-vous connues, avec Lucie ? demanda Sylvia, se surprenant elle-même plus que Solenn, autant que faire se pouvait, avec cette question sortie de nulle part.

Celle-ci lui jeta un regard scrutateur, puis baissa les yeux vers son thé. Sylvia se mordit les lèvres. Plus le temps passait, plus la situation devenait pesante. Visiblement, la Bretonne n'avait aucune envie de parler de cela.

— Ça fait une éternité, commença enfin Solenn, alors que Sylvia n'escomptait plus de réponse, et pourtant, je m'en souviens encore très précisément. À l'époque, je travaillais dans une pépinière près du Mont-Saint-Michel et je rendais visite à ma sœur. Elle vit là, sur la côte. Tu ne vas pas le croire, m'a-t-elle dit, mais nous avons maintenant une fleuriste dans le village. Une Allemande a racheté la vieille boutique de Gurvan, il faut que tu ailles y jeter un œil. C'est ce que j'ai fait. Et Lucie se tenait là, dans une robe délavée à motifs à fleurs…

Solenn, perdue dans ses pensées, fixa Sylvia, puis avala une gorgée de thé.

— Au début, tout le monde était méfiant. Une touriste, qui croit qu'elle va tenir un magasin de fleurs ici, c'est ridicule ! Mais peu à peu, ils sont tous allés chez elle et lui en ont acheté. Même les gens qui ne s'intéressaient pas du tout aux fleurs jusqu'alors.

Solenn sourit et, sur-le-champ, son visage d'ordinaire fermé s'illumina d'une expression tendre et vivante.

— Que dire ? poursuivit-elle. Ça a été le coup de foudre. Pour Lucie, c'était une surprise, car elle n'était pas consciente d'aimer les femmes. Elle ne savait qu'une seule chose : elle ne voulait pas passer le reste de sa vie avec l'homme qu'elle avait épousé beaucoup trop jeune. Elle s'était enfuie, un an après le mariage. Sa famille ne le lui avait jamais pardonné. Mais je n'ai pas besoin de te raconter tout ça, tu le sais mieux que moi.

— Non, répliqua Sylvia, je ne sais rien du tout. J'étais une petite fille. On ne m'a rien raconté, et les questions étaient taboues. À un moment donné, tante Lucie n'était simplement plus là. Je n'en ai pas su davantage jusqu'à aujourd'hui.

Solenn la regarda droit dans les yeux, comme pour vérifier si Sylvia disait bien la vérité.

— Si ce n'est pas trop pénible pour toi, continua Sylvia, je serais heureuse que tu m'en dises plus sur vous deux. Comment ça se fait que vous ayez emménagé ici ? Comment est-ce devenu le jardin aux Camélias ?

— J'avais déjà travaillé avec des camélias dans le Nord, expliqua Solenn, et Lucie avait tellement la main verte, pour les plantes comme pour les gens d'ailleurs, que tout le monde l'aimait. Cette île appartenait depuis des siècles à une famille de pêcheurs installée de longue date. Dans leur période faste, les Kerguénnec possédaient plusieurs bateaux, une véritable petite flotte, et ils employaient d'autres pêcheurs. Mais ça fait bien longtemps. Les quotas et les réglementations des zones de pêche ont tout foutu en l'air. À la fin, il ne restait plus que le vieux Nolff, avec lequel j'étais amie. Mon père faisait partie de ceux qui avaient pêché pour les Kerguénnec, ils étaient comme des frères. Lorsque Nolff a vu ce que nous avions l'intention de faire, il nous a vendu l'île, à un prix d'ami, pour un franc symbolique, et en contrepartie, il avait le droit d'y résider à vie. Nous avons pris soin de lui, jusqu'à sa mort il y a six ans.

— Et les camélias ?

— Ils étaient là avant nous, du moins les arbres les plus vieux, ici, juste devant la maison. C'était Maï, la grand-mère de Nolff, qui les avait plantés. Et c'est comme ça que l'idée est née de concrétiser mon rêve de toujours. Pour le vieux Nolff, c'était une vraie joie de voir son île s'épanouir à nouveau, après le triste déclin de sa famille. Peu de temps avant de mourir, il nous a redit que nous la vendre avait été la meilleure décision de sa vie.

Sylvia contempla la vieille table robuste en bois où elles étaient assises. Chaque entaille, chaque tache, semblait raconter une histoire. Ici, le vieux Nolff s'était assis et réjoui du regain de vie que Solenn et Lucie avaient amené sur l'île.

— Nous étions comme une famille, dit Solenn, et quand Maël est arrivé, nous étions au complet.

Sylvia attendit avec impatience qu'elle continue à parler. Mais Solenn se tut. Et comment Maël est-il donc arrivé chez vous ? voulait-elle demander. Mais Sylvia n'osa pas. Et, du reste, cela ne la regardait plus, dorénavant. Elle devait sauver son couple. Et elle devait trouver un moyen de préserver l'île de la vente. Même si, actuellement, elle ne savait absolument pas comment.

8

La tempête

Sylvia se réveilla d'un sommeil de plomb. Elle s'était tout de même recouchée, après avoir quitté la cuisine en même temps que Solenn, même si les premières lueurs matinales commençaient à poindre. Elle n'espérait plus se rendormir. Pourtant, il était maintenant dix heures et demie. Et dehors, la tempête continuait à gronder.

Il faisait froid dans la chambre. Sylvia enfila sa veste en mohair et tenta de se souvenir de ce que Maël lui avait montré. Elle commença par empiler les brindilles, puis des bûches de plus en plus épaisses, pour former un tas à l'équilibre fragile. Elle dut gratter cinq longues allumettes pour l'embraser. Envahie d'une joie puérile, elle souffla sur les flammèches naissantes jusqu'à ce que celles-ci prennent. Au bout d'un moment, elle rajouta les grosses bûches. Bientôt, le feu flamboyait avec vivacité, et Sylvia ne put s'empêcher d'être fière d'elle-même. Soudain, lui revinrent à l'esprit les dettes de Holger et son exultation s'évanouit.

Elle alla à la fenêtre et regarda la pluie tomber dehors. La mer était d'un gris de plomb, comme le ciel. Là où les vagues se fracassaient contre la terre, l'eau était blanchie d'écumes, comme si un géant en haut déversait du lait dans l'océan. Le vent semblait avoir quelque peu faibli. Néanmoins, la route reliant l'île à la terre ferme était toujours inondée.

Elle devait rentrer chez elle, et parler avec Holger. Une conversation susceptible d'éclaircir la situation n'avait jamais été aussi urgente qu'à l'heure actuelle. Certes, il lui avait donné sa parole de tout faire pour annuler la vente. Mais au vu des circonstances, Sylvia le jugeait bien capable de briser sa promesse. Qu'importait une promesse brisée face à une ruine monumentale ?

Elle était toujours furieuse, et cela lui faisait encore terriblement mal. Lorsqu'elle avait découvert les mensonges de Holger, quelque chose s'était rompu en elle. Si son mariage avait encore le moindre avenir, il faudrait tout d'abord rétablir la confiance entre eux deux.

Sylvia prit son courage à deux mains et commença à faire ses bagages. Elle devait se débrouiller pour regagner la terre ferme. Mais lorsqu'elle se mit en quête de Solenn, elle trouva la cuisine déserte. Le bureau était également fermé, visiblement, Gwen n'était pas venue au travail aujourd'hui. Mais comment aurait-elle pu ? songea Sylvia en s'appuyant de tout son poids contre la petite porte pour piétons du grand portail en bois, face au vent.

Quelques mètres en contrebas du parking où était garée sa voiture, le ressac fouettait l'île, elle sentait les embruns sur son visage. Même si elle ne s'y connaissait pas en marées, Sylvia devinait que personne ne pourrait quitter l'île aujourd'hui.

Le vent lui arracha littéralement la porte des mains, l'ouvrit à toute volée et la rabattit aussi violemment. Sylvia eut à peine le temps de bondir de côté avant que ne claque la lourde planche de bois. À l'intérieur de l'enceinte, on était étrangement abrité du vent, pourtant, même ici, le beuglement des bourrasques de l'autre côté du mur était assourdissant. Sylvia se retourna et contempla les vieux arbres aux camélias, que la grand-mère de Nolff avait dû planter vers le milieu du XIXe siècle. Dans la luminosité grise nébuleuse, les fleurs luisaient parmi les feuilles foncées, comme irradiant une phosphorescence intérieure.

Elle s'engagea sur l'un des sentiers en gravier blanc qu'elle ne connaissait pas encore. En courbes douces, il contournait la maison et menait à une zone avec de hauts arbustes dont le feuillage retombait en cascades sombres jusqu'au sol. Comme des étoiles, les fleurs étincelaient au milieu dans des tons de rose tendre crémeux, et de rouge carmin. Ensemble, les arbres formaient un mur élevé, ils semblaient s'entrecroiser, s'enlacer, se soutenir et se pencher l'un sur l'autre. Un calme étonnant régnait au sein de ce labyrinthe de camélias. Le seul bruit était le crissement des pas de Sylvia sur les graviers, et même le fracas de la tempête bruissait ici de manière feutrée.

Finalement, tout au bout du chemin, Sylvia découvrit une maisonnette en pierres grises. De la cheminée s'élevaient des volutes de fumée, qui tourbillonnaient d'abord dans l'atmosphère orageuse avant d'être lacérées par les violentes rafales de vent. En s'approchant, elle aperçut Pierrick, qui était en train de réparer un volet.

— Il a été arraché de ses gongs par la tempête cette nuit, lui expliqua-t-il après l'avoir saluée.

— C'est ta maison ? demanda Sylvia.

Le vieux Breton acquiesça fièrement et posa son outil.

— Oui, dit-il. Et là, derrière, habite Maël.

Il désigna une maison un peu plus grande dans la partie basse du parc. Avec ses pierres naturelles grises, elle se fondait si parfaitement dans son environnement que Sylvia ne l'avait même pas remarquée.

— Mais rentre donc, proposa Pierrick, tu veux un café ? Il en reste, je te le fais réchauffer.

— Avec plaisir, répondit Sylvia, qui n'avait encore rien pris pour le petit-déjeuner.

Elle franchit la porte étroite et se retrouva dans une pièce toute simple mais chaleureuse, qui servait apparemment de cuisine et de séjour. Aux murs étaient accrochées des gravures jaunies. Lorsqu'elle s'en approcha, elle vit qu'elles représentaient des coques, des bateaux de pêche en cours de construction, à différentes phases, dans un chantier naval. Sur l'une des images, on voyait, tel le squelette d'une gigantesque baleine, la charpente du couple, la partie de base du bateau, et sur la suivante, le couple était en partie monté, formant l'ossature de la quille.

— C'est un *langoustier* traditionnel, précisa Pierrick, en s'affairant près d'un vieux fourneau à gaz. Un bateau pour pêcher des langoustes, comme on les utilisait ici autrefois. Mais maintenant, c'est de l'histoire ancienne. De nos jours, il n'en reste plus que pour les touristes. Par exemple, à Douarnenez, au port-musée, on peut encore admirer ce genre de bateaux.

— Tu étais pêcheur, avant ? demanda Sylvia.

— Dans la construction navale, comme mon père. Mais ça fait un bail. Assieds-toi. Je n'ai pas de lait, malheureusement, seulement du sucre. Ou bien tu le prends sans rien ?

Sylvia acquiesça et regarda autour d'elle. Il y avait un vieux poêle à bois qui diffusait une agréable chaleur, et, à côté, un rocking-chair au siège jonché de coussins imprimés déplumés. Et, sous l'une des fenêtres, elle aperçut une modeste table avec deux chaises. Elle prit place sur l'une d'elles.

— Qu'en penses-tu, fit-elle, tu crois que la tempête va se calmer aujourd'hui ?

— Ça va durer encore jusqu'à demain soir, répondit Pierrick en versant un breuvage noir dans un gobelet. Minimum. Mais le plus sérieux est derrière nous. Maintenant, ça va juste s'agiter encore un peu.

Sylvia soupira. Elle ne pouvait pas attendre aussi longtemps. Elle saisit des deux mains le gobelet que le vieux Breton lui tendait et goûta le breuvage. Puis elle prit deux morceaux de sucre d'une coupelle en porcelaine fêlée, et les mélangea dans le café.

— Il est fort, hein ? dit Pierrick en souriant.

— Oui, c'est le moins qu'on puisse dire, répondit Sylvia en souriant à son tour. C'est exactement ce dont j'ai besoin après une nuit pareille.

— Tu n'avais pas peur, quand même ? s'enquit-il inquiet. Il ne faut pas. Cette grande baraque a connu bien pire.

— Cette nuit, l'une de mes fenêtres s'est ouverte tout d'un coup, raconta Sylvia.

— Alors, il faut que je vérifie le verrou, fit Pierrick. Tu as bien fait de me le dire. Notre ami le vent doit rester dehors, sur l'eau, c'est là, son territoire.

Sylvia but une gorgée du gobelet et sentit la caféine réactiver son organisme.

— Crois-tu qu'il y aurait un quelconque moyen pour que je regagne la terre ferme aujourd'hui ? demanda-t-elle.

Pierrick pencha la tête et la dévisagea d'un air dubitatif.

— La route d'accès est trop dangereuse, répliqua-t-il. La marée basse est aujourd'hui aux alentours de midi. Donc, dans une bonne heure. Mais l'océan est trop agité et la tempête pousse la houle en direction de la côte. Avec ta voiture de sport, il vaut mieux oublier. Sauf si elle sait nager.

— Et avec le bateau ?

Pierrick la regarda, amusé.

— Tu en as vraiment assez de nous, c'est ça ?

Sylvia tenta d'afficher un sourire forcé. Si seulement Pierrick savait ! Mais heureusement, il semblait à mille lieues de se douter qu'elle n'était pas une cliente ou une touriste ordinaire.

— Je dois régler quelque chose d'important, Pierrick.

Sylvia se retourna. Comment lui faire comprendre à quel point c'était urgent ?

— Je n'ai qu'un petit bateau de pêche avec un moteur hors-bord, expliqua Pierrick, ça ne sera vraiment pas agréable. Et ce n'est pas un ferry. Ta voiture ne pourra pas monter dessus.

— Bien sûr, dit Sylvia en riant avec Pierrick, bien qu'elle ne fût pas du tout d'humeur. Je laisserai la voiture ici.

— Alors, tu es vraiment sérieuse ? demanda Pierrick. Vous, les jeunes ! Toujours si impatients… vous n'avez jamais le temps.

Il fit un grand sourire, puis jeta un coup d'œil par la fenêtre.

— Je ne te promets rien. Ça va secouer sec, ma petite, tu es sûre que tu veux t'infliger ça ? Pourquoi ne restes-tu pas tranquillement dans la cuisine avec Solenn à boire du thé ? Tu as assez chaud dans ta chambre ? Devrais-je te faire du feu ?

— Non merci, protesta Sylvia en souriant, j'ai réussi à le faire toute seule. Mais je…

Elle se tut. Regarda également par la fenêtre, vers le ciel chargé de nuages. Pourquoi fallait-il que ce fût le déluge, précisément maintenant ?

Pierrick se leva et se dirigea vers un appareil qui ressemblait à un vieux poste de radio. Peu après, la pièce s'emplit de grésillements, de chuintements et de données atmosphériques. Le vieil homme changea de fréquence, cherchant à capter des voix masculines sous les sons parasites. Pierrick, l'air concentré, continuait à tourner le bouton en tendant l'oreille. Bien que Sylvia ne comprît rien aux bribes de conversations, elle savait à coup sûr ce que cherchait Pierrick : des informations sur la météo marine. Elle fixait le visage ridé du vieux Breton efflanqué, qui guettait attentivement les ondes. Enfin, il éteignit l'appareil et la dévisagea.

— Il semblerait, lança-t-il, qu'il y ait une brève accalmie autour de trois heures. Si tu le veux absolument, et que les pronostics se confirment, je t'emmènerai sur la côte.

— Ce serait génial, répliqua Sylvia soulagée. Croisons les doigts !

— Et croisons les doigts, fit Pierrick en lui rendant son sourire, pour que tu aies le pied marin. Car ça ne sera pas une partie de plaisir, ça, je te le garantis !

***

Deux heures plus tard, Sylvia se tenait avec sa valise dans la cuisine de la maison principale, attendant Pierrick.

— Je ne suis pas sûre, dit Solenn en s'emmitouflant dans sa veste tricotée en laine bleu marine, que je devrais te laisser faire ça. Le bateau de Pierrick n'est qu'une coque de noix avec un moteur hors-bord. Et s'il se passait quelque chose ?

— Il faut que je parte, Solenn, murmura Sylvia.

Son aînée la regarda droit dans les yeux, puis son visage se radoucit.

— Tu vas t'assurer qu'on puisse rester ici ?

La question était si directe, si franche, que Sylvia en resta pantoise.

— Oui, c'est ce que je vais faire, répondit-elle finalement. Je ferai tout mon possible.

— Maintenant, c'est entre tes mains, fit Solenn. Je sais que ça semble très dur à entendre, mais notre sort est maintenant entre tes mains, Sylvia.

Sylvia avala péniblement sa salive.

— Je sais, fit-elle d'une voix soucieuse.

Et le sort de mon couple également, songea-t-elle.

— Mais au fait, comment vas-tu te débrouiller sur la côte, sans voiture ?

— Je pensais prendre un taxi jusqu'à Brest. Et de là un vol…

— Ma sœur te conduira jusqu'à Brest, trancha résolument Sylvia. Elle te récupérera à l'embarcadère. Je l'appelle dès que vous partez.

Pierrick frappa quelques coups à la fenêtre. Il était temps d'y aller.

— Voici, dit Sylvia en lui tendant sa carte de visite. Au cas où il se passerait quoi que ce soit, n'hésite pas à m'appeler immédiatement !

— Bonne route, dit Solenn en s'emparant de la carte.

Elle s'approcha de Sylvia et l'embrassa sur les deux joues. Puis elle se retourna.

Sur le seuil, Sylvia hésita.

— J'aurais bien aimé prendre congé de Maël, lâcha-t-elle.

— Il n'est pas là, répliqua sèchement Solenn et Sylvia sentit qu'elle se refermait à nouveau. Il a dû rentrer hier soir sur la côte pour s'occuper de quelques affaires importantes. Mais si tu veux, je lui dirai au revoir de ta part.

Elle l'a éloigné exprès, songea Sylvia en franchissant avec Pierrick le lourd portail en bois et se débattant contre le vent, elle l'a fait pour que je ne lui brise pas le cœur.

Tandis qu'elle descendait vers le ponton, des sentiments contradictoires se livraient bataille en Sylvia. Son cerveau lui disait que Solenn avait raison. Mais son cœur parlait une autre langue. Reverrait-elle un jour Maël ? Il le fallait. La perspective du contraire était insoutenable…

Alors, Sylvia vit la coque de noix, comme l'avait appelée Solenn, qui tanguait vigoureusement sur le ressac. L'espace d'un instant, elle crut défaillir. Était-elle donc devenue folle ? Devait-elle vraiment se lancer dans cette entreprise ? Elle rassembla tout son courage et suivit Pierrick sur le sentier menant à l'embarcadère. Le vieil homme bondit lestement dans le bateau, prit sa valise et la cala à l'abri sous une bâche.

— Mets ça, lui hurla-t-il en lui tendant un pantalon imperméable informe et un ciré de marin à capuche.

Sylvia enfila le pantalon, qui était beaucoup trop grand pour elle, et par-dessus, le ciré. Puis elle saisit bravement la main de Pierrick, sauta dans le bateau et s'assit à la place que lui désignait le Breton. Après quoi, elle mit le gilet de sauvetage qu'il lui donna et en attacha la ceinture.

— Si jamais tu passes par-dessus bord, lui cria Pierrick à l'oreille pour couvrir le tumulte du vent et des vagues, en lui montrant une ficelle sur son gilet, il faut tirer là-dessus et le gilet se gonflera automatiquement. Et voici également un sifflet, au cas où. Et les bouées sont là. C'est bon ?

Sylvia opina crânement du chef.

— Quoi qu'il arrive, poursuivit Pierrick, reste assise ici et accroche-toi fermement. Surtout, ne te lève pas pendant la traversée. Et s'il y a quelque chose, fais-moi signe, d'une main, et continue à t'accrocher de toutes tes forces de l'autre. D'accord ?

— D'accord.

Pierrick fit démarrer le moteur et manœuvra prudemment le bateau hors du havre. Il oscillait dangereusement de-ci de-là, puis vogua avec le roulis, et pendant un instant, Sylvia crut qu'elle allait vomir ses tripes. Elle ferma les paupières, mais cela ne fit qu'aggraver les choses. Aussi les rouvrit-elle et fixa-t-elle du regard la terre ferme, qui, pour l'heure, n'était rien d'autre qu'une bande grise et exiguë se mouvant constamment à l'horizon. Sylvia s'efforçait de ne pas songer à la quantité gigantesque d'embruns qui les séparait de la côte, et elle s'agrippait si fermement à la main courante que ses jointures en étaient toutes blanchies. Soudain, le monde ne fut plus qu'eau et ciel. Sans relâche, le ressac fouettait le flanc du bateau et se déversait sur eux. La petite coque de noix luttait contre la houle, hissant bravement sa proue sur la crête vertigineuse avant de replonger l'instant d'après, au grand désarroi de Sylvia, dans le creux profond de la vague.

Peut-être n'était-ce pas une bonne idée après tout, pensa-t-elle en frémissant, épouvantée. Mais le bateau continuait de monter et descendre et elle apercevait la bande grise à l'horizon qui ne cessait de grandir, pour finir par ressembler, malgré l'atmosphère chargée d'humidité, à une côte. Une côte sur laquelle se dessinaient des arbres et des maisons, un port avec un phare, moitié rouge moitié blanc, qui parut d'abord comme un spectre se noyant dans chaque creux de vague pour resurgir de plus en plus distinctement jusqu'à ce qu'enfin, ils l'atteignissent.

C'était le port du village qu'elle avait visité deux jours seulement auparavant, encore inconsciente, le lieu où elle avait découvert les mensonges de Holger et où elle avait éclaté en sanglots dans la bibliothèque. Elle n'aurait jamais pu imaginer arriver dans ce port après une telle traversée. Elle ne put s'empêcher de penser aux pêcheurs, aux Kerguénnec et tous les autres, pour qui ce genre de choses avait fait partie, voire faisait encore partie, du quotidien. Ils avaient à peine franchi le boucaut que l'eau s'apaisa et Sylvia poussa un soupir de soulagement. Pierrick guida le bateau avec dextérité jusqu'à un embarcadère disponible, bondit sur le ponton, amarra les cordes, puis aida Sylvia à sortir. Sur le môle, pendant une fraction de seconde, elle perdit l'équilibre, tant la terre ferme lui paraissait étrange sous ses pieds, mais Pierrick la rattrapa.

— Courageuse, la demoiselle, dit-il en lui adressant un grand sourire, tandis qu'elle se débarrassait de son gilet de sauvetage et de son ciré. Alors, est-ce que j'avais exagéré ?

Puis il sauta de nouveau dans son bateau, lui tendit sa valise, lui dit au revoir d'un petit signe de main, et voilà que le bateau s'éloignait déjà de l'embarcadère en direction de la haute mer. Elle était donc arrivée. Le vent s'engouffrait dans ses cheveux humides et sa veste. Elle avait froid, sans le ciré épais de Pierrick. Elle scruta les alentours. Devant le port, elle discerna une seule voiture, qui lui rappelait vaguement quelque chose. Sylvia prit sa valise et marcha dans sa direction. Une femme replète sortit du 4X4 et la salua de la main. Une rafale ébouriffa ses cheveux blond vénitien.

— Ça fait plaisir de te revoir ! s'écria la femme, et son visage couvert de taches de rousseur s'illumina d'une infinité de rides d'expression.

— Rozenn, s'exclama Sylvia étonnée et ravie à la fois. Je ne savais pas que vous et Solenn étiez sœurs !

— Ça ne se voit pas franchement, dit Rozenn. Par contre, toi, tu es le portrait craché de Lucie. Je me demande pourquoi ça ne m'est pas venu immédiatement à l'esprit la dernière fois. Et tu peux me tutoyer. Mais dépêche-toi de monter.

***

Le monde semblait encore tanguer autour de Sylvia, et bien que son cerveau fût tout à fait conscient qu'elle ne se trouvait plus sur l'océan déchaîné, mais en sécurité dans le SUV de la sœur de Solenn, elle continuait à se cramponner de toutes ses forces à la poignée.

— Eh bien, tu en as, du courage, dit Rozenn en lui jetant un coup d'œil. Avec un temps pareil, je n'aurais pas sorti mon bateau. Mais j'ai cru comprendre que tu es pressée.

— Solenn a dû tout te raconter à mon sujet.

Rozenn lui tapota gentiment le genou.

— Solenn peut être très dure, parfois, dit-elle, il ne faut pas le prendre mal. La mort de Lucie l'a sérieusement affectée. Elles étaient tellement heureuses, toutes les deux. Elles s'étaient vraiment trouvées, comme des âmes sœurs. Elles allaient bien ensemble, ces deux-là.

Sylvia se taisait. Le grondement dans ses oreilles refluait peu à peu.

— Tu sais, la vie pour Solenn n'a pas été facile, poursuivit Rozenn. Ce n'est que lorsqu'elle a rencontré Lucie qu'elle a enfin connu le bonheur auquel a droit chaque individu. Elle s'est construit une sacrée carapace. Mais elle a le cœur sur la main.

Elles quittèrent la route du bord de mer et s'enfoncèrent dans un paysage de champs et de prés, séparés les uns des autres par des murets de pierres grises et des haies basses, qui s'étaient érigés au fil des siècles, un paysage qui évoquait un patchwork de géant.

— C'est vraiment très gentil de ta part, dit Sylvia, de m'emmener jusqu'à Brest.

— Mais c'est normal, répliqua la sympathique Bretonne. Le principal, c'est que tu arrives à démêler les choses, en ce qui concerne l'île. Solenn m'a dit que tu veux faire annuler la vente. Il faut que tu saches que les gens d'ici sont très remontés contre les plans de l'acquéreur présumé. Peut-être que tu ne le sais pas, mais les Bretons peuvent avoir la tête très dure. Ici, on n'apprécie pas du tout que des étrangers viennent et dérangent nos traditions. Il y a quelque temps, le gouvernement voulait faire construire une usine d'énergie atomique dans la région, mais il n'a pas réussi. À l'époque, tout le monde est descendu dans la rue, du plus jeune au plus vieux. On est même montés sur Paris. Et on est capables de refaire ça à chaque fois que ce sera nécessaire. Ce club de vacances est indésirable ici, tu comprends ?

Elle regarda Sylvia comme si elle attendait une réaction de sa part.

— Que va-t-il se passer ? demanda Sylvia.

— Eh bien rien, j'espère, répondit Rozenn, et soudain, elle ressembla énormément à sa sœur : le même menton énergique, la même détermination. Car la vente n'aura pas lieu. Pas vrai ?

Elle jeta un nouveau regard inquisiteur à Sylvia.

— Combien de temps allons-nous mettre jusqu'à Brest ? fit Sylvia pour changer de sujet de conversation.

— Si tout va bien, une bonne heure, répondit Rozenn.

Puis chacune se tut pendant un moment, absorbée dans ses pensées.

Sylvia essayait de s'imaginer ce qui l'attendait à la maison. Elle n'avait encore jamais vécu ce type de situation avec Holger. Il était déjà malaisé, d'ordinaire, de discuter de décisions importantes lorsqu'ils n'étaient pas d'accord. C'était d'ailleurs la raison pour laquelle elle ne s'était jamais immiscée dans ses affaires. Elle ne savait pas qu'il avait besoin de son aide. Et au lieu de le lui demander, il avait tenté de jouer au plus fin avec elle. Pourquoi ? Avait-il pressenti qu'elle ne voudrait pas vendre son héritage si elle savait de quoi il s'agissait… ?

— Tu es très pâle, fit Rozenn, la tirant en sursaut de ses réflexions. On devrait s'arrêter quelque part, qu'en dis-tu ? Tu n'as pas envie de boire ou manger quelque chose ?

— Oui, de l'eau, ce serait une bonne idée, répondit Sylvia reconnaissante. Mais je ne veux pas perdre de temps. Je ne sais même pas s'il y a encore un vol pour Munich aujourd'hui…

— À vingt heures cinq, un vol direct, répliqua Rozenn avec un sourire satisfait. J'ai regardé sur Internet, après le coup de fil de Solenn. Et il y a encore des places sur le vol. Donc, nous avons largement le temps de faire une petite pause.

Sylvia lui lança un regard ébahi.

— Merci, dit-elle à voix basse.

Apparemment, Rozenn considérait de son devoir de lui faciliter les choses pour qu'elle puisse sauver l'île.

— Dans ces conditions, j'aimerais bien boire et grignoter un bout.

***

— Comment sont arrivés Pierrick et Maël sur l'île, au juste ? s'enquit Sylvia, alors qu'elles étaient attablées peu après dans une auberge conviviale, devant des galettes et du thé.

— Pierrick est un vieux de la vieille, commença Rozenn, il aidait déjà le vieux Nolff à entretenir la propriété. C'était évident qu'il continuerait à s'en occuper. Et Maël est littéralement tombé sur Lucie et Solenn.

Elle avala une généreuse bouchée de sa crêpe et la dégusta lentement.

— Que veux-tu dire par… tombé ? demanda Sylvia.

— Maël avait douze ans lorsqu'il est apparu du jour au lendemain sur l'île. Personne ne le connaissait, personne ne savait d'où il venait. À l'époque, il était extrêmement farouche, il parlait très peu, on ne pouvait lui soutirer aucune information. Il s'accrochait aux basques de Pierrick et l'aidait, il était vraiment dégourdi. Puis, il a découvert tout seul les camélias. Il sent les plantes, a dit une fois Solenn, comme s'il pouvait lire dans leurs pensées.

Rozenn éclata de rire, puis prit une gorgée de thé.

— Au fil du temps, il s'est ouvert un petit peu. Bien entendu, Lucie avait entrepris des recherches. Elle a appris qu'il n'avait plus personne. Son père était parti en mer et il était mort dans un accident avec un pétrolier. Avant ça, sa mère avait déjà un autre homme, qui considérait Maël comme un boulet. Je suppose qu'il n'était pas particulièrement gentil avec lui, si tu vois ce que je veux dire. Alors il s'est enfui et a réussi à échouer sur l'île aux Camélias. Lorsque Lucie a contacté la mère, celle-ci lui a donné son accord pour que Maël ait le droit de vivre avec Solenn et Lucie. Je pense qu'elle devait être soulagée de s'en débarrasser. Lucie a fait en sorte qu'il suive une bonne formation. Il est devenu jardinier, il avait ça dans le sang.

Rozenn fit un signe au serveur pour qu'il apporte la note.

— De temps en temps, pour plaisanter, j'appelle Maël notre enfant adoptif, conclut Rozenn d'un air malicieux. Sauf que c'est lui qui a adopté son nouveau foyer.

Sylvia régla l'addition, puis elles s'en allèrent. Lorsqu'elles atteignirent la banlieue de Brest, une averse éclata, et, le long de la route, les arbres ployaient sous les rafales de vent. En un rien de temps, l'autoroute fut assaillie de trombes d'eau.

— Je pensais que la tempête était derrière nous, dit Sylvia en soupirant.

— Ici, on n'est jamais sûr de rien, répliqua Rozenn en enclenchant à la vitesse maximale les essuie-glaces, qui tentaient de venir à bout du déluge en gémissant.

Enfin, elles arrivèrent à l'aéroport.

— Merci, dit Sylvia en embrassant Rozenn sur les deux joues.

— Pas de quoi, répondit Rozenn. Et bonne chance !

***

Sylvia avait l'habitude d'embarquer dans les avions, mais ce retour à la maison fut fort différent des autres. Hormis quelques turbulences, le vol se passa bien et finalement, comme souvent auparavant, Sylvia monta dans un taxi qui la ramena chez elle. Les phares éblouissaient ses yeux fatigués et lorsqu'elle les fermait, elle voyait les camélias chatoyer au sein du feuillage vert foncé. Elle voyait un infini bleu, de firmament et d'océan. Et des yeux étincelant comme le ressac, insondables…

Il était près de vingt-trois heures lorsqu'elle ouvrit la porte de son appartement. Elle n'avait pas annoncé son retour. Dans le salon, était allumée une lampe.

— Sylvia !

Holger se tenait devant la porte, une silhouette noire. L'intonation de sa voix trahissait son étonnement.

— Quelle joie ! Tu es enfin rentrée !

Sylvia fut immédiatement sur le qui-vive. Durant les dix années d'existence de leur couple, elle n'avait jamais vu son mari aussi affectueux, voire empressé. Normalement, il ne l'enlaçait pas lorsqu'elle rentrait de voyage. Elle le laissa lui prendre sa veste, la guider vers le séjour, et remarqua que sur la table basse était déjà posé un deuxième verre, que Holger remplit pour elle.

— Comment tu as su que j'arrivais ?

Holger la contempla avec un sourire qu'elle n'avait plus vu depuis longtemps sur son visage.

— J'avais un pressentiment, dit-il. Et apparemment, il ne m'a pas trompé.

Puis il jeta un coup d'œil vers son portable et fronça les sourcils.

— Excuse-moi une minute. J'ai un appel urgent à donner. Ensuite, je suis tout à toi.

Sur ce, il quitta la pièce. Sylvia était transie. Ses vêtements étaient encore humides. Mais avant qu'elle pût se lever pour se changer, Holger était de retour, et, comme dans le bon vieux temps, avant leur mariage, il lui enleva ses chaussettes et lui massa les pieds pour les réchauffer.

— Comment s'est passé ton retour ? s'enquit-il. Tu as faim ? Tu veux grignoter quelque chose ?

Sylvia secoua la tête, perplexe. Ce n'était décidément pas « son » Holger. Et plus il se comportait avec prévenance et affection à son égard, plus elle était tiraillée entre deux sentiments contradictoires. Son époux ne se conduisait-il pas comme quelqu'un qui a quelque chose à cacher ? Mais une autre voix en elle lui adressait secrètement de violents reproches : elle avait trompé son mari, qui était si adorable, alors qu'il se trouvait dans une situation délicate et aurait bien eu besoin de son aide. À chaque mot attentionné supplémentaire de son époux, croissaient et sa fébrilité et sa mauvaise conscience.

— Holger, finit-elle par le couper, tout cela est singulièrement adorable de ta part. Et je suis vraiment contente d'être revenue. Mais il est temps de parler des choses sérieuses. Thomas m'a tout raconté.

Holger se tut. Il avait l'air ulcéré.

— Pourquoi as-tu essayé de me cacher tout ça ? demanda-t-elle.

Elle frissonna. Elle aurait vraiment dû prendre une douche puis se coucher. Mais ils avaient déjà perdu trop de temps.

— Je ne voulais pas que tu t'inquiètes.

Sylvia dévisagea son époux.

— Que je m'inquiète ? Tu ne veux pas que je m'*inquiète* ? Mais Holger, c'est mon métier. C'est ce que je fais constamment. Les gens payent une fortune pour que je les sauve de l'insolvabilité. Et mon mari, lui, préfère se dépêtrer tout seul de ça ? Pourquoi, juste ciel… ?

— J'ai bien compris, Sylvia, dit Holger, lui coupant la parole. Ce n'est pas la peine de t'énerver. Il n'y aura pas d'insolvabilité. Une fois de plus, Thomas a monté ça en épingle. Je n'ai pas besoin de tes bons conseils, Sylvia. Peut-être que le reste du monde en a besoin. Mais *moi*, je m'en tirerai très bien tout seul.

Sylvia en resta pantoise. Thomas avait-il vraiment exagéré ? Cela ne lui ressemblait pas du tout.

— Je ne me souviens pas d'une seule occasion, dit-elle quelque peu troublée, où Thomas ait exagéré. Tu sais autant que moi qu'on peut compter sur lui les yeux fermés et qu'il considère toujours les…

— Mais cette fois-ci, visiblement, il s'est planté !

Holger bondit sur ses pieds et commença à arpenter nerveusement la pièce.

— Il n'aurait pas dû t'alarmer comme ça, ajouta-t-il plus doucement, puis il se retourna vers elle et lui adressa un sourire désarmant. Même si je lui suis reconnaissant de t'avoir suffisamment affolée, semble-t-il, pour que tu reviennes enfin.

Sylvia le dévisagea. Depuis des années, elle était régulièrement et longuement en déplacements. Qui duraient souvent plus d'une semaine. Mais Holger, jusqu'à présent, n'avait encore jamais exprimé qu'elle lui avait manqué. Et même à l'heure actuelle, elle avait du mal à le croire sans arrière-pensée et s'en sentait coupable, à nouveau. Elle devait en avoir le cœur net, une bonne fois pour toutes.

— Et comment comptes-tu t'en sortir ? demanda-t-elle, déterminée à rester debout jusqu'à ce qu'il lui eût enfin expliqué.

Il se détourna d'elle, comme s'il était offensé.

— Les affaires, les affaires, déclama-t-il en faisant la grimace. Tu n'en as que pour les affaires ! Bon Dieu, Sylvia, il est presque minuit. Ça fait une éternité qu'on ne s'est pas vus. Tu n'as rien d'autre à faire, quand tu rentres à la maison, que de fouiner dans mes affaires ?

Il la regarda, et ses yeux étaient emplis de reproches. Sylvia se sentit mal. Il avait raison, après tout. Néanmoins, il fallait qu'elle sache. Son avenir en dépendait. Et celui des habitants de l'île. Il ne fallait surtout pas s'attendrir. Elle le devait à Solenn.

— Je t'en prie, dis-moi la vérité, le supplia-t-elle. Est-ce ce que je crois ? Essaies-tu de combler tes dettes avec la vente de l'île aux Camélias ?

Holger darda sur elle un regard furibond.

— Et si c'était le cas ? Qu'y aurait-il de mal là-dedans ? C'est bien toi qui prétends que mes pertes te concernent. Pourquoi ne devrions-nous pas vendre cette île ?

— On ne peut pas le faire, Holger.

— Et pourquoi ?

— Parce… parce que j'en ai donné ma parole.

Les yeux de Holger se plissèrent en une mince fente.

— Tu as… donné ta parole ? Et à qui donc, as-tu donné ta parole ?

— Écoute, Holger, c'est une longue histoire…

— Mais ne m'avais-tu pas donné ta parole, à moi, en premier ?

Sylvia le regarda, troublée.

— Tu as dit que je devais la vendre, cette île. En ton nom. Ça ne t'intéressait pas du tout de savoir à qui. Tu m'as donné les pleins pouvoirs et généreusement refilé tout le boulot. Mais tout cela ne compte plus. Parce que tu as donné je ne sais quelle parole à je ne sais quelles personnes.

Holger avait élevé la voix. Le silence qui régnait désormais n'en pesait que plus lourd à Sylvia. Elle ne savait que répondre. Ce que disait Holger était juste. Mais non, pas vraiment, en fait. N'avait-elle pas le droit de changer d'avis ?

— Les choses peuvent parfois changer, finit-elle par lancer, et, même à ses propres oreilles, ses paroles manquaient de conviction. Je ne connaissais pas les tenants et les aboutissants. C'est ma faute, c'est vrai. J'aurais dû me renseigner avant de…

À cet instant, Sylvia s'arrêta. Comment en était-elle arrivée à s'excuser ? C'était Holger qui lui devait une explication, pas le contraire.

— Mais le fait est, poursuivit-elle, que tu ne m'as

pas dit la vérité. Tu m'as dit que l'exploitation horticole était soi-disant une ruine. Pas un mot d'une île, et…

— Ah, Sylvia, intervint Holger.

Tout d'un coup, il eut l'air terriblement triste. Si triste que Sylvia en eut le cœur retourné.

— Ce n'est pas ce que tu crois. Je n'ai pas l'intention de vendre ton île si tu ne le souhaites plus. Je te l'avais déjà dit au téléphone, tu l'as déjà oublié ? Mais grâce à ça, au moins, je sais le peu d'estime que tu me portes.

Sylvia ferma les yeux. Elle eut de nouveau l'impression d'être dans le bateau vacillant de Pierrick. Tout semblait se retourner. Holger avait, une fois de plus, réussi à rejeter la faute sur elle.

— Et où comptes-tu trouver l'argent, alors ? lâcha-t-elle machinalement.

Holger ne répondit pas immédiatement. Sylvia ouvrit les yeux et le regarda. Et tressaillit lorsqu'elle vit l'expression glaciale avec laquelle il la toisait.

— Il y a un acquéreur potentiel pour la *finca* en Andalousie, dit-il enfin, puis il fit volte-face et s'éloigna. Bonne nuit, Sylvia ! Tu as fait un long voyage. Tu devrais aller te coucher, maintenant.

Sur ce, il alla dans sa chambre et ferma la porte derrière lui.

9

La réconciliation

Il avait fallu un certain temps, mais à un moment donné, l'épuisement avait fini par gagner, et Sylvia avait plongé dans un sommeil de plomb. Lorsqu'elle se réveilla le lendemain matin, elle ne savait plus du tout où elle était. Puis elle reconnut la fraîcheur agréable de ses draps damassés et elle se retourna encore, tout aise. Elle était à la maison, quel bonheur. Elle avait vraiment rêvé de drôles de choses…

Soudain elle sursauta. Ce qu'elle avait pris pour des cauchemars était la réalité, et brusquement, tout lui revint. La discussion avec Holger, la tournure détestable qu'avait revêtue la conversation à la fin… Comment diable en étaient-ils arrivés là ? Avait-elle manifestement fait preuve de manque de confiance en lui ? Oui, songea-t-elle contrariée. Elle avait cru Holger capable du pire. Mais peut-être que cela finirait par s'arranger. Il y avait un acquéreur potentiel… Et l'île aux Camélias était sauvée…

Sylvia se laissa de nouveau choir parmi ses coussins. Certes, la soirée de la veille avait été déplaisante, mais au moins l'île était sauvée. Un immense soulagement envahit son corps entier jusqu'à ses orteils. Solenn et Maël et les autres pourraient rester là-bas. Et elle-même, Sylvia, se porterait personnellement garante qu'à l'avenir, les affaires marchent du mieux possible. Quant au différend avec son époux, elle devait immédiatement aplanir la situation.

Sylvia bondit du lit, enfila son peignoir et se mit en quête de Holger. Mais il n'était pas là. Ni dans la cuisine, ni dans le séjour, ni dans sa chambre, et pas non plus dans la salle de bains. Enfin, Sylvia vit un bout de papier sur la commode du vestibule.

Dois partir de toute urgence. Les affaires. H.

Ce fut à cet instant que Sylvia s'aperçut qu'il était presque onze heures du matin. Et qu'elle était littéralement morte de faim.

Un coup d'œil dans le réfrigérateur s'avéra décourageant. Un minuscule morceau de beurre sentant le ranci. Quelques tranches de jambon tachetées de vert. Dans le placard, Sylvia trouva deux tranches de pain de mie desséchées, aux coins cornés. Et la dispendieuse confiture aux fruits de la passion était recouverte d'une épaisse couche de moisissure. Écœurée, elle jeta le tout dans la poubelle.

Brusquement, elle repensa à la dernière fois qu'elle avait vu Veronika. Se pouvait-il vraiment que cela ne fît qu'une semaine ? Elle avait l'impression qu'il s'était écoulé des années, tant elle avait vécu de choses et tant il s'en était passé.

Veronika décrocha dès la seconde sonnerie.

— Tu es déjà rentrée de Bretagne ? demanda-t-elle étonnée.

— Tu as envie d'un petit-déjeuner ensemble ? lui demanda Sylvia en guise de réponse.

— Avec plaisir, dit Veronika. J'ai déjà petit-déjeuné, mais j'ai toujours le temps et l'envie pour remettre ça.

Au *XII Apostel*, Sylvia et Veronika commandèrent des œufs brouillés avec des chanterelles, du saumon mariné, du yaourt à la vanille, une généreuse coupe de salade de fruits et bien d'autres choses.

— Tu as comme l'air changée, lâcha Veronika en examinant son amie avec attention.

— Ah bon ? fit Sylvia en souriant. Comment ça ?

— Comme… plus vivante. Ça te va bien, le look des vacances. Et les cheveux lâchés.

Sylvia ne dit rien, et tartina du beurre sur son petit pain. Son amie la dévisageait toujours, d'un regard pénétrant.

— Hummmmm… lâcha enfin Veronika, si je ne te connaissais pas aussi bien et si je ne savais pas que c'est hors de question pour toi, je penserais que tu as rencontré un autre homme.

Sylvia laissa tomber son pain d'effroi.

— Hé, s'exclama Veronika en écarquillant les yeux, mais tu es toute rouge. Ne me dis pas… Oh mon Dieu, c'est fabuleux !

Sylvia la regarda consternée.

— Fabuleux ? C'est une catastrophe, oui.

— Ah, bon sang, alors c'est vrai ? Comment s'appelle-t-il ? À quoi ressemble-t-il ? Comment est-il ? Je veux tout savoir !

Et ainsi, Sylvia commença à raconter. Tout d'abord avec hésitation, puis de plus en plus librement. Cela faisait du bien, de parler enfin de ce qui rongeait son âme. Elle narra son arrivée sur l'île, la beauté à couper le souffle du paysage et décrivit l'instant où elle avait vu Maël pour la première fois, perdu dans ses pensées, éclairé par la lumière de fin d'après-midi près des camélias.

— Et… vous vous êtes déjà au moins embrassés ?

Sylvia sentit son visage s'empourprer. Veronika fit les gros yeux.

— OK, vous vous êtes déjà embrassés. Et… plus ?

Sylvia ne put réprimer un grand sourire, qui illumina son visage.

— Plus ? reprit-elle. Eh bien… je voulais tout le temps lui dire que j'étais mariée…

— Et ? demanda Veronika, retenant son souffle avec angoisse, tu y es arrivée ?

Sylvia secoua la tête.

— D'une manière ou d'une autre, il ne m'en a jamais laissé l'occasion. Et alors…

Veronika leva les sourcils, dans l'expectative. Finalement, avec un petit soupir, Sylvia abandonna toute résistance.

— Oui, dit-elle. On l'a fait. Et c'était…

Sylvia chercha une description, un mot capable de

transmettre ce qu'elle avait ressenti et qu'elle ressentait encore.

— Je ne sais pas comment l'expliquer. C'était…

— Comme avec Robert, à l'époque ? demanda prudemment Veronika.

— Non, répliqua Sylvia, et un soupçon de déception traversa le visage de Veronika. C'était beaucoup, beaucoup mieux, poursuivit Sylvia, les yeux brillants, et son amie lui lança un regard soulagé. Tout simplement indescriptible. Vero, c'était la plus belle chose que j'aie jamais vécue.

Puis elles restèrent assises là, songeuses et silencieuses, avec un grand sourire sur le visage, jusqu'à ce que le serveur amenât l'omelette, bien tendre dedans et croustillante dessus, exactement comme l'adorait Sylvia.

Elle continua à raconter, au sujet de sa tante et de Solenn, qui avait été le grand amour de Lucie, et également de sa mort. Oui, Sylvia s'écoutait parler, en s'étonnant elle-même, parler du banc en pierre, près de la tombe de sa tante, de la sérénité et du sentiment de paix qui l'avaient alors submergée.

— Tu sais, Vero, dit-elle, avant d'avaler une gorgée de jus d'orange, je me suis sentie si bien, là-bas, comme ça ne m'était plus arrivé depuis mon enfance. Si tu voyais ça, ce ciel incroyable qui change à chaque instant. Exactement comme la mer. Et au beau milieu de ce paysage sauvage, les fleurs, les camélias…

Sylvia se tut. Veronika la regardait, les yeux ronds. Elle n'avait encore jamais connu son amie ainsi.

— Et tout ça t'appartient désormais, finit-elle par lâcher au bout d'un moment. Félicitations. On dirait que tu as gagné le gros lot, non ?

Sylvia acquiesça, mais brusquement, l'éclat s'évanouit de son visage. Ce nuage ne passa pas inaperçu chez son amie.

— Il y a quelque chose qui ne va pas ? demanda prudemment Veronika.

Sylvia soupira.

— Je ne sais pas… Avec Holger, tout est si difficile en ce moment.

— Est-ce que ça n'a pas toujours été ainsi ?

Surprise, Sylvia leva les yeux sur son amie. Celle-ci se couvrit la bouche de la main, effarée.

— Pardonne-moi, dit Veronika. Je ne devrais pas dire une chose pareille. Tu sais que j'ai comme principe de ne jamais dire du mal des conjoints de mes amies. Mais Holger…

— Eh bien, quoi, Holger ?

— Bon eh bien, dit Veronika, se faisant visiblement violence, à chaque fois que tu parles de lui, ça a l'air difficile. Et pour être honnête, je n'ai jamais trop apprécié Holger. Je ne lui fais pas entièrement confiance. Mais comme je te l'ai dit, cela ne me regarde pas.

Pendant un moment, elles ne pipèrent mot.

— Hé, lança Veronika, brisant le silence, tu ne l'as pas mal pris, au moins ?

Sylvia secoua la tête.

— Mais non, Vero. Je te remercie de ta sincérité. À quoi ça sert, les amis, si on ne peut pas leur dire la vérité ? Je t'ai toujours dit ce que je pensais de tes copains…

— C'est vrai, pouffa Veronika en roulant des yeux, et à chaque fois sans que je te sollicite sur le sujet. Mais à chaque fois, il s'avérait *a posteriori* que tu avais eu raison. Malheureusement.

Elle mit une tranche de saumon sur son toast et le tartina délicatement de raifort.

— Mais dis-moi, où en es-tu donc, au juste, avec ce… Comment s'appelle-t-il, déjà, ce jardinier aux camélias breton qui t'a jeté un sort ?

— Avec Maël ?

— Exactement. Où en es-tu ? Est-ce que vous êtes… plus ou moins… ensemble ?

Sylvia secoua la tête d'une façon un peu trop énergique.

— Ce n'est pas possible, fit-elle en rougissant à nouveau. Comment tu t'imagines les choses ?

— Comment je m'imagine les choses ? répondit Veronika avec un sourire espiègle. Après tout ce que tu viens de me dire, je me les imagine plutôt intenses. Si c'est encore mieux qu'avec Robert… Hou là là !

En riant, Sylvia frappa Veronika avec sa serviette en tissu. Puis elle redevint sérieuse.

— Je suis mariée, dit-elle alors fermement. Et Holger a beau être difficile, il n'en reste pas moins mon époux. Depuis dix ans. Nous avons surmonté des hauts et des bas ensemble. Ça ne se balance pas comme ça pour…

Sylvia s'interrompit. Qu'avait-elle voulu dire ? Pour une aventure de vacances ? N'était-ce pas plus que cela ? Et pourquoi son cœur battait-il si fort ? Oui, pourquoi ressentait-elle soudain une telle douleur dans la poitrine ?

Elle remarqua que Veronika la fixait et eut l'impression d'avoir été prise en flagrant délit. Elle éprouvait beaucoup trop de choses pour Maël. Et son amie s'en était certainement aperçue. Néanmoins, elle se tut, et Sylvia lui en fut reconnaissante.

Pendant qu'elles commandaient une seconde tournée de café, Sylvia décida en son for intérieur de ne pas mentionner les difficultés professionnelles de Holger à son amie. Vero n'était de toute façon pas très bien disposée à son égard. De plus, c'était son affaire à lui seul, et puisqu'il avait mis les points sur les i, lui réaffirmant qu'il ne comptait pas sur son héritage pour s'en sortir, cela ne la regardait plus. Il avait refusé son aide. Dorénavant, Sylvia n'avait plus qu'à espérer que toute cette histoire ne passerait pas au-dessus de la tête de son mari. Sans connaître les tenants et les aboutissants, elle ne pouvait déterminer si la vente de la *finca* pourrait le tirer ou non d'affaire. Elle était bien obligée, en fin de compte, de lui faire confiance à nouveau. Mais pourquoi lui était-ce si difficile ?

Lorsqu'elles s'apprêtèrent à s'en aller, Sylvia insista pour payer l'addition. Puis les deux amies se levèrent et enfilèrent leur veste.

— Il y a une chose que je voulais te dire depuis longtemps, lança soudain Veronika tandis qu'elles s'embrassaient sur le seuil du café. Si quoi que ce soit devait arriver, la porte de mon appartement te serait toujours grande ouverte, pour venir y habiter.

Sylvia s'esclaffa, troublée.

— Que veux-tu dire ? Que devrait-il se passer ?

Veronika haussa les épaules.

— Tu n'aurais pas la place, chez toi, de toute façon, la taquina Sylvia.

— Je n'aurais pas la place ! se récria Veronika. Pour toi, je rangerais mon bureau n'importe quand en deux temps trois mouvements. Je peux très bien faire mes traductions dans le salon. Si si, Sylvia, insista celle-ci, comme elle voyait son amie sur le point de protester, je suis sérieuse. Si ça devait devenir plus difficile avec Holger, je veux dire, trop difficile, n'hésite pas à venir chez moi. Tu me le promets ?

Sylvia regarda son amie, les yeux remplis d'affection.

— Je te le promets, répondit-elle touchée. Mais j'espère que ce jour n'arrivera jamais.

— Il ne faut jamais dire jamais !

Veronika éclata de rire, enfourcha son vélo et, sous peu, elle avait disparu.

***

Sylvia flâna dans les rues, passa devant un magasin de fleurs et aperçut dans la vitrine des roses blanches, qu'elle prit à première vue pour des camélias. Elle resta là, et, bien qu'ayant reconnu son erreur, entra dans la boutique et en acheta une douzaine. Puis elle fit quelques courses, elle allait préparer un bon dîner, chose qui ne lui était pas arrivée depuis longtemps. Lorsqu'elle rentra chez elle, sa femme de ménage était en train d'enfiler son manteau.

— J'ai trouvé une boucle d'oreille, une seule, dit-elle à Sylvia. Entre les coussins du canapé. Je l'ai posée sur la coiffeuse.

Sylvia la remercia tout en se demandant de quelle boucle d'oreille il pouvait bien s'agir. Il ne lui en manquait aucune. Elle alla dans la cuisine et arrangea les roses dans son plus beau vase, versa le café en poudre qu'elle venait de moudre dans un bocal, si bien que son arôme embaumait toute la cuisine, mit les fruits dans un compotier et rangea les emplettes dans le réfrigérateur. Ce soir, elle cuisinerait une dorade en croûte de sel au four, un plat que Holger affectionnait particulièrement. Accompagnée de pommes de terre noires péruviennes, à l'arrière-goût subtil de noix, et d'une salade d'asperges vertes avec des pignons de pin et des filets d'orange sanguine. Sylvia adorait cuisiner, mais en avait hélas rarement le loisir.

Lorsqu'elle pénétra dans sa chambre à coucher, son regard tomba sur la boucle d'oreille sur la commode. Elle l'examina attentivement et constata qu'elle ne lui appartenait pas. Elle avait la forme d'un cœur, un motif que Sylvia n'avait jamais porté et ne porterait jamais. De plus, le bijou n'était qu'en plaqué or – à l'extrémité, émergeaient des bouts argentés. Sylvia se demanda comment la boucle avait bien pu atterrir dans l'interstice entre les coussins de son canapé. C'était probablement Sandra qui avait dû la perdre là, un jour qu'elle attendait Sylvia. Oui, ce devait être ça. D'ailleurs, Sylvia croyait se rappeler avoir déjà vu ces boucles sur Sandra.

À propos de Sandra, songea-t-elle, ces jours-ci, je vais enfin m'accorder son offre intégrale de bien-être et me faire bichonner.

Elle avait encore du mal à accepter d'avoir autant de temps libre. Mais était-ce vraiment le cas ? Elle avait encore dans sa messagerie une longue liste de mails non lus. Aussi passa-t-elle les quelques heures suivantes devant son ordinateur, jusqu'à ce qu'arrivât l'heure de s'occuper du dîner.

Elle prépara tout – fit cuire les patates, coupa les ingrédients pour la salade, mélangea du vinaigre d'abricot avec de l'huile d'argan et un zeste de chili pour la vinaigrette. Puis elle enroba le poisson d'une généreuse quantité de gros sel et mit le four à préchauffer. Sylvia ne savait pas à quelle heure Holger rentrerait à la maison, mais elle voulait être prête sans pour autant gâcher la nourriture. Finalement, elle s'assit de nouveau devant son ordinateur et répondit aux messages, reprit des rendez-vous professionnels, en se gardant néanmoins les dix jours suivants disponibles. Car elle devait encore retourner en Bretagne. Entre autres choses, et pas la moindre, pour ramener la Porsche prêtée à Munich.

Lorsqu'elle commença à avoir faim, elle regarda l'heure. Il était presque vingt-deux heures. La déception l'envahit. Holger aurait certainement déjà dîné, s'il rentrait si tard. Par fierté, elle se retint de l'appeler. Elle n'en était pas encore arrivée au point de s'enquérir de l'heure à laquelle il rentrerait à la maison. Soudain, resurgit sous ses yeux la scène de la nuit précédente, lorsque, furieux et ulcéré, il l'avait envoyée au lit comme une vulgaire gamine. Était-il encore fâché contre elle ? L'avait-elle mérité, était-elle vraiment allée trop loin ? Pourtant, même Thomas Waldner l'avait pressée de tirer au clair la situation de Holger.

Sylvia poussa un gros soupir, se rendit dans la cuisine, goûta deux des patates refroidies, versa la vinaigrette sur la salade et en picora quelques feuilles. Elle n'avait plus faim. Elle se vit dans son élégante cuisine hors de prix, où il ne manquait rien, et se demanda à quand remontait la dernière fois où elle y avait pris plus qu'un brunch du dimanche ou un café. Elle songea à la cuisine de Solenn et Lucie, à la grande table dont le plateau épais en bois, avec ses taches et ses entailles, racontait son histoire. Sa propre cuisine n'avait pas d'histoire. Et grâce à sa femme de ménage, elle ne faisait rien d'autre que briller et étinceler inlassablement.

Sylvia tenta de s'imaginer tous ceux de l'île aux Camélias attablés ensemble à cet instant. Solenn était peut-être en train de découper une tarte aux pommes accompagnée, qui sait, d'un verre de *lambig* pour chacun. Elle avait enfin quelque chose à fêter. Alors, Sylvia tressaillit. Solenn était-elle au courant, au fait, que la vente n'aurait pas lieu ? Qui pouvait le lui avoir dit ? N'était-ce point de son devoir de lui transmettre la bonne nouvelle ?

Sylvia chercha son téléphone portable et composa le numéro de Solenn.

— Jardin aux Camélias bonsoir, répondit celle-ci, et Sylvia réalisa alors à quel point la Bretonne revêche lui manquait.

— C'est moi, fit-elle, Sylvia.

— Bonsoir Sylvie.

— Je voulais vous informer que… tout va bien. L'île ne sera pas vendue.

Il y eut un silence sur la ligne. Quelque chose craqua. Puis un bruissement. Peut-être le vent. Ou bien le grondement de la mer. Soudain, Sylvia fut submergée d'une nostalgie incroyable, et se languit d'être là-bas parmi ces gens, ces bruits.

— Tu en es sûre ? demanda Solenn songeuse à travers le chuintement.

— Mais oui Solenn.

L'espace d'un instant, Solenn sembla hésiter. Puis elle dit :

— C'est-à-dire que… lundi a lieu le rendez-vous chez le notaire. Pour la vente.

— Il n'y aura pas de vente, répliqua Sylvia, peut-être que ce rendez-vous était prévu. Mais ce n'est plus d'actualité. Vous pouvez vous tranquilliser. Tu m'entends ?

— Je t'entends, dit Solenn, d'une voix à l'inflexion sceptique. Et j'espère que c'est vrai, ce que tu dis. Bonne nuit, Sylvie.

Puis elle raccrocha. Et Sylvia resta là, agitée d'un malaise qu'elle ne pouvait s'expliquer.

Il était vingt-deux heures trente lorsqu'elle se ressaisit et, la mort dans l'âme, enfourna finalement le poisson dans le four préchauffé depuis des heures. Elle avait faim, et elle allait manger, que Holger revienne à la maison ou pas. Et juste au moment où l'arôme délicat de la dorade en croûte de sel commençait à se répandre dans la pièce, juste au moment où ce signe infaillible indiquait que le poisson était cuit, et qu'elle le sortait du four et en brisait prudemment la croûte blanche, Holger franchit le seuil de la cuisine.

— Le dîner est prêt, dit-elle. Tu as faim ?

Holger se tenait, troublé, dans l'embrasure de la porte, et, alléché, il huma l'odeur qu'il aimait tant, vit les patates et la merveilleuse salade, et son visage s'illumina.

— Une faim de loup, dit-il.

Puis il alla vers Sylvia, la serra dans ses bras et l'embrassa.

***

Cette nuit-là, ils ne parlèrent pas des affaires. Lorsque Sylvia ouvrit le chablis, elle pensa qu'ils étaient en train, sans un mot, à sa façon à elle, de fêter le sauvetage de l'île. Tante Lucie pouvait dormir sur ses deux oreilles, les bulldozers et les pelleteuses allaient se retirer de la côte. Plus tard, dans les bras de Holger, elle se concentra pour chasser toute pensée de Maël.

Finalement, elle en arriva à la conclusion que c'était tout simplement différent avec Holger. Son amour pour lui s'apparentait à un fleuve paisible, au courant par moments plus fort, à d'autres, plus tranquille. Avec Maël, cela avait été comme l'océan sauvage, bouillonnant, abyssal. Elle éprouvait de la gratitude d'avoir pu faire cette expérience. Mais désormais, elle retournait à sa vraie vie. Sa vie avec Holger.

10

Le rendez-vous

— Allons donc passer un week-end comme les autres amoureux, lui avait dit Holger le samedi matin lorsqu'elle s'était réveillée dans ses bras.

— Et comment les couples d'amoureux passent-ils donc leur week-end ? avait demandé Sylvia en riant.

— Ils vont à Venise et se prélassent dans des gondoles, lui chuchota Holger à l'oreille.

Aussi s'étaient-ils installés dans la Porsche Spyder de Holger et avaient-ils filé jusqu'à Venise.

Sylvia se mordit les lèvres pour ne pas demander s'il était vraiment raisonnable, au vu de la situation financière tendue, de descendre dans l'un des hôtels les plus luxueux de la lagune. Elle s'efforça sincèrement de débrancher son cerveau et ne put s'empêcher de remarquer que ceci, qui s'était produit si spontanément sur l'île aux Camélias, s'avérait bien plus ardu en présence de son époux. Holger avait insisté pour qu'ils se baladent en gondole, et ç'avait vraiment été une expérience inoubliable. Au moment où ils étaient passés sous le pont du Rialto, comme d'un coup de baguette magique, Holger avait sorti une bouteille de *prosecco* de Vénétie et deux verres. Sylvia n'avait jamais vu son mari aussi romantique.

Pendant quelques heures, elle avait bel et bien oublié ses soucis, et lorsque, le samedi soir, ils se retrouvèrent dans une *trattoria* enchanteresse en marge de l'agitation touristique, à une table donnant directement sur l'un des canaux pittoresques, à déguster des fleurs de courgettes comme *antipasti* et du *risotto nero* à la seiche, Sylvia était tout simplement heureuse. On aurait dû refaire ça depuis longtemps, songea-t-elle le dimanche après-midi pendant leur trajet de retour à Munich.

Cependant, le soir, sans crier gare, Holger posa sa petite valise dans le corridor et donna un rapide baiser à Sylvia.

— Je dois filer, dit-il.

— Mais où vas-tu à cette heure-ci ? demanda Sylvia stupéfaite.

Son mari n'avait absolument pas évoqué le fait qu'il dût repartir dès son retour de Venise.

— En Andalousie, répondit-il. Croise-les doigts pour moi. Si tout se passe bien, la *finca* sera vendue dès demain.

Holger était déjà parti lorsque la pensée traversa l'esprit de Sylvia qu'elle aurait bien aimé l'accompagner dans ce voyage. Après tout, elle était en vacances. Venise avait eu un petit arrière-goût de lune de miel.

Pourquoi ne pas la prolonger ? En outre, elle n'avait encore jamais été en Andalousie. Elle s'apprêtait déjà à composer le numéro de Holger lorsqu'elle eut une meilleure idée. Elle appela sa secrétaire.

— Je m'excuse de vous déranger un dimanche, Lena. Mais je voulais savoir quel vol mon mari va prendre ce soir pour l'Andalousie.

Elle entendit Lena Weinhalter hésiter au bout du fil.

— Madame von Gaden… s'il vous plaît… ne m'en veuillez pas, mais… je… je n'ai plus le droit de vous renseigner. Votre mari était terriblement furieux que je vous aie donné cette information l'autre fois.

— Quelle information ?

— Eh bien, celle au sujet de ce Ashton-Davenport, l'acheteur de l'île.

— Oh, je suis désolée, répondit Sylvia, désagréablement troublée.

Holger s'était emporté contre sa secrétaire parce qu'elle lui avait envoyé ces coordonnées ?

— Je ne voulais surtout pas vous attirer d'ennuis. Mais cette fois-ci, c'est vraiment inoffensif, croyez-moi. Je le demanderais d'ailleurs à mon époux. Mais c'est juste que je voulais lui faire la surprise, continua Sylvia. Voyez-vous, j'aimerais bien le rattraper. Je n'ai encore jamais été en Espagne et…

— Mais il ne prend pas l'avion pour l'Espagne, la coupa Lena, puis elle s'interrompit.

Visiblement, elle avait peur d'en avoir déjà trop dit.

— Il ne prend pas l'avion pour l'Andalousie ? Vous en êtes sûre ? Et pour quelle destination alors ?

Pendant un moment, Lena tergiversa, puis elle céda.

— Eh bien, l'endroit a un drôle de nom : Quimper. Avec un Q. Et c'est vraiment compliqué pour y aller en avion. On doit faire escale à Paris. C'est pour cela que votre mari est parti ce soir. Demain matin très tôt, il prendra la correspondance pour arriver dans les temps à l'office du notaire Leclerc. Mais c'est en France, madame von Gaden. Pas en Espagne.

Sylvia resta là, comme tétanisée. Ça ne pouvait être vrai.

— Vous êtes sûre et certaine ? Enfin que… qu'il va vraiment à Quimper ?

Elle reconnaissait à peine sa propre voix.

— Mais oui, c'est moi qui ai réservé le vol.

— À quelle heure exactement arrive mon époux à Quimper ?

Lena lui donna les détails du vol, et Sylvia les inscrivit machinalement sur un bloc-notes.

— Et la signature du contrat est également demain chez Leclerc ?

Sylvia avait lancé ça au bluff, et elle reçut immédiatement une confirmation.

— À onze heures du matin. Oh mon Dieu, madame von Gaden, j'espère que ça ne va pas me coûter mon boulot.

— Mais certainement pas, dit Sylvia, ne vous en faites pas. Merci beaucoup, Lena ! Cela fera plaisir à mon mari. Au revoir !

Et elle raccrocha.

Pendant quelques instants, elle resta assise, abasourdie. Comme si quelqu'un lui avait assené un coup de massue. Puis, la rage monta en elle, bouillonnante, comme la lave d'un volcan. Ainsi, il lui avait menti, une fois de plus. Il voulait vendre l'île, depuis le début. Nom d'une pipe, qu'avait-elle donc fait ! Elle était tombée dans le panneau. Le grand jeu à Venise, les heures magnifiques… Ce n'était donc qu'une manœuvre de diversion ? Pour finalement, dans son dos… Non, décidément, cela allait trop loin.

Sylvia regarda l'heure. Il était presque vingt heures. Dans quinze heures, le sort de l'île serait définitivement scellé. Elle avait exactement quinze heures pour l'empêcher. Il était trop tard pour embarquer dans le vol que prenait Holger. Elle n'avait pas de voiture, la Porsche prêtée était restée sur l'île. De ses doigts tremblants, elle composa le numéro de Veronika.

— Il faut qu'on aille en Bretagne, dit-elle sans préambule dès que son amie décrocha. Maintenant tout de suite.

Veronika hésita juste une fraction de seconde. Puis elle répondit :

— C'est bon. Je suis chez toi dans une heure.

— Non, tu dois faire plus vite.

Veronika prit une courte inspiration avant de dire :

— Suis déjà en route.

Sylvia renversa le sac de voyage qu'elle avait emmené à Venise, et y fourra des vêtements propres. Sa trousse de toilette. Des chaussettes en laine, deux gros pulls et une veste coupe-vent. À la dernière minute, elle ajouta une chemise blanche et une robe fourreau élégante couleur crème, en jersey cachemire, au cas où. Elle emballa le contenu du réfrigérateur dans un panier et vida le plateau à fruits. Elle courut dans son bureau, attrapa son ordinateur portable et la pochette contenant la photocopie des pleins pouvoirs qu'elle avait donnés à Holger pour la vente de l'île. Puis elle quitta son appartement et attendit nerveusement en faisant les cent pas en bas de l'immeuble. Quelques minutes plus tard, la Mini de Veronika tourna au coin de la rue. Sylvia jeta son sac sur la banquette arrière et cala le panier à victuailles. Puis elle prit place à côté de Veronika, qui la regardait d'un air interrogateur.

— Que se passe-t-il ?

— Je te raconterai quand on sera sur l'autoroute. A8 direction Stuttgart dans un premier temps. On doit être à Quimper demain matin à onze heures.

Veronika lui jeta un coup d'œil inquiet. Puis elle démarra.

— OK, dit-elle. Le mieux à faire est de taper l'adresse exacte dans le GPS.

Fiévreusement, Sylvia rentra les informations de Quimper dans le logiciel. Il chercha et testa comme d'habitude des milliers de trajectoires, avant d'afficher le résultat.

— Arrivée : 10:34.

— Oh bon sang… gémit Sylvia, on peut encore le faire.

— C'est-à-dire, en roulant d'une traite sans faire de pause.

— Oui, j'ai bien peur que oui.

Veronika la dévisagea de nouveau d'un air inquisiteur, mais ne posa plus de question. Et Sylvia l'en adora d'autant.

Enfin, quelque part entre Augsburg et Stuttgart, elle réussit à parler. Elle raconta à Veronika comment tout avait commencé. Elle lui parla de sa tante, de ses souvenirs d'enfance, lui expliqua que Lucie, à un moment donné, avait purement et simplement disparu, comme si elle n'avait jamais existé. Puis que, il y avait quelques semaines, au beau milieu d'une période de travail particulièrement stressante, elle avait appris au sujet de son héritage. Combien elle s'était sentie soulagée lorsque Holger lui avait proposé de s'occuper de tout, et comment elle avait signé les pleins pouvoirs requis pour la vente. En lui faisant aveuglément confiance – au sens propre du mot. Comment elle s'était retrouvée ensuite par hasard avec un mois sans mission et avait décidé de visiter personnellement ce dont elle avait hérité.

Après quoi, elle se tut, complètement épuisée. Ils étaient à peine rentrés de Venise l'après-midi. Elle n'arrivait pas à se débarrasser de la pensée troublante que Holger lui avait raconté des bobards tout au long de ce merveilleux week-end, en ayant la ferme intention de s'échapper ensuite le dimanche soir.

— En Andalousie.

Il n'y avait probablement aucun acquéreur potentiel pour la *finca*. Si ça se trouvait, la *finca* n'existait même pas. Désormais, on ne pouvait rien exclure.

— Pourquoi n'essaies-tu pas de dormir un peu ? proposa Veronika. Je peux tenir encore deux bonnes heures, et puis tu pourras me relayer. Si tu veux être demain matin en pleine forme, tu as intérêt à te reposer un petit peu.

Sylvia rabattit le siège à l'horizontale, aussi bas que le permettait la Mini, et ferma docilement les paupières. Veronika avait raison. Mais il ne fallait pas songer à dormir, Sylvia en était sûre et certaine. Des images de Venise se mêlaient à des impressions de la Bretagne. Holger était assis dans une gondole remplie de camélias blancs, qui tanguait dangereusement sur les vagues de l'Atlantique. Solenn courait sur la route d'accès à l'île, tandis que s'approchait une énorme vague, qui allait inexorablement l'emporter. Sylvia tentait de l'en avertir, mais aucun son ne sortait de sa bouche. Puis elle était dans la cuisine de Solenn, Maël lui tendait une fleur, mais lorsque Sylvia voulait la saisir, elle lui glissait entre les doigts et se brisait en mille morceaux sur le sol de pierre.

— Je ne savais pas, disait-elle déconcertée, qu'elles étaient si fragiles.

Sylvia se réveilla en sursaut tandis que la voiture pilait.

— Bouchon ! lança Veronika.

— Oh non, murmura Sylvia en se frottant les yeux. On est où ?

— Presque arrivées à Karlsruhe, répondit Veronika.

Sylvia avait l'impression d'avoir été passée à tabac, et sa jambe gauche était ankylosée.

— Veux-tu que je te remplace ?

Veronika secoua la tête.

— Seulement une fois qu'on aura laissé ça derrière nous.

L'embouteillage leur coûta dix précieuses minutes, puis elles finirent par distancer les travaux. Elles échangèrent leur place à une station-essence peu avant la frontière française. Pendant que Sylvia s'engageait sur l'autoroute déserte plongée dans l'obscurité, Veronika se pelotonna sur le siège du passager et s'endormit sur-le-champ à poings fermés.

Sylvia ne put s'empêcher de songer qu'elle avait effectué le même trajet, environ une semaine auparavant. À l'époque, elle n'aurait pu imaginer, même dans ses pires cauchemars, que Holger s'était fourré dans de telles difficultés et prévoyait, le plus sérieusement du monde, de manœuvrer dans son dos. Elle ne connaissait ni l'île aux Camélias ni Maël.

Maël…

Pendant les deux jours à Venise, elle avait presque réussi à chasser son image de son esprit. Presque. Mais en fait, comme elle le réalisait à présent, il avait toujours été tapi derrière chacune de ses pensées. Comme si son ombre avait accompagné le moindre de ses pas, où qu'elle fût, à Munich ou à Venise.

Ils n'avaient même pas pu se dire au revoir. Alors, Sylvia songea que c'était peut-être précisément l'intention qu'avait eue Maël, le fameux soir avant la tempête, lorsqu'il avait frappé à sa porte. Elle ne lui avait pas ouvert, car elle avait beaucoup trop peur d'elle-même, de ce qu'elle était prête à faire. Maintenant, elle voyait les choses clairement. Et pendant que Veronika, à ses côtés, dormait comme un loir, Sylvia reconnut enfin que les sentiments qu'elle éprouvait pour cet homme qu'elle connaissait à peine, étaient bien plus profonds qu'elle ne l'avait pensé jusqu'alors.

Veronika s'ébroua. Elle secoua sa chevelure bouclée et se frotta les yeux.

— Où sommes-nous ? demanda-t-elle en bâillant.

— Quelque part entre Metz et Verdun, répondit Sylvia.

— Alors, c'est bientôt mon tour, fit Veronika en se redressant. Pourrais-tu sortir à la prochaine s'il te plaît ? Je dois aller aux toilettes.

— Bien sûr.

Elles s'arrêtèrent brièvement à une station-service puis continuèrent courageusement.

— As-tu maintenant envie de me raconter, dit Veronika, alors qu'elles filaient dans la nuit sur l'autoroute quasiment déserte en direction de Paris, pourquoi au juste nous devons être en Bretagne à onze heures demain matin ?

Sylvia la regarda, effarée.

— Oh ma parole, s'exclama-t-elle, je ne te l'ai même pas dit…

— Non, fit Veronika en pouffant, en tout cas pas pendant que j'étais réveillée.

— On doit empêcher, expliqua Sylvia, que Holger vende l'île aux Camélias à un investisseur, qui veut tout détruire. On doit empêcher que l'héritage de tante

Lucie ne soit saccagé et transformé en un hôtel de luxe VIP avec club de golf.

Veronika la considéra, perplexe.

— Tu plaisantes, Sylvia ? N'est-ce pas ?

Sylvia secoua la tête. Des larmes affluèrent dans ses yeux brûlants et fatigués.

— Moi non plus, je n'ai pas voulu le croire pendant longtemps. Mais Holger est on ne peut plus sérieux.

— Holger ? Mais pourquoi donc fait-il une chose pareille ?

Sylvia réprimait son envie de pleurer depuis quelque temps, mais soudain, elle ne se maîtrisa plus. Dans un énorme sanglot, elle déchargea sa déception, sa colère et sa douleur, si bien que Veronika, épouvantée, s'arrêta sur la bande d'arrêt d'urgence pour serrer son amie dans ses bras.

— Il faut… il faut continuer, sanglota Sylvia dans les bras de Veronika.

— Oui oui, tout de suite, la consola celle-ci, en lui caressant le dos, puis elle sortit un paquet de Kleenex de sa boîte à gants, en déplia un et le tendit à son amie.

Après quoi, elle redémarra enfin.

— Apparemment, Holger a fait de mauvais investissements, expliqua Sylvia d'une voix tremblante et noyée de larmes. Il a accumulé des dettes monstrueuses et se retrouve avec trois biens immobiliers bidon sur les bras. Il a besoin de l'argent de la vente de l'île aux Camélias. Je lui ai dit que j'avais changé d'avis et que je n'étais plus disposée à la vendre. Mais… mais… Holger…

Sylvia ne put poursuivre.

— Et demain matin à onze heures, il va la bazarder ? fit Veronika, venant en aide à son amie. À Quimper ?

Sylvia acquiesça.

— Oui…

Veronika, rembrunie, fixa la route à travers le pare-brise.

— Quel enfoiré, souffla-t-elle.

Puis elle appuya résolument sur l'accélérateur.

***

Cela roula plutôt bien jusqu'à Paris. À trois heures du matin, on pouvait traverser la capitale française sans encombre et sans les sempiternels embouteillages. Sylvia pensa, écumant de rancœur, que Holger était en train de dormir quelque part dans la ville, dans une chambre d'hôtel confortable, pendant qu'elle et Veronika se relayaient au volant depuis des heures. Cela ne posait aucun problème à Veronika de s'endormir en une fraction de seconde et sombrer dans un profond sommeil, et au fur et à mesure qu'avançait la nuit, cela devenait également plus facile pour Sylvia. Cependant, la plupart du temps, ses pensées la gardaient éveillée, et lorsqu'elle finissait par s'assoupir, elle se réveillait peu après en sursaut.

— Que comptes-tu faire, une fois qu'on sera arrivées à Quimper ? s'enquit Veronika à un moment donné.

— Je dirai au notaire que j'ai changé d'avis et que Holger agit contre mes intérêts. Si je suis présente, personnellement, les pleins pouvoirs n'ont plus aucune valeur.

— Et tu es sûre que le rendez-vous est à onze heures ?

Sylvia réfléchit.

— C'est ce que m'a dit Lena, la secrétaire de Holger.

Veronika la regarda d'un air dubitatif.

— Et tu penses qu'elle t'a dit la vérité ?

— Elle a vendu la mèche. En fait, elle n'était rien censée me dire du tout. Je connais Lena depuis longtemps. Elle est incapable de mentir. Holger s'en est d'ailleurs souvent plaint auprès de moi, elle vendait aussi la mèche avec ses clients… Eh, dis-moi, c'est quoi, ce bruit ?

Un léger cliquetis s'élevait du moteur.

— Ce n'est rien, la rassura Veronika. Elle le fait depuis quelque temps. Je l'ai emmenée chez le garagiste. Mais il a dit que ce n'était rien et que je ne devais pas m'en faire.

Elles continuèrent à rouler en silence. Pour environ la centième fois de la nuit, Sylvia regarda l'heure. Il était quatre heures moins le quart. Ses paupières pesaient comme du plomb.

— Je crois, murmura-t-elle, que je vais un peu fermer les yeux.

— Bien sûr, ne te gêne pas, l'encouragea Veronika.

Mais Sylvia ne l'entendait déjà plus. Elle avait l'impression d'être assise dans « sa » chambre sur l'île. On frappait à la porte. Encore et encore. Doucement, avec insistance. Sylvia ouvrait la porte, mais derrière celle-ci se trouvait une deuxième porte en bois, vieille et lourde, et derrière, encore une autre, et ainsi de suite. Les coups s'amplifiaient, plus pressants, Sylvia ouvrait à la volée une porte après l'autre. Comme c'était fatigant ! Les portes étaient de plus en plus difficiles à ouvrir. Puis le cognement se rapprochait d'elle, s'accélérait et devenait plus saccadé, et elle pressait de tout son poids contre la porte imposante. Alors, elle voyait qu'elle était en acier. Du métal cinglant du métal, un bourdonnement et un coup… Sylvia se réveilla en sursaut. Elle était aveuglée par des lumières crues.

— Quelle chance, disait la voix de Veronika, qu'il y ait juste une station-essence ici ! Espérons qu'il y ait aussi un garage.

La voiture s'immobilisa avec un soubresaut, et ce fut alors que Sylvia réalisa que le grondement et le martèlement provenaient du moteur.

— Oh zut, dit-elle tandis que Veronika avait déjà bondi hors de la voiture et discutait avec un homme en blouse de travail, visiblement un mécanicien, faites, oh, faites que ce ne soit pas vrai ! Où sommes-nous exactement ?

— La dernière sortie s'appelait Le Mans.

Un quart d'heure plus tard, la nouvelle tomba : le moteur de la Mini était endommagé.

— Avec ça, vous n'irez pas très loin, expliqua le mécanicien.

— Combien de temps vous faut-il pour la remettre sur pied ?

L'homme dévisagea Veronika comme s'il avait mal compris. Puis il se mit à rire.

— Écoutez, madame, il est quatre heures du matin. Normalement, à cette heure-ci, il n'y a personne au garage. C'est juste un hasard que je sois là. Et en ce qui concerne votre Mini, je vais probablement devoir démonter le moteur. Ce n'est pas une question d'heures, mais de jours. Peut-être même qu'il va falloir le remplacer. Mais alors, on devra en commander un nouveau…

— C'est beaucoup beaucoup trop long, intervint Sylvia. Vous comprenez, nous devons immédiatement reprendre la route. Nous devons être demain matin à Quimper…

— Quimper en Bretagne ? N'y pensez pas !

— Vendez-nous une voiture ! lança Veronika.

Cela sonnait presque comme un ordre.

— Quel genre de voiture ?

— N'importe laquelle. La vôtre. Ou bien celle-ci. N'est-ce pas une… ?

— C'est une *déesse*, ma perle des perles.

— Ah oui, une DS Citroën, n'est-ce pas ?

Le mécanicien approuva fièrement.

— Je l'ai remise à flot.

— Et elle marche ?

— Je viens juste de la terminer.

— Combien coûte-t-elle ?

À cet instant, pour la première fois, le mécanicien dévisagea Sylvia. Visiblement, Veronika lui avait tapé dans l'œil, car il semblait incapable de détourner son regard de la séduisante rouquine.

— Madame, celle-ci n'est pas à vendre. J'ai mis sept mois pour la retaper. C'est l'une des dernières séries datant de 1975, après ça, la production a été stoppée. De ce modèle en particulier, il ne reste que…

— Votre prix est mon prix, l'interrompit Sylvia. Ou bien pour une autre voiture. Nous devons continuer, vous comprenez ? De toute urgence. Immédiatement.

— S'il vous plaît, implora Veronika. Aidez-nous ! Sinon, il va arriver malheur.

Le mécanicien regarda à nouveau Veronika et sembla se débattre douloureusement en son for intérieur, visiblement incapable d'ignorer sa supplication. Merveilleux, pensa Sylvia, Veronika lui plaît. Et réciproquement. Que pouvait-il arriver de mieux !

— Vraiment, dit Veronika, je vous assure que nous sommes dans une situation critique. Il faut que vous nous aidiez !

L'homme se gratta le poil dru de sa barbe et eut l'air de cogiter.

— Je ne peux pas vous vendre la *déesse*, mesdames, c'est impossible. Mais si vous voulez… et… si c'est si urgent que ça… je peux vous y conduire. Je voulais de toute façon faire un essai de conduite avec elle.

Veronika lança un regard victorieux à Sylvia.

— Ce serait incroyablement gentil de votre part, répondit-elle. Vous êtes sûr ?

— Je paierai pour l'essence, s'empressa d'ajouter Sylvia, et je vous dédommagerai pour le manque à gagner. Et…

Le mécanicien protesta gentiment et, embarrassé, s'essuya les mains sur un chiffon en coton.

— C'est bon, c'est bon. Comme je vous l'ai dit, de toute façon, je voulais faire un long trajet avec elle. Pourquoi pas vers l'ouest ?

— Mais ne devez-vous pas travailler demain matin ? s'enquit Veronika.

— Ah, vous savez, je suis le patron de ce garage. Si je ferme, ce sera fermé, voilà tout.

— Et vous pensez, demanda anxieusement Sylvia, que vous pourriez… partir tout de suite ?

— Que diriez-vous d'une petite tasse de café ? proposa le mécanicien. Si vous avez conduit toute la nuit, ce ne serait certainement pas de refus, j'imagine. Au fait, je m'appelle Laurent.

— De quand date la voiture ? demanda Veronika sans ambages, après qu'elles se furent présentées et eurent bu, à la machine à café crachotante du garage, un espresso aussi épais que de l'huile de vidange. Tu es sûr qu'elle ne va pas nous lâcher en cours de route ?

— Ne vous en faites pas, fit Laurent, elle vous amènera jusqu'au bout du monde.

— Ça tombe bien, répliqua Sylvia, car c'est exactement là où nous allons.

— Installe-toi confortablement à l'arrière, dit Veronika à Sylvia, je m'occupe de garder Laurent éveillé. Tu devras être en pleine forme à Quimper, alors allonge-toi là et ferme les yeux.

Sylvia ne put réprimer un sourire en remarquant l'empressement de son amie. Que Laurent s'endormît aux côtés de Veronika, il n'y avait rien à craindre, au contraire, il avait l'air tout à fait réveillé. Il se changea et sortit même, comme par enchantement, un coussin et une couverture de son bureau, avec lesquels il arrangea un couchage de fortune pour Sylvia sur la banquette arrière. Soulagée, elle s'y allongea tandis que Laurent s'engageait sur l'autoroute au volant de la *déesse*. Lui et Veronika semblaient discuter à bâtons rompus. Ça a cliqué entre ces deux-là, songea Sylvia, puis elle ne pensa plus à rien et s'endormit profondément.

***

Elle se réveilla car il manquait quelque chose – le vrombissement du moteur. La voiture était garée sur le parking d'une station-service, et aucune trace de Veronika ni Laurent. Sylvia jeta un coup d'œil à sa montre et, soudain, se dressa sur son séant. Il était presque dix heures. Jusqu'où avaient-ils roulé ?

En hâte, elle s'extirpa de la voiture et scruta les alentours. Puis elle poussa un soupir de soulagement. Veronika arrivait du snack autoroutier, portant un plateau en carton avec trois gobelets de café.

— Bonjour, belle au bois dormant, la salua-t-elle gaiement.

Malgré ses grands cernes, Veronika avait l'air fraîche et dispose.

— Où sommes-nous ? s'enquit Sylvia.

— Nous sommes presque arrivés à Quimper, répondit Veronika en lui tendant un café. On a largement le temps d'ici onze heures. Mais si je puis me permettre un conseil d'amies, prends ta trousse à maquillage et va faire un petit tour aux toilettes ! Je veux que tu fasses bonne impression quand tu enverras l'adversaire au tapis !

Sylvia lui rendit son sourire, suivit le conseil de son amie et sortit de son sac de voyage sa trousse de toilette ainsi que sa chemise blanche. Lorsqu'elle se regarda dans le miroir des toilettes pour femmes, elle ne put s'empêcher de rire, tant elle était hirsute. Elle se brossa rapidement les dents, se lava la figure et enfila sa chemise propre. Puis elle se maquilla avec soin et se peignit jusqu'à ce que ses cheveux soient impeccables. Au début, elle voulut les relever en un chignon, comme à l'accoutumée, lorsqu'elle était en déplacement professionnel. Mais elle se ravisa. Ses cheveux encadraient gracieusement son visage et retombaient avec souplesse sur ses épaules. Elle fixa son reflet dans la glace.

— Tu peux le faire ! s'exhorta-t-elle tout haut.

Puis elle retourna à la voiture.

Visiblement, Veronika avait informé Laurent du genre de mission dans lequel elles l'avaient embarqué.

— Est-ce que tu sais exactement, demanda-t-il lorsqu'ils repartirent, où nous devons aller à Quimper ?

— Lena a parlé de l'office de notaire Leclerc, répliqua Sylvia, et Veronika dégaina immédiatement son smarphone.

Une minute plus tard, ils avaient l'adresse.

— Office notarial François et Hervé Leclerc, énonça-t-elle. Rue René-Madec…

— Malheureusement, ma *déesse* n'a pas le GPS.

— Pas de souci, fit Veronika tout à fait dans son élément, dès que nous arriverons dans Quimper, je te guiderai avec mon smartphone. D'ailleurs, nous y sommes presque. Plus que dix kilomètres.

Elle se retourna vers Sylvia et lui lança un regard de conspiratrice. Ses yeux brillaient.

— Mais tu dois me promettre une chose, dit-elle. Quand tu auras gagné cette bataille, je veux que tu me montres l'île.

— Nous… intervint Laurent, Véronique voulait dire : que tu « nous » montres l'île.

Sylvia s'esclaffa. Son cœur se réchauffa à la perspective de revoir l'île d'ici peu.

— Mais bien sûr, répondit-elle.

Puis elle commença à se préparer psychologiquement pour ce qui l'attendait à Quimper. Et plus ils s'approchaient du chef-lieu du département, plus elle se sentait fébrile.

— Il est déjà onze heures moins vingt, lança-t-elle lorsqu'ils atteignirent la ville, nous devons nous dépêcher.

En fixant son téléphone portable avec concentration, Veronika guida Laurent à travers les quartiers périphériques, jusqu'à la vieille ville.

— Suivre le fleuve sur huit cents mètres, dit-elle enfin, et tourner à la prochaine à droite. C'est là.

Elle se retourna vers Sylvia.

— Calme-toi, lui dit-elle, ils ne commenceront pas à l'heure exacte.

— C'est quoi, ça, juste devant nous ? demanda soudain Laurent.

Sylvia se pencha en avant pour mieux voir. Une foule compacte bloquait la rue devant eux.

— Une manifestation ! Il ne manquait plus que ça !

Les gens semblaient bloquer précisément la rue dans laquelle ils devaient bifurquer. La plupart d'entre eux tenaient des banderoles à bout de bras.

— Et pourquoi est-ce qu'ils manifestent, au juste ? s'enquit Veronika.

Ce fut là qu'elle vit.

Éco-Monstre – pas chez nous. Nos îles ne sont pas à vendre ! lut-elle sur l'une des banderoles.

— Je n'arrive pas à y croire, s'exclama Veronika, ils manifestent contre la vente ! Ça alors ! Je parie que…

Puis sa voix enthousiaste fut noyée par le chœur tonitruant des manifestants. La Citroën avait beau pointer prudemment son long museau élégant parmi eux, la foule ne s'écartait pas d'un iota. Laurent fit descendre sa vitre et parla avec le manifestant le plus proche. Mais le Breton se contenta de secouer la tête en signe de refus.

— On ne laisse passer personne, cria-t-il pour couvrir le brouhaha, et surtout pas des étrangers.

— Écoutez monsieur, s'époumona Veronika. Dans cette voiture, il y a la femme qui va empêcher la vente. Si vous ne la laissez pas passer, l'île ne pourra pas être sauvée.

L'homme et quelques-uns des manifestants qui l'entouraient se courbèrent pour jeter un coup d'œil à l'arrière de la voiture.

— Et qui est-ce donc ? Qui est cette femme ? demanda l'homme avec méfiance.

Alors, Sylvia décida de prendre les devants. Elle descendit. Immédiatement, une femme aux alentours hurla d'une voix stridente.

— C'est elle ! C'est la nièce de Lucie ! Je la reconnais. Elle était l'autre fois à la boucherie. C'est elle qui veut vendre l'île. Retenez-la ! Il ne faut surtout pas qu'elle aille chez le notaire !

— Retenez-la ! entendit-on crier de tous côtés, et déjà des bras saisissaient Sylvia, la tirant, doucement mais fermement, au sein d'un cercle de gens qui dardèrent sur elle des regards furibonds.

— Si Lucie savait ça ! lui balança en pleine figure une vieille femme remontée.

Elle portait un drôle de costume, une robe en taffetas noir surmontée d'un tablier blanc, abondamment décoré de broderies blanches. Et la coiffe la plus insolite que Sylvia ait jamais vue – une espèce de couronne haute d'un bon demi-mètre en dentelle blanche, qui évoquait une version excentrique de toque de chef cuisinier. Elle oscillait dangereusement de-ci de-là, au gré des mouvements rageurs de la tête de la Bretonne.

— Tu devrais avoir honte ! Tu n'es pas digne d'être sa nièce !

— Mais vous faites erreur, madame, bafouilla

Sylvia, je ne veux pas vendre l'île. Je suis la seule qui puisse la sauver…

— Menteuse ! intervint une autre femme en costume. Tu as déjà menti à Solenn. Mais nous, tu ne nous rouleras pas dans la farine !

Alors, Veronika sortit également de la voiture et fondit bravement dans la mêlée. On joua des coudes, apparemment tout le monde voulait apercevoir l'héritière tant honnie. Beaucoup criaient leur ressentiment au visage de Sylvia. Désespérée, Sylvia regarda l'heure. Il était presque onze heures. Si un miracle ne se passait pas, l'île serait fichue.

— Où est Solenn ? cria Sylvia à la foule, lorsqu'elle finit par comprendre qu'elle ne parviendrait pas à convaincre les manifestants. Il faut que je parle à Solenn. Où est-elle ?

Il y eut un grand silence. Puis un murmure parcourut la foule. Finalement, un couloir s'ouvrit parmi les gens, et Solenn s'avança au milieu, telle une reine. Elle s'arrêta à deux mètres de Sylvia et la contempla d'un air impassible.

— Qu'est-ce que tu me veux ?

— Accompagne-moi chez le notaire. S'il te plaît !

— Pour quoi faire ?

— Pour qu'on puisse empêcher ce contre lequel vous manifestez. Pendant que vous me retenez ici, le contrat est en train d'être signé chez le notaire Leclerc.

— Mais pas sans toi, n'est-ce pas ?

Sylvia fit un pas vers Solenn. Immédiatement s'élevèrent de toutes parts des mains pour la maintenir.

— Solenn, s'il te plaît, il faut que tu m'écoutes. Ce n'est pas moi qui suis venue ici pour vendre l'île. Mais quelqu'un… à qui j'avais fait confiance. Je lui ai donné les pleins pouvoirs. Oui. J'ai fait une erreur, je le vois bien maintenant. Mais malheureusement, je ne peux plus revenir en arrière, par contre, je peux quand même empêcher la vente. Tu comprends ? Si quelqu'un le peut, c'est moi et seulement moi. Viens avec moi. Là, tu pourras t'assurer que je dis bien la vérité. Mais nous devons y aller tout de suite, tu comprends ? Il ne faut plus perdre de temps…

— C'en est assez ! cria un homme derrière Sylvia.

— Ne l'écoute pas ! hurla l'une des femmes à la couronne à dentelle vacillante.

Mais Solenn se contenta de lever la main en direction des clameurs, et le silence se fit aussitôt. Elle sembla tergiverser un instant. Puis elle demanda :

— Et qui est cet homme, à qui tu as donné les pleins pouvoirs ?

Sylvia sentit ses joues s'empourprer. Puis elle prit une grande inspiration et dit, juste assez fort pour que Solenn l'entendît :

— Mon mari.

Les yeux de Solenn lui lancèrent des flèches. Puis elle se ressaisit. Elle pense à Maël, se dit Sylvia, et son cœur fut traversé d'une douleur aiguë. Elle pense que je me suis juste amusée avec lui…

— Viens, dit Solenn en lui prenant la main sans ménagement. On y va.

Puis elle cria quelque chose à la foule, dans une langue que ne comprenait pas Sylvia. Aussitôt, les gens s'écartèrent et Sylvia suivit résolument Solenn. Sa main lui faisait mal, mais la seule chose qui comptait à cet instant était d'arriver aussi vite que possible chez Leclerc pour empêcher le désastre.

***

Au moment même où Sylvia et Solenn déboulèrent dans l'office notarial d'Hervé Leclerc, ignorant la dame de la réception perplexe et les protestations de la secrétaire, on entendit un bruit fort et sec. La première chose que vit Sylvia fut la réverbération des coupes à champagne dans le contre-jour du soleil de midi, qui projetait ses rayons à travers deux hautes fenêtres sur les trois hommes en costume sombre. Le liquide pétillant coulait dans les verres. Sylvia dut se mordre les lèvres pour ne pas pousser un cri strident.

Tous les visages se tournèrent vers elle. Elle retint sa respiration. Le moment était donc venu.

— Permettez, Sylvia von Gaden, dit-elle d'une voix limpide et intelligible. Je suis ici pour exprimer mon refus absolu de vendre l'île !

Il régnait un tel silence que Sylvia pouvait entendre le bruissement léger des bulles de champagne qui moussaient et crépitaient. Elle darda son regard sur un homme après l'autre. Il y avait le notaire, visiblement troublé, avec un front singulièrement arrondi. L'homme élancé et hâlé aux yeux marron, qui portait un costume gris anthracite, d'une cinquantaine d'années, devait être le représentant de l'investisseur, le fameux Sir James Ashton-Davenport. Sylvia supposa que ce dernier ne s'était pas déplacé en personne. L'inconnu la toisa telle une apparition et lui jeta un coup d'œil goguenard, exactement comme si c'était un numéro accessoire dans le show, destiné à insuffler un peu de piment à cet ennuyeux rendez-vous. Enfin, il y avait Holger, la mine renfrognée, le seul à ne pas la regarder, qui fixait avec insistance le verre qu'il levait à la main. De toute évidence, ils s'apprêtaient à trinquer ensemble.

Le premier à bouger fut Leclerc. Il reposa doucement son verre sur son bureau et se tourna vers Sylvia.

— Madame, dit-il, puis il jeta un coup d'œil à Solenn et corrigea. Mesdames… Je suis profondément navré, mais… le contrat vient d'être signé à l'instant en bonne et due forme et de manière exécutoire. Les documents sont encore là. Mr. Brown a signé au nom de son mandataire et monsieur von Gaden, pour vous… Mais… n'avez-vous pas donné vous-même les pleins pouvoirs à votre époux ?

Le cœur de Sylvia manqua une pulsation puis se mit à battre frénétiquement. Trop tard. Elles étaient arrivées trop tard.

— Mes pleins pouvoirs ne sont plus d'actualité, dit-elle. J'ai changé d'avis et j'en ai explicitement fait part à mon mari. Il m'a…

Menti, voulut-elle dire, mais sa voix se brisa. Comment pouvait-elle, devant tous ces inconnus, et surtout Solenn, révéler le désastre de son couple ?

Soudain, Holger s'anima. Il lui lança un regard à attendrir les pierres.

— Mais… mon amour, je ne comprends pas, dit-il d'un ton angélique, tu m'avais pourtant chargé…

— Monsieur le notaire, le coupa Solenn de sa voix grave et calme, si l'héritière s'oppose à la vente, le contrat doit être rétracté.

Le regard perplexe du notaire passa de Solenn à Sylvia. Il ressemblait à une anguille tentant de s'esquiver.

— C'est difficile, rétorqua-t-il, car un acompte a déjà été versé. En l'état, ce contrat engage les parties. Et tous les documents sont parfaitement légaux, je m'en suis évidemment assuré en personne. Une annulation du contrat n'est possible que si toutes les parties sont consentantes. Mr. Brown ?

Il se tourna d'un air interrogateur vers Holger et le représentant d'Ashton-Davenport. Holger secoua imperceptiblement la tête. Mais Brown ne le remarqua même pas.

— Je ne vois aucune possibilité, monsieur le notaire, dit-il dans un français parfait, mais avec un fort accent britannique. Vous avez vous-même dit que les pleins pouvoirs de la dame étaient tout à fait légaux et que le contrat avait un caractère exécutoire. Mon mandataire a déjà versé deux millions comme acompte. Je suis affreusement navré, madame von Gaden. Je ne pouvais pas savoir que vous aviez changé d'avis. Mais j'ai beau être navré – les affaires sont les affaires.

— Nous allons vous poursuivre, dit Solenn en s'adressant à l'investisseur. Vous n'avez aucune chance avec nous, les Bretons. Nous ne vous laisserons pas mener à bien votre projet avec notre île. Et si nous devons aller jusqu'à la dernière instance…

— Les autorisations de construction nous ont toutes été accordées, coupa le Britannique. Vous croyez vraiment que Sir James Ashton-Davenport ferait un tel investissement sans assurer ses arrières ? Maintenant, veuillez m'excuser, je dois partir !

Il reposa sa coupe pleine sur la table, prit son attaché-case en cuir d'agneau véritable et fit mine de s'en aller. Mais Sylvia se mit en travers de son chemin et le regarda droit dans les yeux.

— Mr. Brown, dit-elle aussi fermement que possible, je vous en prie. Soyez un gentleman, et acceptez de discuter une dernière fois de ce contrat. Je vous assure que cela me tient énormément à cœur.

Elle planta son regard dans ses prunelles, et les pupilles claires du Britannique furent brièvement traversées d'une lueur. Amusée. Puis son expression fut à nouveau purement professionnelle, tranchante, voire impitoyable.

— Vous ne pouvez vous imaginer, fit-il d'une voix mielleuse, à quel point je suis désolé de refuser une faveur à une dame, si charmante qui plus est. Mais hélas je suis pieds et poings liés. Je vous prie de m'excuser maintenant. Je dois regagner mon avion.

Sur ce, il quitta la pièce. Sylvia eut l'impression qu'un précipice s'écartait sous ses pieds. Puis son regard tomba sur Holger, qui tenait toujours sa coupe de champagne à la main, et la contemplait comme si elle était en train de lui briser le cœur.

— Sylvia, dit-il comme un instituteur à un enfant particulièrement difficile. Tu ne m'as pas laissé le choix. Je ne sais pas ce qu'il te prend, on dirait que tu as perdu la tête. Il faut que tu comprennes que *j'étais obligé* de le faire. C'est pour notre bien…

Une rage soudaine s'empara de Sylvia. En quelques enjambées, elle fut sur lui et lui balança la coupe de la main. Celle-ci fit un vol plané dans la pièce et explosa en mille morceaux sur le sol de mosaïque en pierre.

— Peut-être pour ton bien, siffla-t-elle. Et tu admets ici, devant témoins, que tu as agi contre ma volonté explicite ?

— Je n'admets rien du tout, riposta Holger. Hormis que ton comportement est vraiment très étrange. Ressaisis-toi, Sylvia ! Reviens dans ta vie et arrête avec ce micmac breton !

Le premier élan de Sylvia fut de le gifler. Mais elle se ravisa. Elle ne voulait pas se rabaisser. Elle fit simplement volte-face.

— Donnez-moi ma copie du contrat ! lança-t-elle froidement à Leclerc.

Le notaire leva les mains.

— Madame von Gaden, dit-il, c'est votre époux qui a le contrat… mais bien entendu, si vous le souhaitez, je vais faire établir une copie certifiée…

— Vous devriez avoir honte, entendit Sylvia dire Solenn d'une voix furieuse. Je vous aurai prévenu,

Leclerc. Si vous étiez breton, vous n'auriez jamais laissé faire une chose pareille. Mais vous n'êtes pas d'ici. Croyez-moi sur parole, vous le regretterez.

Sylvia lança un dernier coup d'œil à Holger.

— C'est fini, Sylvia, dit-il doucement, comme pour l'amadouer. Viens. Rentrons à la maison.

Mais Sylvia pivota sur ses talons. Accompagnée de Solenn, elle quitta l'office notarial.

11

L'exode

Lorsque Solenn ouvrit à toute volée la lourde porte d'entrée de l'office notarial, Sylvia fut aveuglée pendant quelques secondes par les rayons du soleil. En titubant, elle s'avança sur le perron qui surplombait un escalier de quelques marches en granit, et lorsque Sylvia distingua l'immense foule de gens aux visages emplis d'espoir, qui les regardaient anxieusement, elle en eut le vertige. Brusquement, elle aperçut Maël parmi eux, livide et l'air inquiet.

— Comment ça s'est passé ? demanda-t-il à Solenn, mais son regard était rivé sur Sylvia.

— On est arrivées trop tard, dit Solenn. Le mari de Sylvia avait déjà conclu le contrat de vente.

Une expression fugitive de déception, désarroi et douleur traversa le visage de Maël et lorsqu'il détourna les yeux, Sylvia sut que ce n'était pas uniquement lié au fait que l'île était perdue. C'étaient les mots « le mari de Sylvia », qui l'avaient touché de plein fouet, et lorsqu'il lui tourna ensuite le dos, descendit les marches et rejoignit un groupe de personnes où Sylvia reconnut Rozenn et Pierrick, Gwen et la jardinière Coco, avec Manuel, elle fut persuadée que c'était un adieu – définitif. J'aurais dû lui dire, songea-t-elle pendant qu'elle luttait désespérément contre les larmes, il n'aurait certainement pas dû l'apprendre comme ça.

Mais maintenant, le mal était fait. Tout était foutu. Lorsque la foule l'eut compris, des sifflets furieux s'élevèrent. Des inconnus balancèrent des invectives à Sylvia et la bloquèrent sur les marches.

— Arrêtez ! cria Solenn et le silence se fit instantanément. Laissez la nièce de Lucie en paix ! Elle a fait une erreur. Mais ce n'est pas elle, la coupable.

Désormais régnait sur la place un silence de mort. Tout le monde était suspendu aux lèvres de Solenn.

— Le contrat est signé, l'île est vendue. Mais nous allons continuer à nous battre. Nous empêcherons l'investisseur de détruire l'île. Il a beau la posséder sur le papier, elle ne lui appartiendra jamais.

Des vivats éclatèrent parmi les manifestants.

— En route sur Paris, crièrent quelques-unes des vieilles femmes en costume breton, dont les pointes de la coiffe s'agitaient comme des phares miniatures parmi la foule.

— En route sur Paris, clama la foule en reprenant le mot d'ordre.

Puis Solenn entonna une chanson et tous se joignirent à elle. Les paroles, que Sylvia ne comprenait pas, semblaient puissantes et chargées, claires et lourdes comme les menhirs, comme le ciel breton et les gens qui vivaient en dessous.

O Breizh, ma Bro, me gar ma Bro.

Trama vomor vel mur n he zro.

Ra vezo digabestr ma Bro!...

La chanson comportait beaucoup de couplets. Certains Bretons fermaient les yeux en chantant, d'autres avaient posé une main sur le cœur. La chanson sembla servir d'exutoire aux manifestants, et lorsqu'elle prit fin, les gens se dispersèrent, se regroupèrent en petits comités ou bien rentrèrent chez eux. Il ne restait plus que Solenn entourée de ses amis et ses employés. Et de Sylvia.

— Tu vas sans doute repartir en Allemagne, dit Solenn.

Sylvia secoua la tête.

— Non, fit-elle résolument. Ma place est parmi vous. Je veux vous aider dans votre combat. Tout ça n'aurait pas dû arriver.

Solenn fronça les sourcils et la dévisagea d'un air incisif.

— C'est-à-dire, ajouta faiblement Sylvia, si vous voulez bien que je reste, évidemment. Je pourrais tout à fait comprendre que...

Mais le visage de Solenn se radoucit.

— Tu es la bienvenue parmi nous, dit-elle doucement. Lucie t'aimait. Pour moi, tu fais partie de la famille, peu importe ce qui s'est passé. Si tu souhaites rester, reste ! Mais à partir de maintenant, ça ne sera pas joli joli, ce qui va se passer sur l'île.

Sur ce, elle se retourna vers sa clique.

***

Soudain, Veronika et Laurent surgirent aux côtés de Sylvia. Ils avaient l'air déçus et inquiets.

— Vous avez déjà entendu, j'imagine ?

— Mais pourquoi t'ont-ils retenue aussi longtemps, bon sang ! murmura Veronika. Tu aurais encore pu tout empêcher…

— C'est comme ça, c'est comme ça, répondit Sylvia, en constatant qu'elle se sentait complètement vidée. Tous les deux, vous avez été fantastiques. Sans vous, je ne serais même pas arrivée jusqu'ici. Je… je crois qu'il faut que je m'asseye un peu quelque part…

— Bien entendu, il le faut, approuva Veronika, et nous avons tous besoin de manger quelque chose.

— Allons autre part, proposa Sylvia, ici, on ne me laissera pas en paix.

Ils roulèrent quelque temps vers l'intérieur des terres, et plus ils s'éloignaient de la côte, plus le paysage se transformait. Des arbres centenaires aux troncs recouverts de lichen longeaient la route, leur cime ployait sur eux, si bien qu'ils semblaient conduire à travers un tunnel clairsemé vert pastel. Enfin, ils traversèrent un vieux pont en pierres et atteignirent un village avec un petit restaurant. Ils y firent halte.

Ils commandèrent une soupe d'écrevisse, accompagnée d'une généreuse tourte à l'odeur alléchante, et, en dessert, une crêpe napée de beurre salé caramélisé, la spécialité de la maison, suivie d'un café. Sylvia avait la sensation que tout tournait devant ses yeux harassés, et elle se demanda comment Veronika parvenait encore à être fraîche comme un gardon. Mais lorsque les plats furent servis, ils ne pipèrent mot et se concentrèrent sur leur assiette.

— Que dirais-tu, s'enquit son amie, lorsque leur faim de loup fut quelque peu rassasiée, de retourner au Mans après le repas ? Laurent pense que la Mini sera de nouveau sur pied dans un ou deux jours.

Sylvia approuva.

— Ça paraît raisonnable. Partez, tous les deux. Moi, je reste ici.

Veronika la regarda avec une expression étonnée.

— J'ai laissé sur l'île la voiture avec laquelle je suis venue, expliqua Sylvia. Et puis… je crois que je peux me rendre utile ici. Je leur ai causé tous ces ennuis, et je ne peux pas me contenter de me défiler comme ça.

Veronika la contempla, songeuse.

— Tu penses, demanda-t-elle, que tu peux encore faire quelque chose ? Si je peux t'aider, je reste avec toi…

Mais Sylvia secoua la tête.

— Vero, commença-t-elle avec un sourire qui venait droit du cœur, tu es la meilleure amie du monde. Ce que tu as fait pour moi, c'est tout bonnement incroyable. Mais à partir de maintenant, je crois que je dois me débrouiller seule. J'ai fait un tas de bêtises. Je dois essayer d'en réparer au moins quelques-unes.

Veronika acquiesça, songeuse.

— Et en ce qui concerne Holger ? demanda-t-elle alors.

Sylvia fixa son assiette. Subitement, elle n'avait plus faim. Elle revit l'abominable sourire sur le visage de Holger. Le verre de champagne faisant, comme au ralenti, un vol plané à travers la pièce et éclatant en mille morceaux…

— Eh bien, oui, Holger ? finit-elle par lâcher. Il a eu ce qu'il voulait.

Le ton sarcastique de sa propre voix fit tressaillir Sylvia.

Veronika la regarda, l'air compatissant.

— C'est un trou du cul. Pardon. Mais je ne trouve pas d'autre mot.

Sylvia replia sa serviette et la posa à côté de son assiette.

— J'imagine que tu as raison, dit-elle.

Mais pour l'heure, elle ne se sentait plus en état de réfléchir à ce que cela signifiait pour sa vie. Un tremblement de terre, songea-t-elle, un tsunami. Ce qu'il en resterait, qui le savait ?

***

Après le déjeuner tardif, Laurent et Veronika la ramenèrent sur l'île. Sur la terre ferme, près de la route d'accès, ils virent l'armada qui attendait fébrilement de prendre possession de l'île : des bulldozers monstrueux, de gigantesques pelleteuses et d'autres engins de travaux. Sylvia en eut la chair de poule. La marée descendait lorsqu'ils empruntèrent l'isthme et l'eau fouettait inlassablement les fondations de la route. Plus aucune trace de la tempête qui s'était déchaînée ici quelques jours auparavant. Qui aurait pu penser que Sylvia reviendrait ici, dans un tel état d'abattement ? Comment avait-elle pu se laisser berner par Holger à ce point ? Et surtout, pourquoi diable avait-elle signé quelques semaines plus tôt ces documents qui avaient causé sa perte aujourd'hui ? Elle s'était déjà souvent posé ces questions, ces derniers jours, mais était encore fermement convaincue que sa parole comptait un tant soit peu pour Holger. Et qu'elle pouvait lui faire confiance.

Sur l'île régnait une agitation qui les surprit. Trois poids-lourds étaient garés sur le parking, et deux bonnes douzaines de gens s'affairaient à les charger – principalement de plantes, dont les souches des racines étaient enveloppées de tissu épais. C'étaient les camélias, pour lesquels l'île avait acquis sa réputation.

Mon Dieu, songea Sylvia, l'exode a déjà commencé. Avec détermination, elle sortit de la voiture et saisit ses bagages. Il était de nouveau là, le vent qui enroulait ses cheveux autour de sa tête. Les effluves d'océan, d'iode et d'algues. La nature n'avait pas changé. Mais tout le reste, si.

— Tu es sûre que je ne devrais pas rester avec toi ? s'enquit Veronika en la rejoignant, tout en scrutant les alentours, les yeux écarquillés. Laurent peut très bien rentrer tout seul et s'occuper de ma voiture.

Mais Sylvia secoua la tête.

— Vero, c'est vraiment adorable de ta part. Mais comme je te l'ai déjà dit, je dois continuer seule maintenant.

Veronika acquiesça, loin d'être convaincue.

— Mais promets-moi de m'appeler au cas où. Ou si tu changes d'avis.

— Je te le promets, répondit Sylvia puis elle serra son amie fort dans ses bras. Merci, dit-elle dans sa chevelure rousse, qui lui chatouillait les narines. Merci pour tout, Vero !

Sylvia regarda longuement Laurent et Veronika s'éloigner, puis elle franchit le portail et se dirigea vers la maison. Solenn était assise à la table de la cuisine. Son visage était décomposé.

— Que se passe-t-il ? demanda Sylvia.

Solenn poussa une lettre à l'allure officielle à travers la table.

— Ils nous foutent dehors, dit-elle. On était à peine rentrés qu'on m'a présenté ce truc.

Sylvia survola le document. C'était un arrêté d'expulsion avec un préavis de trois jours. Solenn et sa clique avaient trois jours pour remballer l'œuvre de toute une vie.

— Ça explique les camions… murmura Sylvia.

— On a mobilisé tous ceux qu'on pouvait. Mais en trois jours, c'est impossible d'évacuer toutes les plantes.

— Il faut faire appel, dit Sylvia. As-tu un avocat ?

Solenn secoua la tête.

— On n'en a jamais eu besoin. Chez nous, tout se passait toujours oralement. Et de toute façon… je n'ai pas les moyens, Sylvia. Le déménagement va me coûter une fortune. Je ne peux absolument pas me payer un avocat.

— Mais moi, si, rétorqua Sylvia. On va prendre le meilleur de la région. Si nous voulons nous battre, nous avons besoin d'un spécialiste.

Solenn fixa Sylvia avec une expression si inconsolable que cette dernière en eut quasiment le cœur brisé.

— Je suis tellement fatiguée, dit-elle. Depuis que Lucie est morte… tout est si… je ne sais pas comment j'arrive encore à tenir debout, Sylvia. Tout le monde pense que je suis très forte. Mais… je ne sais même plus pourquoi je dois me battre, au juste.

Sylvia s'assit à côté d'elle et posa délicatement sa main sur le dos de Solenn.

— Pour l'œuvre de votre vie commune, dit-elle doucement, pour ce pour lequel vivait Lucie. Pour vos rêves. Et pour votre amour.

Au grand désarroi de Sylvia, Solenn éclata en sanglots. Elle appuya ses coudes sur la table et cacha son visage entre ses mains. La crise était si violente que tout le corps de Solenn en était secoué. Sylvia resta assise, silencieuse, à caresser le dos de Solenn, en s'efforçant de respirer calmement. Elle avait envie de pleurer avec elle. Mais elle se retint. Elle devina à cet instant que la Bretonne, qui paraissait constamment maîtresse d'elle-même, ne s'était jamais autorisé une telle faiblesse depuis la mort de Lucie. Elle avait toujours dû continuer à s'activer. Elle avait tout donné. Même ce matin, elle était restée forte, pendant que le pire se produisait. Elle avait parlé à la foule et, de surcroît, pris Sylvia sous son aile. Elle avait manifesté un esprit combatif et donné aux autres un but : Paris. Mais qui était son soutien et son épaule consolatrice ? Qui encourageait Solenn, qui était à ses côtés lorsqu'elle n'en pouvait plus ?

Enfin, les sanglots de Solenn refluèrent. Elle prit une profonde inspiration, sortit un mouchoir de son tablier et s'essuya les yeux.

— Pardon, dit-elle doucement.

— Mais de quoi ? fit Sylvia.

Elle attendit que Solenn se fût ressaisie. Puis, avant que la situation ne pesât trop à son aînée, elle lui demanda :

— As-tu une idée de l'avocat que nous pourrions contacter ?

***

Plus tard, au dîner, Sylvia sentit que les autres évitaient sciemment son regard. Maël n'était pas présent du tout, ce qui ne la surprit pas vraiment. Et, pour être honnête, elle devait admettre qu'elle était soulagée de se dérober à ses yeux. Gwen avait les paupières boursouflées par les larmes, Pierrick semblait bien mal disposé à son égard et ne pipait mot. Coco, en revanche, ne cessait de lancer des coups d'œil hostiles à Sylvia.

— Où vont être apportés les camélias ? demanda Sylvia après le repas, lorsqu'elle se retrouva seule avec Solenn.

— Nous avons loué un bout de terrain sur la côte, lui expliqua Solenn, depuis quelque temps déjà, quand le bruit a commencé à courir pour la vente. Au cas où. C'est loin d'être idéal, et c'est beaucoup trop petit, mais Maël dit que les camélias sont bien conservés là-bas, provisoirement. Et on peut en stocker quelques douzaines, en attendant, chez ma sœur. Rozenn m'a également proposé d'habiter chez elle.

Elle se tut. Même Sylvia avait le cœur lourd. Bernard Millet, l'avocat pour lequel elles s'étaient décidées, leur avait laissé peu d'espoir. Ce que Sylvia ignorait, était que Ashton-Davenport avait déjà averti Solenn depuis quelques semaines du déménagement imminent. Une période suffisante et un préavis légalement adéquat s'étaient écoulés.

— Il faudra qu'ils viennent et nous traînent de l'île, avait dit Coco, butée, lors du dîner.

Mais Sylvia savait que ce n'était pas du goût de Solenn.

— Viens, dit Solenn en se levant et prenant sa veste en laine bleu marine de la patère, allons un peu dehors, profitons-en tant que nous sommes encore ici.

En silence, elles se promenèrent ensemble dans le jardin. Sylvia ne fut pas étonnée lorsque Solenn prit la direction de la tombe de Lucie. C'était une douce soirée de printemps. Des plates-bandes montait l'odeur de la terre, qui se mêlait à l'effluve de la mer. Que va devenir la tombe de Lucie ? se demanda tristement Sylvia. Elle n'arrivait pas à s'imaginer qu'ici, sous peu, s'élèverait un hôtel.

— J'ai vu un jour le plan de l'architecte pour l'hôtel, dit Solenn comme si elle lisait dans ses pensées. Ce lieu doit rester tel quel. Tout ce coin-là.

De la main, Solenn décrivit un demi-cercle.

— Ainsi que la maison et les arbres aux camélias devant. Le reste sera abattu pour laisser place à l'hôtel. Ils veulent intégrer la vieille maison dans la nouvelle construction. Et partout en dessous, jusqu'au mur, aux lisières du jardin, ils vont faire des bungalows.

La gorge de Sylvia se noua. Tout cela était sa faute. C'était sa responsabilité, à elle et personne d'autre.

— Que s'est-il passé, exactement, avec le testament que Lucie avait préparé ? s'enquit-elle brusquement.

Solenn lui jeta un coup d'œil en coin.

— Il a purement et simplement disparu, dit-elle alors. Ce truc horrible dans le cerveau de Lucie faisait qu'elle se comportait de plus en plus bizarrement. Elle oubliait des choses. Confondait en permanence. Au cours des dernières semaines, le testament n'est pas le seul document qu'elle a « très bien rangé », comme elle disait.

— Je suppose, fit Sylvia, que vous avez cherché minutieusement partout ?

Solenn pouffa sèchement.

— Oh oui, répliqua-t-elle, crois-moi. On a retourné chaque cahier, chaque tiroir, chaque armoire et chaque coin et recoin. Rien. Peut-être qu'elle a fini par le brûler. Je n'en sais rien. Elle a emporté son secret avec elle.

***

Le lendemain matin, Sylvia s'éveilla avant l'aube. Solenn et elle étaient allées se coucher tôt, et Sylvia avait dormi comme un loir. Maintenant, elle se sentait fraîche et dispose, emplie de désir d'action.

Après une longue douche, elle se dirigea vers la fenêtre. Il faisait encore sombre, mais à l'est, à l'horizon, une bande couleur aubergine commençait à poindre. Sous peu, la nuit noire se mua en bleu outremer. Sylvia décida d'aller se fondre dans ce matin enchanteur, descendit doucement les escaliers et quitta la maison par la cuisine. Ses pas crissaient sur le gravier tandis qu'elle marchait dans l'allée sous les camélias en direction du sud.

Ce fut alors que s'offrit à ses yeux une image désolante. Là où, peu de temps auparavant, s'élevaient à perte de vue des camélias, le sol était jonché de trous béants. Des feuilles isolées évoquaient un arrachement hâtif. Les sujets qui restaient semblaient déroutés et tristes, comme s'ils se demandaient où donc se cachaient leurs compagnons.

Plus loin, en bas, là où poussaient les arbrisseaux de plus en plus jeunes, c'était encore pire. Il manquait des rangées entières, et à d'autres endroits, on avait déjà déterré les jeunes plants et emballé les souches des racines. Ils étaient regroupés, prêts pour le transport. C'était une image de destruction, et Sylvia remarqua brusquement que ses joues étaient humides. Les larmes coulaient sur son visage.

Un mouvement non loin de la tombe de Lucie la fit sursauter. Maël. Il ne l'avait pas encore vue. Le cœur de Sylvia battait à se rompre. Que devait-elle lui dire ? Puis – soudain, Maël s'immobilisa. Il l'avait aperçue. Il pivota brutalement et marcha dans la direction opposée, là où les champs avaient déjà été vidés. Sylvia ne se demanda pas ce qu'il voulait y faire. De toute évidence, il l'évitait. Rongée de honte, elle rebroussa chemin. Quoi que Maël eût à effectuer en bas, elle ne voulait pas l'importuner de sa présence.

Elle le comprenait. Même si elle avait eu tout d'abord l'impulsion de lui donner des explications. Mais qu'y avait-il à expliquer, au juste ? Une semaine seulement auparavant, elle n'avait aucune idée qu'elle vivait dans un couple rempli de mensonges. Et pourtant, elle s'était embarquée dans une aventure avec Maël. Avait constamment loupé l'occasion de lui dire la vérité. Au fond, elle devait admettre que, somme toute, elle ne l'avait pas vraiment voulu. Elle n'avait pas voulu que Maël sache qu'elle était mariée. Et maintenant, elle en payait le prix fort.

Sylvia quitta l'enclos et fut assaillie sur-le-champ par le vent. Elle attacha son foulard autour de sa tête et s'engagea dans le chemin qu'elle avait déjà pris à deux reprises avec Maël – une fois vers la plantation, et l'autre fois vers la crique secrète avec le bassin naturel. Elle lutta contre le vent d'ouest et gravit la butte, pour atteindre enfin le point qui offrait un aperçu de l'île à trois cent soixante degrés.

À l'ouest s'embrasait un splendide lever de soleil, dont la réverbération empourprait les nuages cotonneux et épais de teintes rosacées. Mais les apparences idylliques étaient trompeuses. Malgré l'heure matinale régnait une activité intense sur le terrain de la cuvette où étaient cultivés les innombrables camélias. Sylvia reconnut la tignasse de Coco, qui semblait donner des ordres à quelques assistants. De la digue serpentaient les premières camionnettes de l'île, les pick-up et poids lourds – véhicules de tout poil. Visiblement, les gens aidaient bénévolement, chacun avec le moyen de transport en sa possession. Peu après, Sylvia entendit le vrombissement des moteurs à l'approche, qu'on rétrogradait pour affronter la côte.

Sylvia se retourna et, par un heureux hasard, s'engagea sur un sentier qui était en fait un raccourci de la route damée vers la plantation. Elle voulait éviter qu'on la vît ici. Même si Solenn était assez généreuse pour ne pas la blâmer pour ce qu'elle avait fait, Sylvia ne pouvait escompter que les autres réagissent de même. Brusquement, repassa sur ses paupières la rencontre avec Maël dans le jardin aux Camélias, et son cœur se comprima douloureusement en repensant à la façon dont il s'était détourné d'elle. Elle marchait énergiquement et il lui fallut quelque temps pour remarquer le chemin qu'elle avait pris. Alors qu'elle avait presque atteint le promontoire rocheux, elle réalisa qu'à sa gauche se dessinait la piste qui menait au bassin naturel.

Le visage de Sylvia s'empourpra et son cœur s'emballa en un galop effréné et lancinant, au souvenir de ce qui s'était passé ici seulement quelques jours plus tôt avec Maël. À cet instant, les premiers rayons du soleil surgirent de l'horizon et l'éblouirent. Brusquement, le vent se leva. Juste devant elle, un immense goéland noir plongea abruptement à l'aplomb de la falaise et se perdit dans les flots. Les rochers, aux tons normalement froids de gris clair, se parèrent d'or dans la lumière de l'aube. Puis Sylvia vit l'oiseau réapparaître, s'élever des vagues, une proie scintillant de reflets argentés au bec.

Sylvia regarda autour d'elle. Sur l'Atlantique infini miroitait la traîne de nuages telle de la nacre, qui, tout en dérivant lentement vers le sud-ouest, changeait de couleur à chaque instant. Le firmament était satiné de violet, et la teinte palissait à mesure que croissait le soleil.

L'île, le ciel et la mer – ce matin-là, tout paraissait à Sylvia d'une splendeur déchirante. Elle repensa à Holger et à leur vie commune, et tout ce qui lui avait tant tenu à cœur ces dix dernières années lui parut insignifiant et futile. Leur relation pourrait-elle continuer, désormais ? Leur couple avait-il encore un avenir ? Elle n'en voyait pas. Comment retourner auprès d'un homme qui l'avait trahie de la sorte ?

Mais que lui restait-il, autrement ? Où devait-elle aller, lorsque les derniers camélias auraient quitté l'île ? Elle n'en avait aucune idée. Elle ne s'était jamais sentie aussi apatride que ce matin-là…

Sylvia se ressaisit. Elle ne pouvait se permettre de pleurnicher ; elle n'en avait pas le droit. Résolument, elle fit demi-tour sur la piste qu'elle avait empruntée à l'aller. Tandis qu'elle cheminait sur la route principale, les véhicules la dépassaient l'un après l'autre, ils montaient la côte vide, puis la redescendaient chargés à bloc. Le feuillage vert foncé des arbustes de camélias tanguait dangereusement lorsqu'ils roulaient sur l'un des nids-de-poule. Des pétales de fleurs effeuillées, carmin, blancs et roses, tournoyaient dans le nuage de poussière soulevé par les véhicules, restant suspendus aux petits arbustes qui bordaient le chemin.

Dans la cour de la maison, un groupe d'hommes et de femmes étaient rassemblés autour de Solenn et, de loin, aux gestes évocateurs, Sylvia devina qu'avait lieu une discussion houleuse. Les battements de son cœur s'accélèrent. Valait-il mieux qu'elle s'en aille ? Mais non, songea-t-elle, ce serait lâche.

— Non, entendit-elle Solenn prononcer avec détermination alors qu'elle s'approchait, il n'en est pas question. Vous pouvez bloquer la route d'accès si vous voulez. Mais je n'attendrai pas ici qu'on m'expulse de force.

— Alors, tu laisses tomber ? lui demanda l'un des hommes, déçu et provocateur à la fois.

— Solenn a raison, lança l'une des femmes plus âgées. On ne peut pas lui demander ça. Mais par contre, on peut essayer de retenir les bulldozers.

— Et comment ! cria l'un des hommes.

— J'amènerai mes élèves, déclara une femme dans la quarantaine. Ils peuvent venir avec leurs bulldozers. J'aimerais voir ça, tiens, comment ils vont écrabouiller soixante enfants d'école primaire.

Les autres ricanèrent et serrèrent les poings.

— Quelqu'un devrait avertir la presse, dit Sylvia en

s'immisçant dans le cercle. Ces images doivent s'étaler dans tous les journaux. Et à la télévision. Si on veut aller sur Paris, ça nous sera très utile.

Aussitôt, les gens du coin se turent et toisèrent Sylvia, déconcertés.

— Comment osez-vous, commença l'un des hommes, être encore là…

— Calme-toi, Brioc, le coupa fermement Solenn. Sylvia est là pour m'aider…

— T'aider ? Elle ? Mais c'est elle qui a foutu le bordel !

— Je comprends tout à fait, dit Sylvia en tentant de réprimer le tremblement dans sa voix, que vous soyez furieux contre moi. Mais je n'étais pas d'accord avec ce qu'a fait mon mari. Et maintenant, j'aimerais pouvoir rattraper un peu de ce que j'ai fait…

— Rattraper ? cria l'homme que Solenn avait nommé Brioc. Vous ne pouvez rien rattraper du tout. Vous avez causé un désastre, une…

— Mais Brioc, s'il te plaît, intervint l'institutrice, arrête de crier ! Pour moi, cela exige bien plus de courage de rester après tout ce qui s'est passé. Que ferais-tu, à sa place ? Tu te cacherais dans un petit coin, j'imagine. On ferait tous ça.

Brioc ouvrit la bouche, puis réfléchit et se tut.

— Si vous voulez vraiment nous aider, madame, poursuivit l'institutrice en se tournant vers Sylvia, et ses yeux gris-bleu brillaient, vous êtes la bienvenue parmi nous.

— Elle s'appelle Sylvia, dit fermement Solenn, et

elle est l'une des nôtres. C'est la nièce de Lucie, et je n'accepterai pas que vous…

— C'est bon c'est bon, grommela Brioc, puis il prit sur lui et tendit une main à Sylvia.

— Brioc Lenneck. Maître du port.

— Et je suis Morgane Prigent, dit l'institutrice en serrant également la main de Sylvia. Je suis la directrice de l'école primaire. Ceci dit, je suis tout à fait d'accord avec ta proposition concernant les médias. C'est sans doute la dernière chose dont a besoin cet investisseur : une sale publicité. Je vais appeler mon frère. À quoi ça sert, d'avoir un journaliste dans la famille ?

— Éric ? demanda le maître du port, mais il n'est pas à Paris ?

— Si, eh bien justement ! rétorqua Morgane avec un petit sourire satisfait. Allez, c'est parti. On a assez parlé. Il y a encore beaucoup à faire !

Tandis que les autres se dispersaient vers les champs, Morgane rentra, avec Solenn et Sylvia, dans la maison.

— Qu'est-ce que tu veux encore emmener ? s'enquit l'institutrice.

Solenn poussa un profond soupir.

— Je ne peux pas débarquer avec tous mes trucs chez Rozenn, dit-elle en regardant, éperdue, autour d'elle. Elle n'a pas la place, de toute façon.

Puis elle se tut. Dans un bourdonnement, une mouche heurta la vitre de la fenêtre. De l'extérieur, on entendait le déferlement régulier des vagues contre les rochers.

— Que dirais-tu, commença Sylvia, de louer un garde-meuble, ou un hangar, ou quelque chose dans ce genre ? Où tu pourrais entreposer tes meubles, tes affaires jusqu'à ce que tu saches où…

Sylvia s'interrompit. Cela faisait décidément trop mal d'évoquer l'avenir.

— Le vieux Quéméneur a cette vieille grange immense, dit Morgane. D'après mes informations, elle n'est pas utilisée. Si tu veux, je peux lui demander s'il te la loucrait.

Solenn souffla par le nez en signe de mépris.

— Juste lui, dit-elle.

— Ah, répliqua Morgane, c'est de l'histoire ancienne, toutes ces bêtises. Lucie ne voudrait pas que tu lui en veuilles à cause de ce qui s'est passé autrefois.

— Il a… continua Solenn.

— Je sais, je sais, la coupa l'institutrice. Mais je suis sûr qu'il le regrette. Donne-lui une chance de se montrer serviable.

Solenn se détourna et haussa les épaules.

— Comme tu veux, dit-elle, et Morgane, soulagée, fit mine de s'en aller.

— Peut-être que tu pourrais te faire aider par des déménageurs ? proposa Sylvia. On n'a pas beaucoup de temps, et on ferait mieux de laisser ça à des professionnels. Je m'en chargerai financièrement, dit-elle pour tranquilliser Solenn qui s'apprêtait à protester. Je pense que les travailleurs bénévoles ont déjà beaucoup à faire avec les camélias.

Morgane opina du chef, avant de se mettre en route.

— On a apporté ça pour toi, fit Solenn à Sylvia en lui tendant une grande enveloppe épaisse.

Office Notarial François et Hervé Leclerc, était indiqué comme expéditeur. Sylvia la déchira. C'était la copie du contrat de vente. À contrecœur, elle la remit dans l'enveloppe.

— Et quelqu'un a appelé pour toi, continua Solenn. D'Allemagne. Un certain monsieur Waldner. Tu dois le rappeler. Fais-le du bureau, ça avait l'air très important.

***

— Que s'est-il passé ? demanda Thomas à l'autre bout du fil.

— Holger l'a bel et bien fait, expliqua Sylvia. Il a vendu l'île contre mon gré. Je l'ai rattrapé mais…

Sylvia dut déglutir car les larmes embuaient à nouveau ses yeux lorsqu'elle repensait à l'abominable scène chez le notaire.

— Je suis arrivée trop tard.

Thomas Waldner marmonna quelque chose d'incompréhensible dans sa barbe, cela sonnait comme un juron étouffé.

— Et en ce qui concerne la somme due au titre de la vente ?

— Selon le contrat, elle est due dans cinq jours. Mais il y a déjà eu un acompte de deux millions.

Elle entendit Thomas gémir.

— Crois-tu, s'enquit Sylvia, tandis que son cœur

cognait dans ses tempes, qu'il serait capable de combler ses dettes avec cet argent ?

— C'est *toi* qui es mariée avec lui, répondit sèchement Thomas, pas moi. Mais je ne pense pas. Dans tous les cas, ce serait de la malversation.

— Je ne sais plus du tout, répondit-elle, tandis que ses yeux s'emplissaient de larmes, ce à quoi je devrais m'attendre avec lui. Ça fait dix ans que je suis mariée avec quelqu'un et puis… Tu ne peux pas essayer de discuter avec lui ? Après tout, tu es également son avocat et son conseiller fiscal.

— Plus maintenant, répliqua Thomas. Ce matin, il m'a fait savoir qu'il n'avait plus besoin de mes services. Il m'a viré. Je ne sais pas ce que ça signifie pour toi, Sylvia.

Sylvia en resta pantoise.

— Quand rentres-tu à Munich ? s'enquit-il.

— Pas tout de suite, répondit Sylvia en se dérobant.

— Ce n'est pas une bonne chose, Sylvia. C'est maintenant que tu devrais être sur place.

— Ne pourrais-tu pas t'en charger pour moi, Thomas ? le supplia Sylvia. On a besoin de moi ici.

— Il faut que tu parles avec Holger, de toute urgence !

— Parler ! Parler ! Parler n'a pas servi à grand-chose, hormis le fait qu'il me mente, lâcha Sylvia. J'ai parlé avec lui et il m'avait promis de ne pas vendre l'île. Il a prétendu qu'il avait un prospect pour la *finca* en Espagne. Cet homme n'a eu aucun scrupule à me mentir en me regardant droit dans les yeux, et me dire qu'il partait pour l'Andalousie, alors qu'en réalité, il s'envolait pour Quimper, pour faire les trucs dans mon…

Sylvia n'alla pas plus loin. Elle, qui portait la maîtrise au pinacle et contrôlait toujours tout, ne put prononcer un mot supplémentaire, et, assise au bureau de Solenn, elle éclata en sanglots irrépressibles.

— C'est vraiment épouvantable, Sylvia, dit Thomas avec compassion. Mais vous êtes mariés. Peut-être qu'il ne fait que traverser une phase particulièrement ardue…

— Arrête, l'implora Sylvia en se mouchant. Tu parles comme si Holger était un adolescent affolé par ses hormones…

— N'importe qui peut jouer de malchance en affaires, dit Thomas, tentant de persuader son amie. Tu devrais garder la tête froide, c'est ce que tu fais à la perfection d'habitude. Reviens, Sylvia ! D'une manière ou d'une autre, vous devez tirer les choses au clair, tous les deux.

Visiblement, Thomas ne prenait pas moins au sérieux son devoir de témoin de mariage que le reste de ses responsabilités. Sylvia ne put s'empêcher de sourire.

— On dirait presque, fit-elle, que tu es de son côté. Pourtant, il t'a viré. Oui ou non ?

— Si, c'est vrai, répondit tristement Thomas. Une raison supplémentaire de se faire du souci.

Sylvia s'efforça de se concentrer. Soudain, elle comprit ses clients qui perdaient la tête devant la menace d'une insolvabilité. C'était tout sauf facile de rester sensé, au milieu de ces terribles déceptions personnelles.

— Je t'en prie, appelle Holger, finit-elle par dire. Exige qu'il vire l'argent de l'acompte et celui qui doit arriver sous peu sur l'un de mes comptes !

— Je le ferai, déclara Thomas. Envoie-moi le contrat de vente par mail ! Ensuite, je me mettrai en relation avec le client et j'éclaircirai la situation avec lui.

— Merci, dit Sylvia. Et fais-lui savoir que je souhaite faire annuler le contrat.

— Je ferai tout mon possible, promit Thomas.

***

Après le coup de fil, Sylvia aida Solenn à emballer ses affaires. Morgane était revenue avec la bonne nouvelle que Quéméneur mettait sa grange à la disposition de Solenn, à titre gracieux bien entendu, et aussi longtemps que nécessaire. De plus, elle avait ramené une camionnette pleine de cartons de déménagement. Et maintenant, Sylvia était occupée à déplier les cartons comme si sa vie en dépendait, et à les remplir avec le contenu des placards de la cuisine. Solenn se chargeait du bureau. Tard dans la nuit, alors que leurs jambes ne les portaient plus, elles s'assirent ensemble dans la cuisine, la bouteille de *lambig* sur la table. Elles étaient toutes deux mortes de fatigue, mais bien trop bouleversées pour parvenir à dormir.

— Je t'aiderai à trouver un nouvel endroit pour l'exploitation horticole, lui promit Sylvia.

Solenn la toisa d'un air sceptique.

— Je sais, poursuivit Sylvia en frottant ses yeux brûlants, rien ne pourra remplacer l'île. Mais bon gré mal gré, les choses doivent continuer.

— Le faut-il vraiment ?

Sylvia lança un coup d'œil effaré à Solenn.

— Pour moi, tout, en fait, s'est arrêté quand Lucie est morte. Sans elle, les choses suivaient leur cours naturellement ici… je ne sais pas… L'île et Lucie, pour moi, c'est tellement indissociable. Et maintenant qu'on doit s'en aller, j'ai l'impression d'être vraiment arrivée au bout de quelque chose.

— Mais… mais… balbutia Sylvia abasourdie, que ferais-tu sinon ?

Solenn haussa les épaules et avala une gorgée d'eau-de-vie aux pommes.

— Et que deviendraient les camélias ?

— Maël s'en occupera. Il est jeune. Je suis fatiguée, Sylvia. Tu ne peux pas t'imaginer à quel point je suis au bout du rouleau.

— C'est juste à cause de cette sale histoire, protesta Sylvia. C'est ma faute. Lucie ne voudrait pas que tu baisses les bras.

Solenn acquiesça tristement.

— Tu as raison, dit-elle en soupirant. Tu lui ressembles tellement, Sylvia, est-ce que tu le sais, au moins ? Lorsque je te vois, j'ai l'impression de revoir Lucie telle qu'elle était il y a vingt ou trente ans. C'est pour ça que je n'arrive pas à t'en vouloir, quoi qu'il ait pu se passer. Lorsque je l'ai rencontrée, j'étais au fond du trou. Ce n'était pas une période facile pour une femme qui aimait les femmes. La Bretagne est un coin hyper-conservateur de cette planète. Les gens tiennent à leurs traditions, à ce qui a toujours prévalu. Aujourd'hui, c'est complètement différent, au fil des ans, ils ont appris à nous estimer et nous accepter telles que nous sommes. Je veux dire, telles que nous étions. Et maintenant, je suis de nouveau au fond du trou. Mais Lucie n'est plus là.

Sylvia déglutit péniblement. Depuis leur rencontre, elle avait toujours considéré Solenn comme une femme fière et fermée. Et maintenant, celle-ci venait de se confier à elle. Mais je suis là, voulut dire Sylvia. Je serai une nièce pour toi, si tu le permets, Solenn. Mais elle n'osa pas.

Solenn avait l'air sur le point d'éclater encore en sanglots. Mais elle reprit contenance, avança lentement sa main sur la table et pressa celle de Sylvia.

— Merci, dit-elle. Merci d'être restée. Morgane a raison. C'est vraiment très courageux de ta part.

Elle lâcha la main de Sylvia et se redressa, l'allure de nouveau pleine d'énergie. Peut-être pas tout à fait aussi forte et sûre d'elle que le jour où Sylvia l'avait vue pour la première fois, mais à chaque inspiration, elle semblait se raffermir un petit peu intérieurement.

— On devrait aller se coucher, suggéra Sylvia. Demain sera un très long jour.

Solenn approuva et se leva.

— Bonne nuit, Sylvia. À demain matin.

Puis elle se dirigea vers la porte, jeta un dernier coup d'œil à Sylvia, lui sourit et quitta la cuisine. Peu après, Sylvia entendit la porte du rez-de-chaussée, qui menait aux appartements privés de Solenn et Lucie. Elle respira. Apparemment, Solenn avait surmonté la crise. Mais qui sait, songea Sylvia, si le pire ne reste pas encore à venir…

12

Le testament de Lucie

Les jours suivants passèrent beaucoup trop vite. Morgane avait recruté des bénévoles supplémentaires et Sylvia avait pris en charge la coordination des nombreuses personnes qui aidaient dans la maison, mettant au point des listes et des plans pour que Solenn pût ensuite s'y retrouver dans la grange de Quéméneur, lorsqu'elle aurait besoin de certaines de ses affaires disséminées là-bas.

— Le mieux à faire est d'essayer d'agencer ça de la même façon qu'ici, dans la mesure du possible, proposa Morgane, en laissant des travées entre chaque rangée de caisses pour pouvoir y accéder plus facilement.

— Je ferais mieux de m'installer carrément dans la grange, plaisanta Solenn.

Sylvia poussa un soupir de soulagement. La Bretonne avait retrouvé son humour grinçant, et c'était une bonne chose.

Le mercredi soir, ils étaient assis dans la cuisine vidée, où restaient uniquement la table et quelques chaises ; la pièce, que quelques jeunes filles avaient gentiment balayée et astiquée, avait désormais perdu son aspect familier. Seules les taches sombres sur le sol en pierre témoignaient de l'endroit où les meubles avaient reposé durant des décennies. Quelqu'un avait également rangé l'eau-de-vie dans une caisse, et Solenn fit apparaître comme par magie une bouteille de vin rouge avec un tire-bouchon et deux verres.

— J'espère, dit-elle en ouvrant la bouteille, qu'il est encore bon. Lucie l'avait acheté il y a des années et mis de côté pour une occasion spéciale.

Le liquide presque noir coula avec onctuosité dans les verres. Le vin avait un goût de baies mûres et foncées, un arôme vraiment extraordinaire.

— Que s'est-il passé, au juste, entre toi et Maël ?

Sylvia se sentit envahie d'une vague de chaleur, qui lui monta jusqu'au cœur, et honteuse, détourna le regard. Le silence pesait de plus en plus entre elles. Solenn gardait les yeux implacablement fixés sur Sylvia.

— J'aimerais te dire quelque chose, finit par lâcher la Bretonne, au sujet de Maël. Il y a bien des années, nous venions de nous installer ici, avec Lucie. Et tout d'un coup, ce garçon est apparu sur l'île. La première année, il ne parlait pas du tout. Il était sauvage, mais attentif à tout ce qui concernait les plantes. On l'appelait l'ombre de Pierrick, car il le suivait partout. Et il restait aussi collé à moi quand j'ai planté les premières pousses.

Sylvia tendait l'oreille. Elle se souvint que Rozenn avait évoqué quelque chose de semblable.

— Nous l'avons adopté, poursuivit Solenn. Pas sur le papier. Un couple lesbien n'en aurait jamais obtenu l'autorisation, pas à cette époque. Mais les papiers ne voulaient rien dire pour nous. Maël faisait partie de cet endroit, de notre famille, et ça, il l'avait compris bien avant nous. À un moment donné, il s'est mis à parler mais il ne nous a jamais rien dit sur les douze premières années de sa vie. Et nous ne lui avons jamais demandé. Il avait beaucoup de raisons de s'enfuir de chez lui, je l'ai saisi quand je me suis mise en quête de sa mère biologique, et que j'ai conclu un accord avec elle. Il avait trouvé un foyer parmi nous et recevait l'amour dont il avait besoin : respectueux et jamais intrusif.

Solenn prit une gorgée de vin et le laissa glisser sur sa langue, absorbée dans ses pensées, avant de poursuivre.

— Nous n'avons jamais contrarié sa vraie nature et nous l'avons soutenu dans la voie qu'il désirait. Il était incroyablement assoiffé de savoir et semblait posséder le don de s'y prendre avec les plantes. Les camélias s'épanouissaient entre ses mains comme s'il communiquait avec eux.

Solenn sourit et une lumière intérieure anima le visage de la Bretonne, métamorphosant ses traits.

— Il apprenait la confiance et s'ouvrait. Puis, un jour, il est tombé amoureux d'une jeune fille, une touriste de Paris. Nous, les adultes d'âge mûr, du haut de notre expérience, nous croyons souvent tout savoir, mieux que les jeunes. Et Lucie me reprochait constamment de me comporter comme une mère possessive. Mais hélas, j'avais raison. Cette jeune fille ne faisait que s'amuser avec lui. La magie de l'île, le romantisme des camélias, qu'est-ce que j'en sais… Ça n'a pas duré longtemps, et bientôt, c'était déjà fini. Mais pas pour Maël. Il a terriblement souffert. S'est replongé dans le silence. Pendant des mois et des mois, il n'a pas parlé et s'est renfermé sur lui-même. Jusqu'à ce que je lui propose d'aller étudier dans l'une des meilleures universités de botanique du monde.

Sylvia leva les yeux, étonnée.

— Il a fait des études ?

Solenn esquissa un sourire distant.

— Oui, répondit-elle froidement. Ce n'est pas le jardinier inculte pour lequel tu le prends peut-être. Maël a eu son diplôme, il aurait pu continuer dans la voie universitaire et, aujourd'hui, il serait probablement un professeur, enseignerait ou ferait de la recherche à Londres ou aux États-Unis. Mais il a préféré revenir sur l'île.

Solenn pinça les lèvres. Et Sylvia se sentit encore plus coupable qu'avant.

— Depuis qu'il est au courant au sujet de ton mari, poursuivit alors Solenn, il est retombé dans le silence. Il ne dit que le strict minimum. Je sens clairement qu'il se replie sur lui-même.

Sylvia repensa au jour où elle l'avait rencontré pour la première fois au milieu du parc, dans la lumière déclinante du crépuscule. À l'expression sur son visage devant la porte du notaire, lorsque Solenn avait parlé de l'époux de Sylvia.

— Pour lui, apparemment, c'était du sérieux, dit Solenn, ce qui s'est passé entre vous.

Elle se leva.

— Bonne nuit, Sylvia, dit-elle, puis elle se retourna vers la porte qui menait à la cour et l'ouvrit.

— Mais, cria Sylvia derrière elle, où vas-tu ?

Un courant d'air froid pénétra dans la pièce vide, et Sylvia frissonna.

— C'est ma dernière nuit dans ce lieu. Je veux être auprès de Lucie.

Sur ce, Solenn disparut et la porte se referma.

***

Cette nuit-là, Sylvia ne trouva pas le sommeil. Elle entendait dans sa tête, ressassées en boucle, les paroles de Solenn : *pour* lui*, apparemment, c'était du sérieux*… Et Sylvia ne cessait de se poser la question que Solenn avait certainement pensée, mais pas prononcée : et pour toi, qu'est-ce que c'était ?

Elle se tournait et se retournait fiévreusement dans son lit. Lorsqu'elle songeait à Maël, son corps se consumait de désir. Était-ce donc cela ? Du simple désir ? Quelque chose de purement physique ? Mais Maël n'était-il pas, depuis le jour de son arrivée ici sur l'île, constamment dans ses pensées, une présence secrète, imperceptible, douce et naturelle ? Comme s'il en avait toujours été ainsi, comme s'ils se connaissaient avant qu'elle eût rencontré Holger, et même Robert, depuis la nuit des temps ? Qu'était-ce donc que cela ? Était-ce de l'amour ?

À un moment donné, Sylvia renonça. Elle se leva, enfila sa veste en mohair et fit du feu dans la cheminée. La dernière fois, se dit-elle, la dernière nuit. Elle alla à la fenêtre et tenta d'apercevoir Solenn dans l'obscurité, mais si elle était effectivement en bas près de Lucie, elle était protégée du regard par les branches des vieux arbres de camélias. Un malaise s'empara de Sylvia. Devait-elle s'inquiéter pour Solenn ? Était-elle capable de choisir un moyen d'y rester à jamais ? Était-il possible que Solenn envisageât de mettre fin à ses jours ?

L'esprit de Sylvia fut traversé par l'idée qu'elle devrait peut-être descendre et vérifier. Mais elle n'en fit rien. Elle sentait qu'elle n'avait aucunement le droit de troubler ce dernier adieu. Solenn avait sa fierté. Cette nuit leur appartenait, à toutes les deux, elle et Lucie.

Sylvia pensa à ce qui allait suivre. Le déménagement hors du paradis. Demain, elles rangeraient encore sa chambre d'hôte et les appartements privés de Solenn et Lucie, tout le reste était déjà fait. Puis il faudrait prendre congé.

Abattue, elle se recroquevilla dans son lit. Et s'endormit peu après d'un sommeil agité.

***

Elle fut réveillée par un intense tohu-bohu. Il faisait déjà jour, un soleil pâle s'était levé dans un ciel maussade, et, au rez-de-chaussée, on s'activait déjà.

Lorsque Sylvia descendit les escaliers, elle vit la porte menant aux appartements privés de Solenn et Lucie grande ouverte. Les déménageurs en extirpaient une vieille commode imposante.

— Ces trucs restent ici, dit Solenn, de sa voix calme et déterminée. L'armoire est encastrée, de toute façon. Et le lit… j'imagine qu'il m'en faudra un neuf.

Puis elle apparut dans l'embrasure de la porte et salua Sylvia d'un signe de tête. Malgré son teint livide et les cernes marqués sous ses yeux, elle semblait aussi impassible qu'à l'accoutumée.

— Pourrais-tu m'aider à décrocher le tableau ? la pria-t-elle. Il est un peu lourd.

Sylvia leva le regard vers la peinture. Les yeux de Lucie avaient une expression énigmatique, presque extralucide, comme si elle pressentait tout cela depuis longtemps. Le portrait la dépeignait jusqu'à la poitrine, avec un jardin en arrière-plan. Sur la tête, Lucie portait un élégant chapeau de paille aux bords recourbés, et elle tenait à la main un camélia rose. Toute la lumière était concentrée sur son visage et sur la fleur. Quoique ce ne fût certes pas un chef-d'œuvre, le tableau possédait une espèce de charme spontané. Le peintre semblait avoir bien croqué son modèle.

Ensemble, elles soulevèrent la toile, qui était encadrée dans un lourd châssis en chêne, et le retirèrent du crochet.

— Il est magnifique, dit Sylvia. Qui l'a peint ?

— Hendrik van Outen est un peintre hollandais. Il possédait une maison près de Pont-Aven… Mais cela fait très longtemps. Je ne sais pas s'il vient encore en Bretagne. C'était un grand admirateur de Lucie.

Solenn sourit en contemplant la peinture.

— Il travaillait selon la technique des grands maîtres hollandais. Lucie a posé quelquefois pour lui. Jusqu'à ce que ça l'ennuie trop. Pour la remercier, il nous avait offert ce tableau.

Solenn alla dans sa chambre et en revint avec un grand drap. Sylvia l'aida à emballer délicatement le tableau pour qu'il ne s'abîme pas. Mais soudain, Solenn s'immobilisa.

— Voudrais-tu le prendre ? lui demanda-t-elle tout de go.

— Mais non… non, bafouilla Sylvia. Il est à toi, Solenn.

— Eh bien, en théorie, non, répliqua la Bretonne d'un ton revêche. En fin de compte, tu as hérité de tout, y compris de ce tableau.

— Mais, Solenn, riposta Sylvia touchée et peinée, non, ce n'est pas possible. Ce tableau est un souvenir de Lucie…

Mais Solenn secoua la tête.

— Mes souvenirs de Lucie, dit-elle, vont bien au-delà d'une quelconque représentation d'elle.

Elle prit une grande inspiration. Sylvia la voyait se débattre en son for intérieur.

— Tu sais, finit par lancer la Bretonne, ce que

Lucie m'a dit avant sa mort, dans l'un de ses derniers instants de lucidité ? Libère-toi, Solenn ! Pas de relique. Pas d'adoration de choses mortes. Car dans ces choses mortes, ce n'est pas moi. Ne t'arrête pas lorsque je ne serai plus là. La vie est un flux. Ne l'oublie jamais !

Solenn inspira et expira profondément, puis elle dévisagea Sylvia et lui sourit.

— Comme si elle avait tout vu venir à l'avance. Et c'est pour cette raison : s'il te plaît, emmène le tableau. Chez ma sœur, je n'aurai nulle part où l'accrocher, de toute façon. Et la perspective qu'il soit rangé dans la grange de Quéméneur, parmi tout ce bazar, décidément, ça ne me plaît pas.

Sylvia lança un coup d'œil hésitant à Solenn. La bien-aimée de sa tante était-elle sérieuse ?

— Écoute, je te fais une proposition, dit-elle prudemment. Je le garde pour toi. Et si un jour tu souhaites le récupérer, alors…

— D'accord, Sylvia. C'est très bien comme ça.

Solenn se redressa, darda un dernier regard plein de tendresse sur la toile, puis pivota et s'en alla.

Sylvia se retrouva toute seule. Elle ne savait pas exactement ce qu'elle devait faire du tableau. Tout d'abord, elle l'appuya contre le mur dans un coin derrière la cheminée. Ici, il était à l'abri, personne ne pourrait trébucher dessus. Plus tard, elle demanderait à Pierrick de le caler dans le coffre de sa voiture. Mais où devait-elle amener la toile ? Où conduirait-elle lorsque tout serait vidé, dans quelques heures ?

Solenn déménageait chez sa sœur. Tous les autres rentraient à la maison. Quant à Maël, elle n'en savait rien. Et elle ?

Sylvia quitta la maison par la grande porte d'entrée imposante qui, normalement, était toujours fermée, et dont les battants étaient maintenant ouverts pour permettre de déplacer plus facilement les meubles et les caisses. Elle donnait directement sur le parking à l'extérieur de l'enceinte abritée. Sylvia passa devant les camions où les déménageurs étaient en train de sécuriser le chargement avec des cordes. Ses pieds la portèrent le long du chemin qui descendait au ponton où elle avait embarqué avec Pierrick quelques jours auparavant. Lorsque les autres disparurent de son champ de vision, elle s'assit sur un gros rocher gris.

— Reviens, Sylvia ! avait dit Thomas. D'une manière ou d'une autre, vous devez tirer les choses au clair, tous les deux.

Il avait raison. Pourtant, Sylvia sentait qu'elle n'était pas prête. Pas encore. Quelque chose la retenait encore sur l'île. Mais quoi ? Bientôt, tout le monde aurait quitté l'île. La maison avait été vidée, les champs déplumés. Et si, dans le jardin, pour des questions de temps ou de place, beaucoup trop de camélias avaient été laissés, le faste d'antan avait bel et bien disparu. Malgré tout, chaque cellule dans le corps de Sylvia s'insurgeait contre son départ. Non. Elle resterait. Encore une nuit, juste une nuit. Toute seule, elle ferait ses adieux à sa manière. Adieu au lieu qu'elle avait perdu dans la bataille. Adieu à la femme dont, par négligence, elle n'avait jamais réellement fait connaissance.

***

— Tu es sûre ? lui demanda Solenn lorsque Sylvia lui fit part de sa décision.

Le front plissé, elle la dévisagea d'un air pénétrant.

— Sûre et certaine, répondit Sylvia d'une voix ferme.

— Pourquoi ? s'enquit la Bretonne.

Sylvia haussa les épaules.

— C'est un sentiment, dit-elle, je serais incapable de te l'expliquer. Comme si j'avais encore quelque chose à accomplir ici.

Solenn rumina quelque temps sur ces paroles.

— Repense à ce qu'a dit Lucie, lança-t-elle finalement. Nous devons nous libérer.

Sylvia opina du chef.

— Bon gré mal gré, nous devons continuer notre route, ajouta Solenn. Et toi aussi. J'imagine que tu devrais retourner auprès de ton mari. Est-ce que tu l'aimes ?

Effarée, Sylvia regarda Solenn. Elle pensait pourtant s'être habituée à la façon directe, voire brutale parfois, qu'avait Solenn de poser des questions.

— Je n'en sais rien, dit-elle finalement. Je pensais que oui. Mais maintenant, je n'en suis plus sûre du tout.

Solenn la regardait fixement, comme si elle attendait davantage d'explications.

— Pour le moment, admit Sylvia, je ne sais même plus ce que c'est, l'amour. Et si je l'ai même su un jour.

Et dans sa tête, elle ajouta : lorsque je te vois, toi… il n'y a aucun doute, tout le monde peut voir et sentir combien tu as aimé Lucie, et combien tu l'aimes encore… d'une façon si absolue… Non, songea-t-elle, Holger, je ne l'ai jamais aimé ainsi.

— Lorsque c'est là, dit Solenn dans un sourire, tu le sais. Ça te submerge tellement, tout naturellement, ça prend possession de toi, si bien que tu en perds l'ouïe et la vue. C'est plus fort que toi et ton cerveau. Et ça t'oblige à faire ce qui est juste. Même si ça paraît faux.

Après quoi, Solenn pivota sur ses talons et se dirigea vers les véhicules qui étaient encore là. Tout était prêt pour le départ. À côté du vieux pick-up Peugeot se tenait Maël. Il regarda dans leur direction et feignit de ne pas la voir. Il attendait. Solenn.

— Ne reste pas trop longtemps, l'avertit Solenn. Lorsqu'ils commenceront à s'attaquer à la route d'accès, tu risques de rester bloquée sur l'île.

Sylvia acquiesça.

— Bonne continuation, Sylvie, dit Solenn en la serrant dans ses bras, et lui plantant un baiser sur chaque joue.

Puis elle se retourna, marcha vers Maël et grimpa dans la Peugeot.

Ce fut la dernière voiture qui quitta l'île. Sylvia suivit longuement le convoi du regard. D'abord, le bruit des moteurs fut noyé par le grondement du ressac. Puis les véhicules devinrent de plus en plus minuscules jusqu'à ce qu'ils atteignissent la terre ferme l'un après l'autre et fussent cachés par les engins de construction, qui attendaient déjà d'entrer en action. Sylvia était seule. Seule avec le vent, la mer, l'effluve des algues et de l'iode, les mouettes, les arbres aux camélias, et la vieille maison vide. Et la tombe de Lucie.

Le soleil disparut derrière une épaisse couverture nuageuse grise. Sylvia frissonna. La voie était encore libre. La marée avait déjà commencé à monter, mais l'isthme serait accessible pendant deux bonnes heures. Cependant, elle secoua vigoureusement la tête. Non. Elle n'allait pas se défiler. Elle resterait, comme elle l'avait décidé.

***

Elle se promena longuement dans le jardin, contempla chaque arbuste de camélias qui n'avait pas été arraché. Seuls quelques-uns étaient encore en fleur, car la période de floraison hivernale touchait à sa fin. Sylvia termina sa ronde par la tombe de Lucie, mais il faisait maintenant trop froid pour s'asseoir sur le banc. Les camélias rouges des arbrisseaux qui entouraient la pierre tombale étaient presque tous flétris.

À contrecœur, Sylvia retourna dans la maison. C'était un drôle de sentiment, d'avoir cette demeure immense pour elle toute seule. Elle monta les escaliers et pénétra dans la chambre d'hôte où elle avait séjourné. La pièce avait également été vidée, seuls les rideaux en coton blanc délicatement brodés semblaient avoir été oubliés là. Dans cette chambre glaciale, ils faisaient penser à un linceul.

Soudain, Sylvia réalisa qu'elle ne s'était même pas demandé où elle passerait la nuit. Elle quitta ce qui avait été jusqu'alors sa chambre, et, après quelques secondes, se mit à ouvrir une porte après l'autre. Il y avait encore trois pièces à cet étage, toutes vides. Puis Sylvia redescendit au rez-de-chaussée. La porte menant aux appartements de Solenn et Lucie était encore grande ouverte. Un bout de papier en forme de triangle était tombé sur le seuil, telle une flèche indiquant l'entrée. Finalement, elle surmonta ses réticences et entra dans la pièce. Elle se surprit en train de marcher sur la pointe des pieds.

Sylvia examina la suite composée de trois chambres et d'une petite salle de bains. L'une des pièces avait probablement été utilisée comme séjour par les deux femmes – elle aperçut une prise pour télévision et radio sur le mur. Dans un coin, se trouvait une table basse recouverte d'une jolie plaque en mosaïque. Quelques fragments de pierre étaient ébréchés. C'était sans doute pour cela que Solenn l'avait laissée. Elle était encadrée par deux portes, et après avoir franchi l'une d'elles, Sylvia découvrit un vieux secrétaire avec deux fauteuils à roulettes fatigués, au mur, une étagère vidée et, dans un coin, un lampadaire à l'abat-jour cabossé. Machinalement, elle tourna l'interrupteur et l'ampoule s'alluma en vacillant.

Dans la troisième chambre trônait un vieux lit imposant à baldaquin avec des rideaux en mousseline, qui avaient dû être blancs à l'origine, mais étaient désormais complètement jaunis. Les motifs de bourgeons, repris par la tapisserie, étaient quasiment délavés.

Dans le mur d'en face se dressait une armoire encastrée en bois foncé et, dans le recoin jouxtant une cheminée ouverte, reposait un vieux fauteuil, dont la housse élimée était déchirée sur un côté. Sylvia s'assit prudemment sur le siège, mais il résista sous son poids. Les appartements privés de Lucie et Solenn avaient été les derniers à être rangés, et personne n'avait pris la peine d'y faire le ménage. Sylvia alla chercher dans la cuisine un balai qu'on avait également abandonné là, car il avait perdu presque tous ses poils. Elle balaya la chambre avec soin, puis traîna la lourde peinture du vestibule dans la pièce, l'appuya contre le mur en face du fauteuil, et la contempla. Sur-le-champ, Sylvia se sentit moins seule. Le regard de Lucie, qui semblait suivre partout la personne qui l'observait, réconfortait Sylvia.

Sylvia resta longtemps assise là, emmitouflée dans sa veste en mohair. C'était comme si le temps s'était arrêté. Ici, il n'y avait ni connexion de téléphone portable ni Internet, et la ligne de téléphone fixe était désormais coupée. Dehors s'élevait lentement mais inexorablement le niveau de la mer, et bientôt, la route d'accès à l'île serait submergée par les premières vagues. Elle était absolument seule sur ce petit coin de terre. À la lueur déclinante du crépuscule, le visage de Lucie sur la toile paraissait d'autant plus vivant.

Sylvia se leva et s'étira. Elle s'empara du lampadaire dans l'ancien bureau et décida d'allumer un feu. Sur la corniche de la cheminée, elle trouva une boîte d'allumettes. Elle se souvint qu'il restait dans sa chambre d'hôte un panier avec quelques bûches et monta le chercher. Sous peu crépitait un feu dans l'âtre. Satisfaite, Sylvia le contempla et se réchauffa les mains. Solenn aurait-elle également laissé une vieille couverture quelque part ? Elle se releva pour fouiller dans le placard.

Il y avait quelques cintres tordus et inutilisés. Solenn n'avait laissé presque aucun vêtement : une veste en laine grise mangée par les mites, une popeline râpée qui avait dû être à la mode trente ans auparavant. Sylvia ouvrit une autre porte de l'armoire et farfouilla dans les étagères, dénicha de vieux pulls et des nappes pleines de taches, un carton rempli de bouts de dentelle jaunis, une corbeille à ouvrage avec quelques bobines tout emmêlées ainsi qu'un coussin à aiguilles, un joli dé en porcelaine, et des crochets de tailles assorties. Sous la corbeille, une pile de carnets de patrons datant de Mathusalem, qui avaient sans doute appartenu à Lucie. Malgré toute sa bonne volonté, Sylvia n'arrivait pas à s'imaginer Solenn avec un ouvrage de crochet. Lorsque Sylvia saisit l'une des revues et la feuilleta, les pages s'émiettèrent, tant le papier était friable.

Au-dessus de la tringle à vêtements se trouvait une autre étagère, mais elle était trop haute pour que Sylvia pût distinguer si quelque chose s'y cachait. Résolument, elle amena la table basse de la pièce voisine dans la chambre à coucher, vérifia prudemment qu'elle pût la porter, puis grimpa dessus. Il faisait trop sombre, Sylvia ne voyait rien. Délicatement, elle tâtonna de la main dans le fond du placard et rencontra quelque chose de doux et pelucheux – c'était bel et bien une couverture. Lorsqu'elle la tira de l'armoire, un chapeau de paille aux grands bords recourbés tomba en même temps par terre, un chapeau de femme élégant, finement tressé, avec un ruban de soie rose pâle, qui était relié derrière à une ficelle. La paille tressée s'était détendue à un endroit sur l'un des bords, mais le couvre-chef éveilla l'attention de Sylvia. Il lui semblait vaguement familier, et après être descendue de la table basse et avoir découvert un miroir à l'intérieur de la porte du placard, elle le mit spontanément sur sa tête. Il lui allait à merveille. Et brusquement, elle réalisa d'où elle connaissait le chapeau : c'était celui que portait Lucie sur la peinture.

Sylvia fit dévier son regard, comparant son reflet renvoyé par le miroir au tableau, et ne put réprimer un cri de stupéfaction. Si elle était déjà le portrait craché de sa tante, avec le chapeau, elle ressemblait quasiment à sa sœur jumelle. Celle-ci semblait la dévisager avec attention, d'un air pénétrant, et Sylvia ne pouvait chasser l'impression qu'elle voulait lui signifier quelque chose. Quelque chose d'important… Mais quoi ?

Perplexe, elle ôta le chapeau de sa tête et l'examina sous toutes les coutures. Elle s'apprêtait à le remettre dans l'armoire lorsqu'elle remarqua que le ruban de soie formait une drôle de proéminence sur le devant. Sylvia tâta le tissu plat. Quelque chose était enfoui en dessous. Mais quoi ?

Délicatement, elle glissa un doigt sous le ruban et sentit du papier. Elle tenta de le tirer, mais il était coincé. Se pouvait-il que tante Lucie l'eût cousu ?

— Mais qu'est-ce que ça veut bien dire, tante Lucie ? demanda Sylvia à voix basse.

Elle décida d'aller jusqu'au bout des choses. La Sylvia rationnelle était à ses côtés. Te rends-tu compte, au juste, que tu es en train de faire des choses très bizarres ? l'interrogeait-elle, critique. Tu restes toute seule sur une île abandonnée, farfouilles dans de vieux placards et te demandes ce qui peut bien se cacher sous le ruban d'un chapeau abîmé. Mais l'autre Sylvia s'empara de la corbeille à ouvrage dans l'armoire, dégotta une paire de ciseaux et détacha habilement le ruban de soie du rebord. Un dernier coup et une feuille de papier de la longueur du ruban du chapeau, repliée minutieusement plusieurs fois sur elle-même, tomba par terre. Sylvia la ramassa, tandis que son cœur battait la chamade. Elle ne savait du reste pas pourquoi.

Elle déplia soigneusement le papier, le lissa et le tint devant le faisceau de lumière du lampadaire pour mieux voir. Éclairées par l'ampoule fatiguée, les lettres semblaient danser sous ses yeux. Sylvia s'affala dans le vieux fauteuil. Le haut de la feuille était couvert d'une écriture manuscrite droite.

Elle distingua : *Testament*.

Sylvia était comme tétanisée. Lucie semblait la contempler d'un air amusé.

— Eh bien, ça, tu l'as « particulièrement bien

rangé » ! chuchota Sylvia. Tu l'as cousu dans ton vieux chapeau !

Lorsqu'elle avait cherché le document, Solenn avait dû tenir souvent la bonne cachette à la main, sans toutefois remarquer la proéminence suspecte du ruban de soie. Ou bien le chapeau avait glissé depuis longtemps dans le recoin de l'immense armoire et personne ne l'avait vu. Et maintenant, il était trop tard.

Mais était-ce vraiment trop tard ? Sylvia bondit sur ses pieds et fixa le document dans ses mains. L'apparition d'un testament ne pourrait-elle pas changer la donne ? Si Solenn avait raison, et Sylvia n'avait aucun motif de douter du fait que sa compagne lui avait transmis son héritage, alors… Eh bien, alors quoi ?

Alors… eh bien la vente n'avait plus aucune validité, n'est-ce pas ?

Sylvia rapprocha le lampadaire du fauteuil, s'y enfonça, et se mit à lire.

Mes dernières volontés

Je, soussignée Lucie Hofstetter, atteste par la présente que tout mon patrimoine mobilier et immobilier, mes comptes et surtout l'île, connue sous la dénomination de « l'île aux Camélias », inscrite au cadastre de Quimper sous la parcelle numéro 84993b, ainsi que tous les biens immobiliers et l'exploitation horticole des camélias, reviennent après ma mort à madame Solenn Marï Lambaol. Monsieur Maël Riwall et monsieur Pierrick Tanguy obtiennent le droit de résider à vie sur l'île. De plus, je confirme par la présente qu'après la mort de Solenn Marï Lambaol, monsieur Maël Riwall en sera l'héritier – ce qui signifie qu'après la mort de Solenn Marï Lambaol, mes biens lui reviendront dans leur intégralité.

Je lègue à ma nièce Sylvia Hofstetter, qui vit à Munich, le droit de vente du camélia nommé Sylviana, en son honneur. Ceci est l'expression de mes dernières volontés, dont les personnes suivantes témoignent sur ce document par leur signature :

Madame Morgane Prigent, directrice de l'école primaire
Monsieur Brioc Lenneck, maître du port
Madame Rozenn Draoulec, céramiste

Suivait la signature tout en rondeur de Lucie, et celles des témoins, avec le lieu et la date. Sylvia ne voyait aucun mobile de remettre l'authenticité du testament en question.

Il fallait absolument qu'elle prévienne Solenn de sa trouvaille ! Grâce à cela, il y avait encore de l'espoir. Après tout, Sylvia ne possédait même pas l'île au moment de la vente ! Elle sauta sur ses pieds et courut jusqu'au vestibule, ouvrit le lourd portail donnant sur le parking et se précipita vers l'isthme. Trop tard. La route était déjà inondée d'une dizaine de centimètres, le ressac déferlait, l'accès était déjà coupé. Déçue, elle revint à la maison. Il faudrait attendre le lendemain matin pour que la piste soit à nouveau praticable. Une longue nuit la séparait de la possibilité de transmettre la bonne nouvelle.

Bouleversée, Sylvia traversa les pièces abandonnées de la demeure, ses pas résonnant dans le hall. On aurait dit que la maison était tombée dans un genre de sommeil depuis que ses habitants l'avaient quittée. Elle s'imagina la bâtisse et ses dépendances extérieures à nouveau pleines de vie. Et elle ? En ferait-elle partie ?

Tout tourbillonnait dans sa tête, il était grand temps de démêler ses pensées. Elle avait besoin d'un plan clair, d'une stratégie. Et pour ce, elle devait se représenter posément les faits. Elle devait redevenir la Sylvia von Gaden à la tête froide qu'elle avait été jusqu'alors.

Le contrat de vente… Elle n'en connaissait toujours pas précisément le contenu. Sylvia se rua sur son sac de voyage et, de ses doigts fébriles, en tira l'enveloppe dans laquelle Leclerc lui avait fait parvenir la copie du contrat. Puis elle sortit son ordinateur portable, le prit jusqu'au fauteuil devant le feu de cheminée et se mit au travail. Elle éplucha le document officiel paragraphe par paragraphe.

Lorsqu'elle arriva à la dernière page, Sylvia laissa tomber la liasse volumineuse du contrat. Il indiquait noir sur blanc ce qui avait été clair depuis le début, mais qu'elle se refusait à croire : ce n'était pas Holger la partie contractante face à Ashton-Davenport, mais bien elle-même. Holger s'était contenté de vendre l'île en son nom, il avait uniquement servi d'intermédiaire. Sylvia était la vendeuse, et c'était donc également elle qui devait recevoir l'acompte des deux millions d'euros. Le fait que Holger eût donné l'un de ses comptes en banque au lieu de celui de Sylvia ne changeait rien à l'affaire. Autant la découverte du testament l'avait rendue euphorique, autant savoir qu'elle seule portait la responsabilité de la vente de quelque chose dont elle n'était pas même propriétaire la refroidit brutalement. Si le contrat était effectivement considéré comme nul et non avenu, ce serait à elle de rembourser le versement des deux millions à Sir James Ashton-Davenport.

— Oh mon Dieu, marmonna-t-elle dans sa barbe, brisant le silence de la vieille demeure.

Elle était assise dans l'ancienne chambre de sa tante, dans le fauteuil mis au rebut, et fixait le vide devant elle. Le portrait de Lucie sembla soudain très lointain, rien d'autre que des couches mortes de gouache colorée sur une vieille toile de lin.

Dehors, tout autour de la maison, rugissait le vent. L'Atlantique fracassait ses vagues contre l'île. Sylvia entendait littéralement l'eau monter. Une peur ancestrale la submergea, qu'elle pensait avoir surmontée depuis quelques années à peine. C'était la terreur de se retrouver à nouveau démunie. De devoir tout recommencer à zéro.

Lorsqu'elle était étudiante, cela lui était égal de vivre de yaourts, de pommes et de biscottes. À l'époque, elle avait les yeux rivés sur un but et était certaine de récolter tôt ou tard le fruit de ses efforts. Aujourd'hui, Sylvia avait atteint un âge auquel, selon elle, on devait « avoir réussi dans la vie ». Elle avait travaillé dur, épargné avec une volonté de fer. En commun avec Holger, elle avait acquis quelques années auparavant l'appartement hors de prix en bordure du Jardin anglais, sans recourir à un crédit immobilier, chose qui lui tenait particulièrement à cœur. Elle ne voulait surtout pas avoir de dettes, n'en avait encore jamais eu besoin, et il n'en était pas question à l'avenir. Le duplex était son filet de sécurité, une propriété d'une valeur considérable. Mais serait-ce suffisant ?

Ses économies avaient fait en sorte qu'elle pût enfin dormir sur ses deux oreilles depuis quelques années. Ce matelas semblait suffisant pour des périodes moins fastes. Récemment encore, elle avait calculé qu'elle pouvait vivre vingt ans de son capital, à condition de ne pas être trop dépensière. Elle n'avait plus de souci à se faire, s'était-elle dit alors. Et c'était précisément ce auquel elle aspirait depuis toujours. Dans son enfance déjà, elle s'était juré de ne jamais se retrouver sans ressources, une fois adulte. C'était pour cette raison qu'elle avait travaillé d'arrache-pied à l'école et eu les meilleures notes au bac, parmi tous les élèves de terminale de son lycée, et elle n'avait pas suivi deux cursus, et obtenu deux diplômes simultanément, pour rien. Depuis ses quatorze ans, elle avait subvenu à ses besoins pour ne dépendre de personne. Par la suite, elle avait même choisi son époux selon cette stratégie. Et c'était justement lui, la cause de sa plongée dans un gouffre de dettes ?

Soudain, elle crut entendre la voix de Holger : *Mais pourquoi donc ? Il n'y a absolument aucune raison pour cela. Personne ne sait où est le testament. Personne ne te reprochera jamais rien. Solenn t'a pardonné, et un jour, de l'eau aura coulé sous les ponts. Tu peux bien lui filer un coup de main dans la recherche d'un nouveau lieu, l'aider financièrement. On t'en sera reconnaissant. Tu ne serais tout de même pas assez bête pour te fourrer* ad vitam eternam *dans des difficultés financières, maintenant, alors que tout le monde a déjà quitté l'île ?*

Sylvia se couvrit les oreilles de ses mains, mais la voix était à l'intérieur de sa tête. Elle ne pouvait pas contester la vente. Cela signifiait sa ruine, un coup si fatal qu'elle ne s'en remettrait jamais, aussi dur puisse-t-elle travailler le restant de ses jours. Dans cette vie-là, elle ne se relèverait plus jamais, sans parler de se remettre d'aplomb.

Les bûches calcinées s'effondrèrent dans l'âtre de la cheminée. Une fois, deux fois encore, les tisons orange s'embrasèrent, puis ils rougeoyèrent faiblement. Sylvia se leva, déposa doucement une bûche dans le brasier, et contempla de nouvelles flammes s'élever, d'abord hésitantes, puis de plus en plus vives, et commencer à lécher le bois. Elle se dirigea vers la vieille table basse à la mosaïque fêlée. Le testament de Lucie était posé dessus. Un seul geste et la feuille partirait en fumée. Ce serait comme si le testament n'avait jamais existé. Personne ne poserait la moindre question. Il était porté disparu, pourquoi, par conséquent, remettre cela en question ? Pourquoi rouvrir de vieilles plaies ?

Sylvia poussa un gémissement. Elle ne pouvait pas. *Pourquoi ?* demandait l'horrible voix en elle. *C'est facile pourtant.* Le portrait de Lucie semblait de nouveau vivant, comme si sa tante suivait le moindre de ses faits et gestes avec la plus grande curiosité. Sylvia dut résister à la tentation de recouvrir le tableau du drap. Ou de le retourner face au mur.

Et soudain, elle fut envahie de fureur. Que lui avait donc fait Lucie ! Pourquoi diable s'était-elle donné la peine de coudre son testament dans son vieux chapeau de paille puis le planquer dans le coin le moins accessible de l'armoire ? Pourquoi ne l'avait-elle pas confié à Solenn, ou à cette maîtresse d'école du village ? Sylvia aurait été épargnée de tout cela. Un beau jour, elle aurait reçu une lettre l'informant qu'elle avait hérité d'un camélia qui portait son nom. Sylvia ricana sèchement. Puis, brusquement, elle se prit la tête entre les mains, s'effondra dans le fauteuil et éclata en sanglots. Elle pleura et pleura sans interruption, et, à un moment donné, s'endormit d'épuisement.

***

Sylvia fut réveillée par le froid. Elle s'efforça de se souvenir où elle se trouvait. Elle était toujours assise dans le fauteuil, la couverture en laine avait glissé de ses genoux. Le feu était éteint. Sur la vieille table reposait le testament.

Sylvia s'étira en bâillant, sa jambe gauche, repliée sous elle, était ankylosée, et fourmilla désagréablement lorsque le sang se remit à circuler dans ses veines. Elle avait très soif. Elle aurait aimé se préparer un thé, mais ce n'était pas possible. Aussi se traîna-t-elle dans la salle de bains et but-elle de l'eau froide du robinet. Son estomac se manifestait avec véhémence. Sylvia se souvint d'une barre de chocolat qu'elle gardait toujours dans son sac de voyage en cas d'urgence. Elle en mangea la moitié, puis se saisit résolument du testament, pour le relire. Soudain, elle se rendit compte qu'une deuxième feuille était collée à la première. Elle humidifia son pouce et son index pour détacher les deux pages. C'était une lettre qui commençait ainsi : *Chère Solenn, je te prie de faire suivre cette lettre à ma nièce à Munich. Merci et tout mon amour, bien à toi, Lu*

Sylvia retint son souffle. Apparemment, le message de l'au-delà de Lucie n'était pas encore terminé. Elle reprit place dans le fauteuil et commença à lire :

Ma chère Sylvia,

Cela fait beaucoup trop de temps que nous n'avons pas eu de nouvelle l'une de l'autre. Comme tu le sais sans doute, la famille Hofstetter a rompu tout lien avec moi suite à mon divorce. Peut-être qu'avec le temps, les émotions se seraient apaisées, mais lorsque mon père a appris que j'avais décidé de passer ma vie aux côtés d'une femme, il m'a fait savoir qu'il me

considérait comme morte. Malheureusement, ta mère a également adopté cette attitude, ce qui m'a fait souffrir pendant longtemps. À cette époque, tu n'étais qu'une enfant, et j'ai toujours espéré que nous pourrions nous rencontrer sur un autre plan lorsque tu serais adulte et capable de te faire ta propre opinion de moi et ma vie. Mais tu n'as jamais répondu à mes lettres, ce qui m'a énormément affligée. Pendant ton enfance, dans ces années où j'avais encore le privilège de faire partie de ta vie, je me suis attachée à toi, et jusqu'à ce jour, je n'arrive pas à croire que tu aies accepté aveuglément le jugement de notre famille. Et que tu ne m'aies pas donné la chance, ne serait-ce qu'une seule fois, de faire connaissance avec moi, ma vie, et les êtres que j'aime par-dessus tout. Au fil des ans, j'ai fini par accepter que tu vives ta propre vie et n'aies tout simplement pas de temps pour ta vieille tante. Et j'ai également appris à laisser les vieilles histoires en paix.
Je suis...

À cet endroit, quelques mots avaient été raturés, puis la lettre continuait.

... Sylvia, je vais bientôt mourir. La mort envahit peu à peu ma tête. Elle déchire déjà des accrocs dans ma vie. Je me fais du souci au

sujet de ce qui se passera lorsque je ne serai plus là. Solenn et moi...

À nouveau, des mots avaient été barrés, devenant illisibles.

... nous sommes comme les deux doigts de la main. Ce sera dur pour elle. Certes, elle est très forte, et aux yeux de certains, elle paraît dure, mais à l'intérieur, au plus profond d'elle, se trouve un noyau doux, qui est très sensible et vulnérable. C'est pourquoi je te demande la faveur, ma chère Sylvia, de t'occuper d'elle.
J'ai tellement désiré que tu viennes nous rendre visite un jour. Je t'aurais priée alors de garder un œil sur nos affaires. Tu es une consultante en entreprise reconnue, et je sais qu'on pourrait faire beaucoup plus avec l'exploitation horticole. Elle nous a toujours suffi, à Solenn et moi, telle qu'elle était. Nous avions de quoi vivre et nous n'en voulions pas davantage. Mais à l'avenir, les camélias doivent continuer, se nourrir de mon existence, fleurir, prospérer et s'exporter d'ici dans le monde entier.
J'aurais tellement aimé te connaître, ma chère Sylvia. De tous, tu étais ma préférée. Et je suis certaine que tu ne prendras pas mal ma requête.
Je t'en remercie par avance.
Du fond du cœur, ta tante Lucie

Sylvia regarda ces lignes qui, contrairement au testament, semblaient avoir été conçues dans la douleur. À intervalles réguliers, il y avait des passages écrits d'une main assurée, puis des phrases qui semblaient dégringoler de la ligne, et comptaient de nombreuses ratures, petites ou grosses. Sylvia sentait distinctement les efforts qu'il en avait coûté à sa tante, combien elle s'était débattue avec elle-même. Et son cœur saigna lorsqu'elle songea qu'il lui en aurait si peu coûté, à elle, de répondre aux lettres de Lucie. Après tout, elle prenait bien le temps, une fois par semaine, d'une longue conversation téléphonique avec Veronika. Pourquoi l'idée ne lui avait-elle jamais traversé l'esprit de se renseigner sur le lieu où vivait exactement sa tante et de reprendre contact ? Sans compter que cela n'aurait pas été du domaine de l'impossible d'exaucer son vœu et de venir la voir.

Quel sentiment amer que les remords ! songea Sylvia cette nuit-là, comme frappée par une révélation. Le sentiment d'avoir loupé quelque chose, irrémédiablement, quelque chose qu'on ne pourrait jamais rattraper. S'y ajoutait la triste prise de conscience que cela aurait été si important, pour elle aussi, d'entretenir le lien avec la dernière survivante de sa famille. Le sentiment de solitude et de perte qui avait furtivement traversé Sylvia lorsqu'elle avait appris le décès de Lucie l'assaillit, de plein fouet cette fois-ci, et la submergea complètement. Mais maintenant, il était trop tard. Elle ne pouvait plus rien faire.

Sauf une chose. Lucie l'avait priée de s'occuper de Solenn.

C'était la dernière volonté explicite de Lucie. Pour elle, il était hors de doute que sa compagne continuerait l'exploitation des camélias. Et elle pressentait qu'elle aurait besoin de soutien pour cela.

Brusquement, Sylvia se sentit très calme. Elle regarda l'heure sur sa montre, il était deux heures et demie. Minutieusement, elle rangea le testament et la lettre de sa tante dans l'enveloppe du contrat de vente, et glissa celle-ci avec l'ordinateur portable dans sa housse. Puis elle sortit de son sac de voyage un tee-shirt propre, en enveloppa l'un des coussins, et s'allongea sur le lit. Elle avait à peine remonté la couverture sur son nez qu'elle s'endormit. La tempête en elle avait reflué. Elle savait ce qu'elle devait faire. Et, à cet effet, elle devait être fraîche et dispose.

13

La manifestation

Lorsque Sylvia quitta la maison le lendemain matin, son sac de voyage à la main et son ordinateur de l'autre, le soleil était en train de se lever sur la côte. Dans les arbres à camélias, les oiseaux chantaient à qui mieux mieux, comme pour insuffler du courage à Sylvia. Elle regarda une dernière fois autour d'elle et franchit la petite porte dans le portail, se dirigea vers sa voiture, dont le coffre était déjà chargé avec le portrait de Lucie enveloppé du drap et de la couverture en laine. Après un instant d'hésitation, Sylvia revint dans la maison et saisit le vieux chapeau de paille de l'armoire. Puis elle referma la porte.

L'océan s'était retiré, dans la zone de l'embarcadère flottait l'odeur désormais familière d'algues et de varech. Sylvia cligna des yeux, aveuglée par les rayons du soleil encore bas, et remarqua qu'à l'extrémité de la route d'accès, sur la terre ferme, régnait déjà une agitation fébrile. Elle mit ses lunettes de soleil, fit démarrer la voiture et s'engagea sur l'isthme. Plus elle approchait de la côte, plus elle distinguait ce qui se tramait là-bas.

Une foule immense déferlait sur l'isthme. Munis de banderoles et de pancartes, ils s'avançaient en chantant. Sylvia ralentit et se pencha par la vitre pour mieux voir. Il y avait une kyrielle d'enfants – visiblement, Morgane avait mis sa menace à exécution et amené ses classes d'écoliers. Deux gamins de sept ans environ portaient à bout de bras une banderole, proclamant : *Ne détruisez pas ma région !*

— Bonjour, Sylvia !

Morgane se détacha du groupe d'enfants.

Sylvia descendit de la voiture pour saluer la directrice d'école.

— Ça a déjà commencé ? demanda-t-elle inquiète, en tentant d'apercevoir ce qui se passait au bout de la route, vers le port.

— Pas encore, fit Morgane. Mais nous sommes prêts. Et voilà le pompon : tu vois ça, là-bas, en face ?

Morgane désigna deux grands véhicules garés sur la berge devant l'entrée de l'isthme.

— Oui. Qu'est-ce… ?

— Ce sont les camions de retransmission de la télévision nationale ! expliqua fièrement Morgane. Mon frère a rameuté tout le monde. Les journaleux de la capitale sont là au grand complet. Et la presse locale aussi.

Morgane afficha un air ténébreux.

— Qu'ils viennent donc ! lança-t-elle. On est prêts.

Sylvia hocha la tête en signe d'approbation.

— Il faut les retenir aussi longtemps que possible, dit-elle gravement.

— Bien entendu, dit Morgane en scrutant Sylvia du regard. Y a-t-il… je veux dire… dis-tu ça pour une raison particulière ?

Sylvia se mordit la lèvre inférieure. Elle lança un coup d'œil aux engins de construction, qui étaient encore immobiles. Il était presque sept heures, les ouvriers devaient probablement commencer à huit heures.

— Oui, finit-elle par répondre. J'ai retrouvé le testament.

Morgane la dévisagea avec une expression d'incrédulité.

— Quoi ? Est-ce que tu parles bien de… du testament de Lucie ?

— Absolument, celui-là même, dit Sylvia et elle sentit un énorme poids s'évanouir de sa poitrine.

Dorénavant, il n'y avait plus de retour en arrière, plus d'hésitation possible. Elle avait donné une existence concrète à sa découverte. Et c'était tant mieux.

Un jeune homme, qui avait les mêmes yeux gris-bleu que Morgane, les rejoignit.

— Je te présente Éric, mon frère, dit Morgane. Il écrit pour *Le Figaro*.

Morgane balaya pensivement du regard Sylvia puis son frère, puis à nouveau Sylvia pendant qu'ils se serraient la main.

— Est-ce que Solenn est là ? s'enquit Sylvia.

Morgane secoua la tête.

— Elle ne va pas très bien, répliqua-t-elle, ce qui se peut se comprendre. Nous lui avons dit de rester chez sa sœur. Car si, par la suite, les bulldozers essaient effectivement de s'engager sur la digue… nous voulions lui épargner cette vision.

— Il faut que je la voie, dit Sylvia.

— Oui, bien sûr, approuva Morgane. Mais… aimerais-tu peut-être donner une petite interview à Éric, avant ? Je veux dire… il y a du nouveau !

Sylvia hésita. Le jeune journaliste la contempla avec curiosité.

— Je pense, dit Sylvia, que je devrais d'abord avertir Solenn.

— Oui, tu as raison, abonda Morgane. Sais-tu comment aller chez Rozenn ?

Sylvia secoua la tête. Aussitôt, Morgane appela une adolescente.

— Yvonne va y aller avec toi et te montrer la route, déclara Morgane.

Sous les yeux envieux de ses amies, la jeune fille, extatique, grimpa dans la Porsche rouge. Les écoliers dégagèrent un passage à travers lequel Sylvia roula prudemment.

Plus elles se rapprochaient de la côte et plus Sylvia était impressionnée par la masse de gens de tous âges qui affluent.

— À la prochaine, tu tournes à gauche, lui indiqua Yvonne, en la guidant à travers les rues bondées.

Ne touchez pas à notre île ! aperçut Sylvia en

passant, du coin de l'œil, sur l'une des pancartes, et *Bretons, défendez la Bretagne !* sur une autre.

Rozenn habitait près des menhirs que Sylvia avait découverts par hasard lors de son périple à pied, le fameux jour où elle avait eu vent pour la première fois des mensonges de Holger. *À cette époque, j'aurais encore pu l'en empêcher*, songea-t-elle. *Si seulement j'avais su de quoi il était capable, j'aurais...* Cependant, elle interrompit toute seule ces réflexions inutiles. N'était-ce pas elle qui expliquait constamment à ses clients que se reprocher des choses qui s'étaient déroulées dans le passé et qu'on ne pouvait plus changer n'était rien d'autre qu'un gaspillage de précieuse énergie ? Il fallait regarder vers l'avant et sauver ce qui était sauvable, tant qu'il en était encore temps. Et c'était précisément ce qu'elle allait faire…

— Tu vois les palmiers devant ? demanda Yvonne, l'arrachant brusquement à ses pensées. Juste avant, à droite, ça mène directement à l'atelier de céramique de Rozenn.

Sylvia avait déjà remarqué des palmiers ici et là en Bretagne, et à chaque fois, elle était étonnée par cette vision dans cette région relativement septentrionale. Maël lui avait expliqué que le Gulf Stream était responsable du climat tempéré, qui favorisait la végétation luxuriante et l'épanouissement des camélias ici. Néanmoins, ils lui faisaient toujours l'effet d'une sorte de miracle. Elle bifurqua dans l'allée qu'Yvonne lui avait montrée et découvrit, sous des brassées d'aubépines en fleur, des bacs, amphores et vases vernis de diverses tailles, couleurs jaune moutarde, rouge ocre et bleu cobalt, d'où jaillissaient en cascade de la joubarbe, de la lavande et des bégonias, et au milieu, une enseigne en céramique avec la signature de Rozenn.

— Comment vas-tu rentrer, au fait ? demanda Sylvia à sa jeune guide. C'est beaucoup trop loin, à pied !

Yvonne se contenta de rire.

— Pas de problème, répondit-elle en descendant dans l'allée.

Elle se pencha par la vitre de Sylvia et ajouta :

— Tout le monde va à la manif aujourd'hui. Quelqu'un va m'y emmener.

Et, joignant le geste à la parole, elle leva le bras et une voiture s'arrêta ; Yvonne y grimpa et s'éloigna avec un petit salut de la main.

Le gravier crissa sous les pneus de la Porsche lorsque Sylvia monta lentement la côte de l'allée. La maison de Rozenn se trouvait à quelques centaines de mètres de la route, sur une petite butte, et elle ressemblait à la chaumière enchantée d'une fée des jardins. Elle était entièrement recouverte de glycine, dont les ombelles bourgeonnantes violet pâle en forme de grappe étaient sur le point d'éclore. Elles contrastaient merveilleusement avec la façade grise en pierre naturelle de granit. Les plantes qui grimpaient le long du treillage méticuleux tapissaient entièrement les murs de la maison, sauf pour la porte d'entrée et les volets des fenêtres peints en bleu. De droite et de gauche, jouxtant des marches d'escalier qui menaient à la porte de la maison, dans des plates-bandes en demi-cercle, des hortensias prolifiques portaient déjà les minuscules bourgeons de leur inflorescence. Sur le terrain de part et d'autre de l'allée fleurissaient à foison des muguets et des hépatiques.

Lorsque Sylvia descendit de voiture, elle découvrit quelques superbes camélias qui, abrités par les joubarbes, arboraient encore des fleurs.

La porte d'entrée s'ouvrit et Rozenn en sortit.

— Bienvenue, dit-elle en invitant Sylvia à l'intérieur. Nous sommes en train de petit-déjeuner. Viens nous rejoindre !

L'impression d'harmonie qui se dégageait de la propriété à l'extérieur se poursuivait une fois dedans. Ici aussi, comme dans la maison sur l'île, la plupart des murs étaient laissés bruts, dévoilant les pierres de granit qui imprégnaient le paysage environnant. Le sol était recouvert de parquet en bois, et ici et là se dressaient des vases, provenant sans doute de l'atelier de céramique de Rozenn. Dans la cuisine inondée de lumière, une porte-fenêtre vitrée conduisait sur une terrasse, mais Sylvia ne prêta pas attention à la beauté du jardin de derrière, traversé par un chemin menant à l'atelier situé à l'autre bout du terrain. Tout ce qu'elle vit fut Solenn, blafarde et les yeux rougis, gonflés et fortement cernés, qui était attablée dans la cuisine. On dirait un vieil arbre, songea Sylvia, qui a été déraciné et replanté. Autant la Bretonne donnait une impression d'assurance et de confiance en soi sur l'île aux Camélias, autant elle semblait, lorsque Sylvia lui dit bonjour ce matin-là dans la cuisine de sa sœur, vidée de toute énergie.

— Comment était la nuit sur l'île ? demanda Rozenn en amenant un troisième couvert sur la table et en versant du café à Sylvia. Tu dois avoir faim, continua-t-elle, car d'après ce que j'ai compris, tu es restée là-bas sans victuailles ?

Sylvia acquiesça et s'empara avec gratitude d'un croissant.

— C'est exact, répliqua-t-elle en regardant Solenn qui l'observait tristement. Mais ça valait le coup.

Elle mordit dans son croissant tout en réfléchissant à la meilleure façon d'annoncer la nouvelle. Puis elle décida de ne pas attendre davantage. Elle retira l'enveloppe de la housse d'ordinateur.

— Figurez-vous que j'ai trouvé quelque chose, dit Sylvia en souriant à Solenn. Quelque chose que tu pensais perdu.

Elle sortit le testament de l'enveloppe et le tendit à Solenn. Celle-ci fixa d'abord le document, puis Sylvia.

— Qu'est-ce que c'est ? s'enquit-elle, comme si elle n'en croyait pas ses yeux.

— C'est le testament de Lucie, répliqua Sylvia.

Solenn contempla la feuille froissée d'avoir été pliée et repliée, secoua la tête d'un air incrédule, la saisit et la lissa soigneusement de la main.

— C'est… c'est…, bafouilla-t-elle, et, au grand désarroi de Sylvia, les larmes embuèrent les yeux de Solenn. Je n'arrive pas à y croire.

Elle continuait à dodeliner de la tête. Puis elle leva ses yeux brillants et humides vers Sylvia :

— Mais où diable l'as-tu trouvé ?

— Il était cousu dans le chapeau de paille de Lucie, expliqua Sylvia. Sous le ruban de soie. Dans le chapeau qu'elle portait justement sur son portrait.

— Ce vieux chapeau ! s'exclama Solenn. Ça alors ! Oui, elle y tenait beaucoup. Même quand il était abîmé, elle continuait à le porter dans le jardin. Je ne l'ai pas revu depuis longtemps. Où était-il donc fourré ?

— Il était tout en haut dans l'armoire encastrée, précisa Sylvia, sur la dernière étagère. Je l'ai découvert en cherchant une couverture. Quand je l'ai tirée vers moi, le chapeau est tombé. Je l'ai rapporté, il est dans la voiture.

Solenn farfouilla dans ses poches pour extirper un mouchoir et s'essuya les yeux. Une fois de plus, elle secoua la tête et contempla *les dernières volontés* de Lucie. Sylvia et Rozenn échangèrent un regard et lui laissèrent le temps de reprendre contenance.

— Le fait que tu l'aies retrouvé… dit enfin Solenn d'une voix noyée de larmes, en fermant les paupières. Même si c'est trop tard maintenant…

— Je n'en suis pas si sûre, la coupa Sylvia, et c'est pourquoi j'aimerais bien consulter l'avocat. Ça ne me paraît pas invraisemblable de pouvoir contester la vente pour ce motif. Après tout, l'île ne m'appartenait pas. Et on ne peut pas vendre ce qu'on ne possède pas. Vrai ou faux ?

Elle saisit un deuxième croissant. Solenn la regarda avec des yeux écarquillés.

— Tu… tu… penses… balbutia-t-elle, puis sa voix se brisa.

— Comme je l'ai déjà dit, rétorqua Sylvia, on doit faire vérifier ça. Mais en tout cas, ça devrait suffire pour stopper net les procédures de construction. Si tu es d'accord, on peut passer immédiatement un coup de fil à monsieur Millet. Qu'en penses-tu ?

Solenn ne répondit pas sur-le-champ. Le déménagement de l'île l'avait visiblement secouée.

— Je n'ai pas fermé l'œil de la nuit, admit-elle enfin. C'est tellement calme ici, il n'y a pas de vent, ça ne sent pas l'océan. C'est comme s'il manquait une pulsation qui fait partie de ma vie. J'avais l'impression d'avoir commis une grosse erreur. Pourtant, je n'avais pas le choix…

Spontanément, Sylvia saisit la main de Solenn et la serra.

— Tout va s'arranger, dit-elle tandis que son cœur s'emballait.

La peur de ce qui l'attendait, elle, lui coupa presque le souffle. Par vagues, la panique affluait et refluait en elle. Sylvia était bien consciente de se précipiter vers sa propre perte. Mais, à l'heure actuelle, elle ne pouvait prendre cela en considération. Elle avait le choix entre une faillite monumentale, et rester à flot sans jamais retrouver le bonheur jusqu'à sa mort. Ne plus pouvoir se regarder en face dans un miroir. Elle avait pris sa décision. Maintenant, il était temps de sauver pour Solenn ce qui restait encore à sauver.

— On appelle l'avocat ? demanda-t-elle.

Solenn acquiesça faiblement. Rozenn apporta le téléphone et Sylvia composa le numéro. Par chance, elle put parler immédiatement à l'avocat. Sylvia lui exposa la situation et guetta anxieusement le silence qui s'ensuivit dans l'écouteur.

— Il faut que j'examine le document, fit enfin Millet. Le mieux serait de venir dans mon cabinet. Je pourrais vous recevoir dans une heure, un client vient juste d'annuler une consultation.

— Venez voir ça, cria Rozenn du séjour adjacent, après que Sylvia eut raccroché. Il faut absolument que vous voyiez ça !

Rozenn avait allumé la télévision. À l'écran, un bulldozer se dirigeait vers une foule en train de chanter la chanson que Solenn avait entonnée devant l'office du notaire.

— Ce sont les élèves d'école primaire de Morgane, s'exclama Solenn. Et ils chantent notre hymne !

Le bulldozer s'immobilisa. Des adultes hissèrent les enfants sur le gros engin. Sylvia aperçut à nouveau les deux garçonnets qui tenaient à bout de bras les banderoles : *Ne détruisez pas notre région !* En un rien de temps, le véhicule de construction fut submergé par les enfants. Énervé, le conducteur sortit de la cabine – et avant qu'il ait pu dire ouf, une jeune mère jucha sur ses épaules son enfant en bas âge.

— La manifestation contre les projets de construction sur l'île aux Camélias, une pépite de nature dans le sud de la Bretagne, se déroule jusqu'ici dans une atmosphère très pacifique, commentait un journaliste. Ce matin, six cents personnes environ empêchent le lancement des travaux.

À cet instant, Morgane passa à l'antenne et un reporter lui tendit un micro.

— La construction d'un club de vacances monstrueux sur cette île transgresse à notre sens tous les facteurs environnementaux et écologiques, expliqua Morgane, ses yeux lançant des flèches. Un terrain de golf gigantesque détruirait des dizaines de milliers de nids d'oiseaux marins d'espèces rares, sans parler de la flore unique de l'île.

S'ensuivaient des images de la route d'accès à l'île, qui était envahie dans toute sa longueur par des manifestants. Tandis que la voix du journaliste égrenait des informations sur les projets de la chaîne hôtelière, dont le siège était situé en Angleterre, on voyait un vieux cliché de l'île pris d'un hélicoptère, puis retour sur les manifestants pacifiques en costume traditionnel. Sur une banderole, on lisait : *Solenn ! Nous nous battons pour toi !* Puis le reportage prit fin.

Sylvia se tourna vers Solenn, qui fixait l'écran en même temps incrédule et émue.

— Viens, lui dit-elle doucement, nous devons y aller. Accomplir notre mission pour que ces gens ne manifestent pas pour rien !

***

Une heure plus tard, Sylvia et Solenn étaient assises dans le bureau de Bernard Millet à Quimper, observant nerveusement l'avocat qui examinait le contrat de vente page par page. Finalement, il reposa ses lunettes et regarda Sylvia, perplexe.

— Êtes-vous bien consciente, dit-il, que vous agissez contre vos propres intérêts en attaquant le contrat de vente ?

Sylvia acquiesça.

— Nous avons besoin d'un référé contre l'exécution des travaux de l'acheteur, ajouta-t-elle. Les bulldozers attendent là-bas, prêts à élargir la route d'accès à l'île. Il faut absolument les retenir !

***

En début d'après-midi, Solenn et Sylvia rejoignirent les manifestants qui continuaient à barrer la route d'accès contre les engins de construction. Lors d'une interview commune, elles montrèrent une copie du testament de Lucie et racontèrent comment Sylvia l'avait découvert dans la maison abandonnée. Cette nouvelle raviva l'émulation des habitants de la côte. Ils avaient organisé depuis longtemps des roulements pour que les enfants et les personnes âgées pussent se réchauffer dans leur maison toutes les deux heures, car sur la digue, le vent soufflait impitoyablement. La seconde équipe qui arrivait entonna avec d'autant plus de conviction des chansons bretonnes traditionnelles : *La Jument de Michao* ou *Dans les prisons de Nantes*. Celle-ci contait l'histoire d'un jeune homme enfermé injustement à Nantes.

Il se trouvait que la fille du gardien de prison tombait amoureuse de lui et le libérait en secret.

Vers quinze heures, subitement, les choses semblèrent devenir sérieuses. Deux pelleteuses et un camion roulèrent en direction du bulldozer bloqué, comme pour lui porter secours. Ils roulaient lentement et sans interruption parmi la foule, et de premiers cris stridents retentirent. Solenn commença à prendre peur, et s'apprêtait déjà à sonner la retraite, lorsque Sylvia découvrit l'équipe de tournage parmi les manifestants. Sous les flashs des photographes de presse, les engins firent marche arrière – sous les clameurs de jubilation de la foule.

— Figurez-vous, leur cria Brioc, le maître du port, que Lorrick de la gendarmerie vient de me dire que la société qui a acheté l'île veut porter plainte. La route d'accès serait soi-disant une propriété privée et devrait être évacuée. Ce à quoi Lorrick a répliqué que la route d'accès appartenait encore à la commune, et que, sur la propriété de la commune, les citoyens pouvaient rester aussi longtemps qu'ils le désiraient. Pas sur l'île, d'accord. Et, à sa connaissance, l'île est déserte.

— J'avais cru apercevoir Lorrick quelque part, non ? répondit Solenn en haussant la voix.

Brioc acquiesça avec un grand sourire.

— Un policier est aussi un citoyen libre, n'est-ce pas ?

Vers dix-sept heures, Bernard Millet arriva en personne avec le référé. En toute hâte, on brancha un micro sur l'un des haut-parleurs de l'équipe de télévision. Millet lut sa déclaration dans un tel silence qu'on pouvait entendre voler les mouches.

— Comme cela a été annoncé au tribunal aujourd'hui, la vente de l'île aux Camélias reposait sur des hypothèses fallacieuses. Le testament, qui a resurgi entretemps, de la feue propriétaire Lucie Hofstetter, et dont l'authenticité ne soulève aucun doute, désigne explicitement Solenn Marï Lambaol comme l'héritière légale de l'île. La vente, qui a été effectuée au nom de Sylvia von Gaden, la nièce et présumée héritière de Lucie Hofstetter, ne remplit pas, selon le tribunal régional, les critères juridiques. Ma cliente Solenn Marï Lambaol conteste la vente. Jusqu'à ce qu'une juridiction indépendante puisse trancher sur cette affaire, aucuns travaux ne pourront être entrepris, ni sur la route d'accès, ni sur l'île.

Le reste de la déclaration fut noyé sous les acclamations générales. Les habitants de la côte, qui étaient venus de partout pour afficher leur solidarité, se sautèrent au cou. Quelqu'un distribua des ballons parmi les écoliers, qui les gonflèrent et les donnèrent à d'autres et certains, particulièrement téméraires, en décorèrent les engins de construction. Soudain, la musique éclata de toutes parts. Aux chants se mêlaient les sons des binious et d'un instrument qui ressemblait à un haut-bois antique. Un mouvement se propagea parmi la foule. Près de monsieur Millet, aux côtés de Solenn, se tenait Sylvia, abritée du vent par la camionnette de retransmission et, les yeux écarquillés, elle regarda les manifestants se prendre par la main et former un demi-cercle. Ils se déplaçaient au rythme de la musique, et commencèrent à danser.

Alors, quelqu'un prit la main de Sylvia. C'étaient Morgane et Brioc, qui la poussaient, ainsi que Solenn, dans le cercle des danseurs, et, entourée de jeunes femmes vêtues du dernier cri et de vieilles Bretonnes en costume traditionnel avec leur drôle de coiffe pointue, Sylvia se mit à chalouper en mesure sur la musique entraînante. Elle observait les jambes de ses voisines, et s'efforçait de suivre les pas, et ce fut plus facile qu'elle ne se l'imaginait. Lorsqu'elle leva les yeux, elle se retrouva nez à nez avec un objectif de caméra de télévision. Troublée, elle inclina la tête. Se pouvait-il que Holger, tout là-bas à Munich, fût en train de la regarder aux informations internationales ?

Mais cette pensée s'envola immédiatement lorsqu'elle releva le visage, directement au niveau d'une paire d'yeux qui embrasèrent ses joues. C'étaient les yeux turquoise de Maël. Qui lui souriaient.

14

L'Anglais

La *Fest Deizh*, comme l'avait appelée Solenn, semblait s'amplifier, et les chants et danses spontanés se transformer en une véritable fête populaire. Du coin de l'œil, Sylvia observait Maël se frayer lentement un chemin parmi les gens et se diriger vers elle. Puis elle vit une jeune femme l'enlacer en riant, et l'entraîner bras dessus bras dessous. Sylvia ressentit une pointe au cœur. Mais qu'avait-elle pensé ? Maël était un homme séduisant dans la force de l'âge. Beaucoup de femmes devaient en pincer pour lui…

Instinctivement, elle se retira du mouvement de foule festif.

— Madame von Gaden ?

Sylvia regarda autour d'elle. Derrière elle se tenait un homme qu'elle ne reconnut pas au premier abord, puis elle se souvint soudain où ils s'étaient rencontrés : c'était Brown, le représentant de Ashton-Davenport, qui avait signé le contrat chez Leclerc.

— Puis-je vous parler une minute ?

Sylvia acquiesça et le suivit de quelques pas, jusqu'à un talus proche.

— C'est Sir James qui m'envoie, expliqua Brown. Il vous prie d'accepter son invitation.

Sylvia fixa le Britannique sans comprendre.

— Il vous invite chez lui aux Cornouailles. Pour discuter.

Sylvia fronça les sourcils malgré elle.

— Dites à monsieur Ashton-Davenport, répondit-elle, que s'il souhaite me parler, il sait où me trouver.

Sur ce, elle se détourna.

— Attendez, s'il vous plaît, la pressa Brown. N'agissez pas précipitamment ! La loi est de notre côté. Et ce testament douteux n'y changera rien. Vous pouvez bien faire un procès, pendant des années, jusqu'à ce que vous soyez à cours de moyens. On finira par nous rendre justice. Vos pleins pouvoirs sont valides. Et en date de la vente, vous étiez reconnue par les autorités françaises comme l'héritière irrécusable. Cela ne peut être balayé d'un revers de main, madame von Gaden.

— Dans ce cas-là, pourquoi monsieur Ashton-Davenport souhaite-t-il donc me rencontrer ?

Brown sembla tergiverser.

— Je crains, répondit-il enfin, que vous ayez une mauvaise image de lui. Tout ça, ajouta-t-il en montrant d'un geste emphatique la fête populaire, n'est pas justifié. Il a fait une acquisition tout ce qu'il y a de plus légale. Et maintenant, on le représente ici comme le méchant. Vous devriez lui donner une chance de vous exposer son point de vue.

— Et je présume, poursuivit Sylvia, que tout ça, comme vous l'appelez, n'est pas bon pour son image de marque. Il ne doit pas voir d'un bon œil des photos de petits enfants sur un bulldozer dans la presse internationale.

Brown lui jeta un regard dur.

— C'est possible. Il aimerait bien vous parler seul à seul. Sans témoin.

Sylvia balaya la foule en liesse du regard. Ses yeux cherchèrent Maël, mais ne l'aperçurent nulle part. Puis ils divaguèrent plus loin, sur l'Atlantique, en direction de l'île. Une vitre devait refléter le soleil de l'après-midi, et elle dardait précisément un rayon sur Sylvia, comme pour lui faire un clin d'œil.

— Je vais réfléchir, dit Sylvia. Je vous donnerai ma réponse dans deux heures au plus tard.

Brown opina de la tête et lui tendit sa carte de visite.

— Appelez-moi, dit-il. Le jet privé de Sir James vous attend à Quimper. En une heure, il vous emmènera jusqu'aux Cornouailles.

Puis il pivota sur ses talons et s'éloigna.

***

— Qu'est-ce qu'il te voulait ? s'enquit Solenn lorsque Sylvia revint vers elle.

— Il faut convoquer un conseil de guerre avec Millet, répondit Sylvia.

— Alors il faut faire vite, lança Solenn, car il est en train de partir.

Quelques minutes plus tard, elles étaient assises dans la berline de l'avocat. Pendant que Millet les raccompagnait à l'atelier de céramique de Rozenn, Sylvia évoqua l'invitation de Sir James Ashton-Davenport.

— Tu ne devrais pas y aller toute seule, dit Solenn inquiète. Maël devrait t'accompagner.

— Non, riposta Millet. Cela ne ferait pas bonne impression. Après tout, Maël Riwall est également l'un des bénéficiaires du testament. Notre adversaire, à raison, ne le jugerait pas impartial.

— Et vous ? demanda Sylvia. Ne serait-ce pas une bonne idée que vous veniez ? Je veux dire, en tant que représentant de la loi ?

— Vous m'avez engagé en tant qu'avocat de madame Solenn, répliqua Millet. Et cela serait interprété comme tel. Non, poursuivit-il, j'ai bien peur que vous soyez obligée de faire cela toute seule. Je n'ai qu'un conseil à vous donner : ne signez rien, et ne donnez aucun accord qui vous engage sans m'en avoir parlé au préalable.

— Bien entendu, le rassura Sylvia.

Ils étaient arrivés à la maison de Rozenn. Sylvia était en train d'ouvrir la portière lorsque quelque chose lui revint en mémoire. C'était tapi dans un coin de sa tête depuis un moment, et elle mettait enfin le doigt dessus.

— Ah, au fait… Brioc a dit que la route d'accès à l'île appartenait apparemment à la commune et que, pour cette raison, elle ne pouvait être évacuée. C'est bien ça, Solenn ?

Solenn la regarda surprise.

— Cela n'a jamais eu la moindre importance, répondit-elle songeuse. Nous avons toujours veillé à l'entretenir. La commune nous a souvent prêté des machines pour cela… Personne n'a jamais demandé à qui elle appartenait. Pourquoi poses-tu cette question, Sylvia ?

— Quelle valeur a un bien immobilier, demanda Sylvia absorbée dans ses pensées, si on ne peut pas y accéder ?

Un grand sourire envahit le visage de Solenn. Millet hocha la tête en signe d'approbation.

— Nous devons examiner le registre de la conservation des hypothèques, déclara-t-il. Et vérifier si la route d'accès à l'île était incluse ou pas dans la vente.

***

À l'étage au-dessus de l'atelier de céramique, Rozenn avait aménagé quelques chambres d'hôte, qu'elle louait à des touristes pendant la saison. Elle avait préparé l'une d'elles, tout en bleu, pour Sylvia. Elle jouxtait celle de Solenn et offrait une vue magnifique sur l'Atlantique. Cependant, Sylvia devinait que pour Solenn, la vue directe sur sa maison perdue devait être plus douloureuse qu'autre chose.

— Que vas-tu faire ? demanda Solenn, qui se tenait dans l'embrasure de la porte de la chambre, visiblement confuse quant à ce qu'elle-même devait entreprendre.

— Je vais appeler Brown et lui dire que j'accepte l'invitation de Davenport.

Solenn lui lança un regard soucieux.

— J'espère, dit-elle en se détournant pour s'éloigner, que tu feras ce qu'il faut faire. Que tu n'auras pas à regretter plus tard.

Puis elle pivota sur ses talons et descendit les escaliers. Peu après, Sylvia l'entrevit dans le jardin, armée d'un sécateur, en train de tailler énergiquement les arbustes de Rozenn.

***

En fin d'après-midi, Sylvia monta avec Brown à bord du Boeing 747-81 VIP qui devait la conduire au cœur de l'empire de Sir James Ashton-Davenport. Ils étaient les seuls passagers, et, à son grand soulagement, l'avocat la laissa tranquille. Elle était si épuisée qu'elle s'endormit immédiatement après le décollage et ne se réveilla qu'au moment où l'appareil s'apprêtait à atterrir. Une Bentley l'attendait sur le tarmac, et, une demi-heure plus tard, les pneus de la voiture crissèrent sur le gravier d'une très longue et majestueuse allée. Impressionnée, Sylvia observait la propriété aux allures de château, pourvue d'innombrables saillies et tourelles, qui imposait le respect. Un laquais en livrée descendit l'escalier galbé en pierre à pas mesurés et lui prit son sac de voyage. Dans le vestibule, elle fut accueillie par une dame élégante en costume gris.

— Bienvenue au manoir de Perceval, déclara celle-ci avec courtoisie. J'espère que vous avez fait un bon vol ?

Sylvia acquiesça poliment.

— Si cela vous convient, poursuivit la gouvernante, je vais vous montrer votre suite immédiatement. Sir James vous attend pour le dîner dans une demi-heure.

Sylvia suivit la gouvernante à travers un hall au sol en mosaïque composée de marbre multicolore, puis dans un escalier aux rampes en bois finement sculptées, et le long de vastes couloirs tapissés de Gobelins. Enfin, sa guide s'arrêta devant une porte à doubles battants aux ornements plaqués or.

La gouvernante poussa les deux vantaux. Sylvia en eut le souffle coupé. Visiblement, Sir James avait à cœur de l'impressionner. Le séjour de la suite était peu ou prou de la même taille que son duplex à Munich, il devait mesurer au moins cent mètres carrés. Le sol était constitué de marbre de couleurs variées, où prédominait toutefois une teinte rosée. Les murs, assortis, étaient recouverts de tapisserie de soie rose bois. La méridienne et le fauteuil posés en face d'une gigantesque cheminée étaient dans les tons de gris métallisé.

— Le marbre vient d'Inde, déclara la gouvernante, non sans fierté. Le père de Sir James l'avait ramené de là-bas. Pour se rendre dans la chambre à coucher, c'est par ici, ajouta-t-elle en se dirigeant d'un pas décidé vers une porte jouxtant la cheminée.

Sylvia la suivit et lorsqu'elle pénétra dans la pièce, remarqua son sac de voyage, qui l'attendait déjà sur un porte-bagages. Elle se trouvait juste à côté d'un immense lit à baldaquin, suffisamment grand pour accueillir confortablement une famille de cinq personnes. Dans cette chambre, tout était dans les tons de vert, des fresques à motifs de jardin recouvraient les murs, chacun dans une saison différente – en face du lit, un été luxuriant avec toutes sortes de fleurs, papillons et oiseaux…

— Magnifique… murmura Sylvia.

— J'espère, dit la gouvernante, que vous vous y sentirez bien. La salle de bains est juste là. Si vous avez besoin de quoi que ce soit, vous n'avez qu'à m'en informer. Voici la sonnette. Sir James tient beaucoup à ce que vous appréciez votre séjour ici. Je viendrai vous chercher dans une demi-heure.

Sylvia ne s'accorda qu'une brève visite des lieux. Puis elle alla dans la salle de bains pour se rafraîchir. Contrairement aux deux autres pièces, celle-ci était aménagée dans un style contemporain. Elle ressemblait davantage à un petit spa qu'à une salle de bains. Douchée, les cheveux lavés et arrangés en brushing, elle enfila la robe fourreau couleur crème, en jersey cachemire, élégante mais minimaliste, et s'attacha autour du cou un collier classique de perles véritables. Elle avait acheté ce bijou bien des années auparavant, avec ses premiers honoraires en tant que consultante en management d'entreprise, pour sa mère, dans la bijouterie où celle-ci avait travaillé toute sa vie. Durant son enfance et sa jeunesse, Sylvia avait toujours déploré que sa mère, qui, comme elle, possédait le goût des belles choses, présentât chaque jour ces bijoux onéreux, inexorablement hors de ses moyens, à de riches inconnus. Sylvia n'oublierait jamais l'expression médusée dans les yeux de sa mère lorsque celle-ci avait ouvert l'écrin contenant le collier de perles…

Puis, c'était précisément au travail que sa mère était tombée dans les escaliers, une chute si grave qu'elle avait trépassé de ses sérieuses blessures quelques jours plus tard. Depuis, Sylvia était particulièrement attachée à ce collier, ainsi qu'aux autres bijoux qu'elle avait offerts par la suite à sa mère au fil des ans. À chaque fois qu'elle enfilait ces perles, elle se souvenait du chemin long et ardu qu'elle avait parcouru. Ce soir-là, cependant, les perles de sa mère lui apparaissaient comme un avertissement, une sommation de ne pas balancer à la légère ce qui avait été acquis si durement. C'était comme si sa mère lui chuchotait à l'oreille de ne pas se comporter comme une idiote. Songe, semblait-elle lui dire, à ce que j'ai vécu. Ne fais pas la même erreur !

Sylvia contempla son reflet dans la glace. De grands yeux bleu clair la fixaient avec inquiétude dans un visage harmonieux. Elle s'arracha à sa propre image, appliqua un peu de mascara sur ses cils, d'ombre à paupières et souligna la forme en cœur naturelle de sa bouche avec un ton rouge foncé, qui mettait en valeur le teint diaphane de sa peau. Elle testa un regard spontané, sûr de soi. Voilà qui était mieux ! Maintenant, surtout, rester calme, s'exhorta-t-elle.

À cet instant, on frappa à la porte. C'était la gouvernante, qui guida Sylvia à travers une aile de l'édifice vers la partie arrière de la demeure. Ébahie, Sylvia aperçut un genre de serre de taille démesurée, construction moderne de verre et d'acier, attenant au vieux bâtiment. Précédant Sylvia, la dame gravit un escalier métallique en colimaçon. À l'étage supérieur, elle pianota un code sur un clavier. Une porte vitrée imposante coulissa devant elle sans faire le moindre bruit. Elles pénétrèrent dans une pièce singulière, à l'éclairage tamisé, qui semblait étrangement suspendue.

L'unique source de lumière provenait des bougies d'un candélabre aux innombrables branches trônant sur une table ronde. Une nappe damassée blanche, du cristal luxueux et des couverts en argent scintillaient sur une table dressée pour deux personnes. À l'extrémité de la pièce, lui tournant le dos, Sylvia aperçut la silhouette d'un homme.

— Sylvia von Gaden, annonça doucement la gouvernante en se retirant.

Ce fut alors que Sylvia discerna le bruit exotique qui régnait – des claquements, pépiements et cris entremêlés d'oiseaux, étrangers à la faune européenne. Elle remarqua l'humidité qui imprégnait l'atmosphère, et l'effluve de plantes tropicales. Un grand animal volant non identifié, blanc avec une crête couleur corail, plana au-dessus d'eux avant de disparaître dans la pénombre qui enveloppait le reste de la pièce.

— Soyez la bienvenue, madame von Gaden, dit l'homme en pivotant vers elle.

Sir James Ashton-Davenport s'avança vers la table. Il était très grand, sa silhouette était sportive et il se déplaçait avec une assurance désinvolte que Sylvia avait déjà remarquée à plusieurs reprises chez des Britanniques de la haute société. Sir James lui tendit la main. Sylvia la serra et sentit la paume glaciale, aussi lisse que de la soie, et une pression brève et résolue.

— Je suis ravi de votre présence ici, ajouta Sir James. Puis-je vous présenter ma petite Amazonie ?

D'un mouvement de bras engageant, il invita Sylvia à le suivre dans la pénombre. À une vingtaine de pas, ils atteignirent une balustrade et Sylvia se retrouva directement à la hauteur des cimes des arbres tropicaux et des plantes grimpantes qui étaient enracinés dans le sol au moins vingt mètres plus bas. Elle réalisa qu'ils se tenaient sur une mezzanine, une espèce de galerie qui parcourait la serre et se prolongeait en une passerelle étroite surmontant la canopée. D'autres oiseaux tournoyaient au-dessus d'eux, des perroquets et des cacatoès, et un escadron de calopsittes élégants s'envola dans un vacarme assourdissant.

— J'espère, dit Sir James, que vous n'avez pas peur des oiseaux.

— Pas du tout, répliqua Sylvia, et elle ne put réprimer un sourire.

Jusqu'à présent, elle n'avait vécu pareille expérience que dans un jardin botanique.

Elle se pencha sur la rambarde et découvrit, dans les fourches des arbres tropicaux, des orchidées, dont les foisonnants thyrses de fleurs, aux couleurs rivalisant de splendeur, jaillissaient en cascade.

— J'aime bien dîner ici, poursuivit Sir James. Cela me rappelle mon enfance. Mon père était dans les services diplomatiques, et j'ai grandi dans tous les pays tropicaux possibles et imaginables.

Sir James actionna une télécommande, qu'il portait dans la poche intérieure de sa veste, et, comme par magie, la luminosité augmenta progressivement. Le lieu, plongé dans la pénombre émaillée de vert, se dessina plus nettement. Sylvia contempla son hôte et constata qu'il était plus jeune qu'elle ne l'avait pensé.

Elle s'était attendue à un homme d'un certain âge – or, à ses côtés, se tenait un quarantenaire séduisant, qui la jaugeait avec attention de ses yeux couleur d'ambre. Ses cheveux grisonnaient aux tempes. Une ride profonde striait son front entre ses sourcils, et sa bouche charnue exprimait une farouche détermination.

— Que diriez-vous de dîner ? demanda Sir James en esquissant un pas vers la table, rompant le silence pendant lequel ils s'étaient mutuellement toisés.

Un serveur surgit sans bruit, poussant une desserte vers eux.

— Je ne voulais pas vous assommer avec un repas interminable composé de nombreux plats, continua Sir James. Je suis bien conscient du fait que la cuisine française surpasse tout ce que nous pouvons trouver sur notre pauvre île, qui n'est pas particulièrement réputée pour sa gastronomie. Et puis, nous avons d'autres chats à fouetter, n'est-ce pas ?

Sylvia ne répondit pas. Elle attendait que Sir James lui dévoilât enfin ce qu'il avait en tête. Elle avait tout le temps devant elle, rien ne pressait.

— J'ai préféré orchestrer un petit tour du monde culinaire, dans tous les continents sur lesquels j'ai vécu. Vous n'avez qu'à vous servir de ce qui vous tente.

Sylvia prit place sur la chaise que lui avançait Sir James. Le serveur lui présenta la desserte, et elle distingua un plateau avec du riz et différentes sortes de currys indiens, une coupelle avec des entrées arabes, et une assiette avec des empanadas sud-américaines. Des brochettes de viande et des langoustines grillées, à l'odeur alléchante. Il y avait aussi un assortiment de sushis. Brusquement, Sylvia sentit qu'elle avait très faim. Elle se décida pour un vin blanc et demanda également une carafe d'eau. Tandis que Sir James pérorait sur sa passion pour l'Amazonie, racontait ses voyages et décortiquait le système ingénieux d'humidification, de ventilation et de chauffage de la serre, Sylvia mangeait en silence en écoutant la voix grave au timbre plaisant.

Lorsqu'on lui apporta une tasse d'expresso accompagnée de fruits confits, provenant, selon son hôte, directement d'Iran, elle finit par lâcher :

— Pourquoi m'avez-vous priée de venir, Sir James ? J'imagine que ce n'est pas pour me révéler les secrets techniques de votre jardin tropical ?

Le Britannique suspendit son geste et la fixa d'un air amusé. De toute évidence, il n'avait pas l'habitude qu'on transgresse ses règles du jeu et prenne l'offensive face à lui, mais il ne sembla pas s'en offusquer. Après tout, cela faisait tout de même presque une heure qu'il contraignait Sylvia à ajuster l'image qu'elle s'était forgée de l'investisseur, avec l'homme charmant et volubile qui partageait sa table et parlait de son jouet comme un enfant comblé.

— Pourquoi vous ai-je priée de venir ? reprit-il en s'enfonçant dans sa chaise. Parce que je souhaite vous comprendre.

— Vous souhaitez me comprendre ?

— Oui, c'est cela même, répondit Sir James en avalant une gorgée de son expresso, j'en serais enchanté. En général, j'arrive à déduire les motifs de mes adversaires. Chaque individu possède ses raisons, lorsqu'il veut atteindre son but. Chacun est motivé par quelque chose qu'il peut expliquer, à lui et aux autres. Mais vous, madame von Gaden… Pour être honnête, je n'ai pas la moindre idée des intérêts que vous défendez. Ce ne sont pas les vôtres, en tout cas, si mes informations sont correctes. Et c'est ça qui est si excitant. Mais également irritant, si vous voulez. Il n'existe rien de plus déstabilisant, disait toujours mon père, qu'un adversaire dont tu ne connais pas les mobiles.

Sylvia ne put s'empêcher d'esquisser un sourire. Un sourire triste.

— Aussi, pourriez-vous m'expliquer, continua le Britannique, pourquoi vous me cédez en premier lieu quelque chose, pour me le réclamer dans un second temps ?

— Après avoir visité l'île, je me suis décidée contre la vente. En fait, l'acte de vente n'aurait jamais dû être signé. Mon mari l'a fait en dépit de ma volonté.

Sir James hocha lentement la tête, ses yeux se plissèrent et la ride entre ses sourcils se durcit.

— Ne trouvez-vous pas injuste, demanda-t-il, de décharger vos problèmes de couple sur mes épaules ?

Sylvia décida de ne pas s'aventurer de ce côté-là.

— D'un autre point de vue, la vente était également basée sur des hypothèses erronées, répondit-elle à la place. Comme vous devez certainement le savoir, il s'est avéré que je ne suis pas l'héritière légale de l'île. Un testament est apparu, qui éclaire la situation d'une perspective complètement différente. Par conséquent, notre contrat est caduc.

Sir James se taisait. Les paroles de Sylvia semblaient flotter dans l'atmosphère chargée d'humidité, comme les oiseaux qui voletaient en tous sens au-dessus de leur tête avec des bruissements d'ailes.

— Voyez-vous, dit enfin Sir James, c'est justement ce que je ne comprends pas. Les autorités françaises compétentes vous ont délivré un certificat d'héritage légitime. Pour un héritage se montant à des millions d'euros. Et vous faites tout pour que ce capital vous soit retiré. Pourquoi ne vous battez-vous pas au contraire pour lui ? D'après ma longue expérience de ce genre de situations, il semble peu probable que votre héritage soit contesté.

Il s'interrompit brièvement et darda un regard acéré sur Sylvia.

— Pourquoi tenez-vous tant que cela à perdre cinq millions d'euros ? Pourriez-vous me l'expliquer ?

Sylvia retint son souffle. Subitement, l'atmosphère torride de la jungle lui parut déplaisante. Son hôte sembla le remarquer car sous peu soufflait une petite brise rafraîchissante. Sylvia regarda en haut et aperçut une lucarne qui s'était ouverte dans le toit de la verrière.

— S'il vous plaît, madame von Gaden, insista Sir James, j'aimerais sincèrement comprendre !

Sylvia repensa à la soirée avec Solenn, à la tombe de Lucie, au sentiment de paix et de sérénité qu'elle avait éprouvé dans le jardin aux Camélias. Elle repensa à Maël et à la lueur dans ses yeux, lorsqu'il s'était incliné sur la fleur qu'il avait attendue pendant des années. Elle repensa à cette nuit seule sur l'île, au cours de laquelle Lucie lui avait semblé si proche, comme si sa tante veillait avec elle et l'avait aiguillée vers le testament. Se pouvait-il que ce fût seulement la nuit dernière ? Elle repensa aux visages déterminés des manifestants, aux enfants et aux vieillards, qui se dépensaient sans compter pour la défense de l'île. Et finalement, Sylvia repensa à Solenn, triste et déracinée, qui taillait les plantes comme une âme errante dans le jardin de sa sœur, et à ses dernières paroles avant son départ : *J'espère que tu feras ce qu'il faut faire. Que tu n'auras pas à regretter plus tard.* Et puis, elle repensa à Holger, à sa situation désespérée. Si seulement il m'avait demandé, songea-t-elle, mais il a essayé de me duper. Il n'a aucune confiance en moi. Et moi plus aucune en lui.

Sylvia regarda son hôte, qui attendait toujours sa réponse.

— Je crains, dit-elle finalement, qu'il n'y ait rien à comprendre. J'ai des raisons personnelles, que je ne souhaite pas évoquer.

Le silence retomba entre eux.

— Ces raisons personnelles auraient-elles un rapport avec votre tante décédée ? s'enquit Sir James après quelque temps. Ou avec sa compagne ? Je serais peut-être en mesure de vous aider. Si plus d'argent est nécessaire, nous pourrions renégocier.

Médusée, Sylvia regarda le Britannique. Puis elle secoua la tête.

— Ce n'est pas une question d'argent, répliqua-t-elle.

— C'est une question de quoi, alors ?

— L'île doit rester telle qu'elle est, expliqua Sylvia. Sans bulldozer, sans pelleteuse, sans terrain de golf, sans résidence hôtelière, sans tourisme de masse. Sans destruction de cette nature majestueuse. C'est l'île aux Camélias. Et c'est ce qu'elle doit rester. Voici la réponse à la question.

Sylvia s'était parfaitement aperçue qu'elle était sortie de sa réserve et que sa voix possédait une inflexion d'amertume, voire d'agressivité. Sir James ne semblait pas en être troublé.

— J'aimerais vous montrer quelque chose, dit-il, comme s'il avait seulement attendu la formule sésame.

Une télécommande réapparut dans sa main et soudain, un écran géant, que Sylvia n'avait pas remarqué, s'alluma. Elle vit des clichés de splendides paysages tropicaux.

— Vous parlez de destruction, fit Sir James, je parle d'aménagements. Ce que je suis en train de vous montrer, là, c'est mon club de golf au Mexique. Ici, vous voyez le paysage tel qu'il était initialement. Et maintenant, l'état actuel. Nos constructions et jardins sont parfaitement intégrés dans l'habitat d'origine. Vous voyez ? On ne distingue quasiment pas ce qui a été ajouté de ce qui existait déjà.

L'écran s'éteignit.

— Vous faites erreur, continua Sir James. Mon objectif est le contraire de la destruction. Ma vision est de rendre les merveilles de la nature accessibles à davantage de personnes. Pourriez-vous me dire, madame von Gaden, combien d'habitants comptait l'île aux Camélias ces dernières années ? Quatre ? Cinq ? Peut-être dix ? Pour quelle raison devrait-on empêcher que bien d'autres puissent également jouir de cette pépite, puissent s'y ressourcer, se réconcilier avec eux-mêmes et se retrouver, qu'ils puissent profiter des forces régénératrices de cette île ?

Sylvia ne put réprimer une certaine fascination pour la passion qui s'était soudain emparée de l'Anglais normalement impassible. Voilà que l'écran se rallumait déjà. Sylvia aperçut l'île aux Camélias vue d'avion, puis la caméra se rapprocha, la survola longuement, la montrant sous divers angles. Son cœur s'emballa lorsqu'elle reconnut la bâtisse de Lucie et Solenn au milieu du jardin aux Camélias en pleine floraison, et la maisonnette de Pierrick, qui semblait se cacher sous la frondaison. Puis la caméra s'aventura plus loin sur l'île, capta les plantations sur les champs et enfin, la crique avec le bassin naturel…

— Et maintenant, je vais vous montrer, poursuivit Sir James, à quoi cela ressemblerait à l'avenir.

La perspective de l'île se figea. Par le biais d'une simulation informatique, les nouveaux équipements et constructions s'ajoutèrent un par un sur l'image initiale. Il était vrai que, telle que représentée à l'écran, l'île ne semblait affectée qu'à peu d'endroits. Mais Sylvia n'était pas dupe. Elle était bien consciente du fait que, en réalité, le tapis vert qui recouvrait subitement une grande partie de l'île ne surgirait pas d'un simple claquement de doigts. La rocaille, les pierres et la végétation d'origine devraient être enlevées, de la terre spéciale apportée pour obtenir un green parfait. Il faudrait des quantités astronomiques d'eau pour maintenir le gazon tel qu'en raffolaient les joueurs de golf…

— Vous parlez de tourisme de masse, intervint Sir James, l'arrachant à ses réflexions, mais dans chacune de mes résidences, il n'y a pas plus de logements de villégiature que ne peut en supporter le lieu particulier. Car mes invités doivent se sentir en harmonie avec la nature et ne pas se marcher dessus. Par conséquent, vos inquiétudes ne sont absolument pas fondées.

Les images s'évanouirent et la pièce s'éclaira. Sir James saisit un abricot confit et le savoura avec délectation. Pour lui, l'affaire semblait entendue. Il ne pouvait se douter qu'il n'avait aucune chance. Il fit presque de la peine à Sylvia.

— Votre prix est le mien, dit Sir James en plantant ses yeux dans les siens.

— Mon prix ? demanda Sylvia abasourdie. Mais pour quoi ?

— Ah, répondit Sir James, il y a tant de points dont nous pourrions discuter. Par exemple, je n'ai pas encore de manager pour l'île. Ne serait-ce pas un challenge intéressant pour vous ? Ainsi, vous ne seriez pas obligée de vous séparer de l'île où repose la dépouille de votre tante. Vous pourriez également vous assurer que tout reste tel quel – enfin à peu de chose près. Bien entendu, il y a certains paramètres qui devraient être modifiés…

— Mais…

Sir James leva la main.

— Ou bien dans une autre de mes destinations. J'ai pris quelques renseignements sur vous, vous êtes une femme extrêmement qualifiée, Sylvia von Gaden, vos références sont impressionnantes. Qui sait, peut-être finirez-vous par vous joindre à mes affaires… J'ai énormément de projets, de visions…

— Sir James, je…

— Un instant je vous prie. Laissez-moi finir. Le sort de madame Solenn Lambaol ne m'est pas indifférent. Même si, au fond, cela ne me concerne pas. Je suis prêt à faire un chèque de trois millions sur un simple signe de votre part. Indépendamment du fait que nous puissions, ou non, collaborer à l'avenir.

— Non, dit Sylvia.

— Bien, riposta Sir James sans se démonter. Alors cinq millions. Et en échange, vous m'enlevez cette épine du pied.

Sur l'écran apparurent des images d'engins de construction, quasiment submergés par une marée de gens. Des enfants gambadaient autour d'un bulldozer et y fixaient des ballons gonflables partout où ils trouvaient un point d'attache. *Ne détruisez pas ma région*, lisait-on sur l'une des banderoles. Après quoi, Sylvia se vit, accompagnée de Solenn, lors de l'interview, arborant le testament de Lucie devant les caméras.

— Cela doit cesser, déclara Sir James résolument. Je le répète : débarrassez-moi de ces manifestants ! Et aidez-moi à convaincre le maire de vendre la route d'accès à l'île.

Soudain régna un silence de mort dans la pièce. Même les oiseaux se taisaient. Sylvia osait à peine respirer. Alors, c'était donc vrai. La route d'accès appartenait encore à la commune.

— *Quelle valeur a un bien immobilier*, avait demandé Sylvia seulement quelques heures plus tôt, *si on ne peut pas y accéder ?*

C'était le talon d'Achille de Sir James. Il avait besoin d'elle. Voilà pourquoi il avait délibérément saisi l'occasion de la faire venir ici. Tout le reste n'avait été que du remplissage. *Small talk*. Dans lequel elle avait failli tomber.

— Vous me surestimez, Sir James, dit-elle humblement. Même si je le voulais, je ne pourrais pas empêcher ces gens de manifester. Ce sont des Bretons. Ils ont la tête dure. Il existe une expression en français qui dit : *têtu comme un Breton*. Si on ne m'a pas balancée dans l'Atlantique, c'est uniquement grâce à Solenn Lambaol. Les gens là-bas n'aiment pas les étrangers qui débarquent chez eux et disposent de leur terre. Je crains que vous n'arriviez à rien avec de l'argent.

On aurait dit que la température avait brusquement chuté dans la verrière. Le silence qui pesait entre elle et le Britannique était glacial. Les minutes s'égrenaient péniblement. Sylvia s'apprêtait à se lever et prier qu'on la reconduisît dans sa chambre lorsque Sir James brisa le silence.

— En fin de compte, c'est toujours l'argent qui fait tourner le monde, madame von Gaden, dit-il froidement. Et son absence, l'absence d'argent, est également un joug, auquel vous ne pourrez pas échapper.

Sylvia lui lança un regard troublé.

— Vous êtes une belle femme, possédant le goût des belles choses, continua Sir James, cela se voit au premier coup d'œil. Comment le vivrez-vous, lorsque vos perles et beaucoup d'autres biens, qui vous sont chers et précieux, seront saisis ? Savez-vous ce que c'est que d'être pauvre ?

À cet instant voleta à travers la table un gigantesque papillon, d'un bleu iridescent, un *morpho peleides* de la grandeur d'une assiette. Sylvia n'en croyait pas ses yeux. Il battit gracieusement des ailes quelques secondes au-dessus de sa tête puis atterrit doucement sur sa main posée sur la table. Les petites pattes chatouillaient sa peau tandis que les ailes palpitantes du papillon s'ouvraient et se refermaient et qu'apparaissait par intermittence le chatoiement du bleu de la face supérieure, puis du brun de la face inférieure, trouée des yeux de la noctuelle, censés intimider les prédateurs.

Sylvia sentit le regard de Sir James se river sur elle. Il sembla la fixer avec intérêt. Tout en s'émerveillant de cette créature délicate posée sur sa main, Sylvia était bien consciente du fait que cette beauté s'offrait à ses yeux uniquement grâce à l'immense richesse dont disposait visiblement Sir James Ashton-Davenport. Et elle savait en outre que sous peu, elle-même serait bientôt éloignée, de l'ordre d'années-lumière, de ce genre de luxe.

Soudain, le *morpho peleides* s'envola et se dirigea, attiré comme un aimant, vers la flamme de la bougie. Il frémit puis tomba sans vie sur la nappe de la table. Sylvia poussa un petit cri et se couvrit la bouche de la main. L'odeur âcre de quinine brûlée lui emplit les narines. Puis elle fixa les yeux couleur d'ambre, absolument impassibles, de son vis-à-vis, qui l'observait avec une curiosité scientifique, comme si elle était un cobaye d'une étude de comportement. Et ce fut précisément ce regard qui fit basculer quelque chose en elle, quelque chose d'irréversible.

Soudain, elle comprit clairement que tout ceci était faux – ce jardin paradisiaque artificiel, créé selon le bon plaisir d'un seul individu, qui n'avait lésiné sur aucune dépense ni aucun effort pour vivre au milieu des Cornouailles anglaises dans une illusion, plutôt que dans la réalité. Cette richesse le rendait-elle heureux, tout cet argent qu'il pouvait apparemment balancer par les fenêtres à sa guise ? N'était-ce pas plutôt un monarque solitaire trônant dans un royaume miniature érigé par lui-même ? Qui dînait ici le soir et regardait, imperturbable, l'un des plus beaux papillons au monde mourir calciné par la flamme de sa bougie ? C'était donc ça, que l'argent faisait aux gens ?

Qu'avait écrit Lucie dans sa lettre à Sylvia ?

L'exploitation horticole nous a toujours suffi, à Solenn et moi, telle qu'elle était. Nous avions de quoi vivre et nous n'en voulions pas davantage. Sa tante savait déjà, à l'époque, que l'on pouvait acheter beaucoup de choses avec l'argent sauf celles-ci : le bonheur et la sérénité, le sentiment de paix avec soi et le monde. Et un amour véritable.

En cet instant, Sylvia se vit aux côtés de son époux, Holger, se vit à la poursuite incessante d'un bonheur qu'elle n'avait jamais rattrapé. Elle avait cru un moment qu'un matelas de sécurité financière suffisant pourrait l'épargner à jamais de ses angoisses, mais elle devait admettre qu'elle s'était trompée.

Et brusquement, Sylvia n'eut plus peur de ce qui adviendrait. Si, quelques instants auparavant, elle s'identifiait encore à ce beau papillon, qui se languissait de l'éclat irrésistible d'une flamme de bougie et y avait trouvé la mort, elle se sentait désormais forte et désinvolte. Non. Elle n'avait pas besoin de tout cela. Elle s'en était toujours sortie, même avant de connaître l'opulence. Elle y arriverait – et, si nécessaire, sans perle, sans duplex cossu et sans crédit bancaire inépuisable. Elle n'était pas comme sa mère, qui avait répudié sa sœur uniquement parce que celle-ci avait choisi sa propre voie, qui ne correspondait pas aux conventions sociales. Cela faisait déjà bien longtemps que Lucie avait compris que le vrai bonheur était ailleurs. À savoir, là où le cœur vous emmenait.

— Je pense, répondit enfin Sylvia, que je sais mieux que vous, Sir James, ce que c'est que d'être pauvre. Et cela ne me fait pas peur.

15

Le retour

Le lendemain matin, Sylvia demanda que son petit-déjeuner lui fût servi dans sa suite. Le laquais amena des toasts, de la marmelade d'orange, des œufs et du thé anglais corsé avec du lait. Sur la desserte était également posée une grande enveloppe grise avec le cachet du blason de Sir James. Sylvia la fixa avec des sentiments partagés. Qu'avait-il donc l'intention de lui transmettre par ce biais ?

Elle saisit l'enveloppe, la déchira et en retira un document de plusieurs feuilles – sur la première était inscrit : *Contrat de résiliation.* Sylvia survola brièvement les pages. Le doute n'était pas possible, Sir James lui proposait de résilier le contrat de vente.

Elle prit une profonde inspiration et ferma un instant les paupières. Voilà, ça commençait pour de bon. Que dirait Holger ? Puis elle déplia la lettre qui accompagnait le document et lui était adressée, et se mit à lire.

Chère Madame von Gaden,
Un bon entrepreneur doit être capable de reconnaître lorsqu'il vaut mieux qu'il se retire d'un projet. Bien que je ne parvienne pas à comprendre vos motifs, je vous respecte et exauce votre désir de résilier notre contrat. Votre avocat voudra bien se mettre en relation avec Mr. Brown pour régler les détails.
C'était intéressant de faire votre connaissance.
Sir James Ashton-Davenport

Lorsque la Bentley reconduisit Sylvia à l'aéroport, il était encore très tôt. Une heure plus tard, elle atterrit sur la piste de Quimper. Sylvia prit un taxi, et quand elle pénétra dans l'atelier de céramique et trouva Solenn attablée, comme la veille, dans la cuisine, elle eut soudain l'impression de débarquer d'une vie parallèle. S'était-elle vraiment rendue en Angleterre, ou bien avait-elle tout rêvé ? Le document qu'elle tenait à la main pouvait-il effectivement mettre fin au cauchemar dans lequel elle s'était fourvoyée ? Tout lui semblait si irréel.

La jubilation qui éclata lorsqu'elle informa Solenn et Rozenn des derniers rebondissements se propagea peu à peu comme un feu follet sur toute la côte. Tandis que Bernard Millet, dans le séjour de Rozenn, examinait à la loupe la proposition de contrat de résiliation de Sir James, Sylvia s'activait à faire ses valises dans la chambre d'hôte bleue où elle n'avait jamais dormi.

— Je dois rentrer chez moi, expliqua-t-elle à Solenn, qui fut consternée de la voir poser ses bagages dans le corridor.

— Il vaut mieux que vous preniez la proposition de contrat, suggéra Millet. Désormais, c'est votre avocat qui doit s'en occuper.

Sylvia acquiesça et prit le document avec elle. Thomas Waldner serait tout sauf enthousiaste. Sans même parler de Holger…

— Tu ne veux pas rester un peu plus ? demanda Solenn. Je n'arrive toujours pas à réaliser…

Sylvia attira la Bretonne à elle et la serra dans ses bras.

— Malheureusement, non, Solenn. Mais vous savez ce qu'il vous reste à faire maintenant : retourner sur l'île. Je suis navrée pour toute cette agitation. J'espère que les gens t'aideront à nouveau…

— Ils l'aideront, cria Rozenn du seuil de la cuisine. Il n'y a aucun doute là-dessus.

Sylvia envisagea de confier un message pour Maël à Solenn. Elle aurait tellement aimé le revoir encore une fois. Lui dire que… Oui, que quoi, au juste ? Elle se mordit la lèvre inférieure et se pencha sur ses bagages pour que Solenn ne puisse pas lire les sentiments contradictoires sur son visage. Non, elle devait s'en aller. Elle avait dénoué l'imbroglio dans lequel elle avait entraîné Solenn. Ne valait-il mieux pas, de toute façon, que Maël l'oubliât et réciproquement ?

Mais pourquoi éprouvait-elle une telle douleur dans la poitrine ?

— Tu seras toujours la bienvenue sur l'île, dit doucement Solenn tandis que Sylvia s'apprêtait à franchir le seuil de la maison.

Sylvia lui sourit et hocha tristement la tête.

— Je le pense sincèrement, ajouta Solenn, comme si elle devinait le doute en Sylvia. Tu fais partie de la famille, Sylvia. Ne l'oublie jamais !

***

Ce fut seulement sur la bretelle d'autoroute en direction de Paris que surgirent les larmes. Sylvia ne pouvait plus s'arrêter de pleurer, sans savoir précisément pourquoi. Peut-être parce qu'elle n'avait plus de famille depuis si longtemps, et qu'elle ne s'était jamais doutée combien cela lui manquait en réalité ? Parce qu'elle ne reverrait plus Maël ? Parce qu'elle ne connaissait aucun autre endroit au monde où elle s'était sentie si elle-même que sur l'île aux Camélias ?

Ça fait vraiment beaucoup, tout ce qui s'est passé ces dernières semaines, songea-t-elle. Elle conduisit jusqu'à une station-service sur l'autoroute, avala un double espresso, effaça aux toilettes les traces de ses larmes et se remit en route. Elle roula et roula, heure après heure. La Porsche engloutissait les kilomètres, et lorsque Sylvia atteignit les alentours de la petite ville où elle avait passé la nuit à l'aller, elle se souvint du mariage où on l'avait invitée sans façon, et quand elle calcula que cela ne faisait que deux semaines, elle en resta pantoise. Elle avait l'impression qu'il s'était écoulé des années, alors que la période pendant laquelle elle avait été mariée avec Holger lui paraissait comme un rêve fugitif. Qu'avait-elle fait, finalement, pendant tout ce temps ? Qu'avait-elle vécu ? Elle était constamment en déplacement, toujours dans le stress, et pourtant, bizarrement, tout avait été pareil. Elle repensa au jeune couple de mariés, Chantal et Frédéric, qui devaient revenir aujourd'hui de leur lune de miel. Comment gèreraient-ils le quotidien ?

Elle caressa furtivement l'idée de faire étape dans le même hôtel, mais elle avait encore le courage de conduire. En dehors des grandes villes, les autoroutes françaises étaient désertes. De temps à autre, Sylvia passait par une station-essence et gavait le distributeur automatique de pièces et de billets, puis la voiture de sport rouge se réinsérait dans le paysage des champs et bois clairsemés de la province française.

Au niveau de Metz, elle s'arrêta pour refaire le plein et grignoter un bout. Elle n'avait pas faim mais se força à avaler une quiche et une salade, qu'elle laissa à peine touchée. Et voici qu'elle était de nouveau au volant, conduisant comme dans un état second. Quelque chose en elle s'était mis en pilotage automatique et lorsque la voiture traversa la frontière franco-allemande et franchit le Rhin, elle décida de continuer jusqu'à Munich. Dût-elle arriver au beau milieu de la nuit, elle en avait assez de dormir dans une chambre d'hôtel anonyme, dans un lit où elle ne trouverait de toute manière pas le repos à la perspective de l'inévitable confrontation avec son époux.

Holger.

Pourtant, elle croyait bien le connaître. Elle avait pensé qu'il la protégerait de… Oui, de quoi, au fait ? Et maintenant, il lui avait plus nui qu'elle n'eût même osé l'imaginer dans ses pires cauchemars. Ou bien était-elle injuste à son égard ?

Tandis qu'elle filait dans la lumière déclinante du crépuscule, qui inondait le paysage alentour d'un halo bleuâtre irréel, elle se demanda soudain ce qu'il voyait au juste en elle. Sylvia n'avait toujours connu Holger que comme un homme d'affaires avisé. N'avait-il pas le droit de jouer une fois de malchance ? Était-ce elle qui le décevait ? De ne pouvoir se renflouer avec son héritage ?

Mais ce n'était plus son héritage. Quelques jours plus tôt encore, elle souhaitait pouvoir conserver l'île, et, aux côtés de Solenn et Maël, mettre en place quelque chose de grandiose.

— Gâché, dirait Holger, elle l'entendait littéralement lui balancer ça à la figure, ce mot – comme une gifle. L'avait-elle trahi ? Mais pourquoi, aussi, n'avait-il pas simplement demandé, au lieu de prendre ce qui ne lui appartenait pas ? Et qu'était-il arrivé aux deux millions que Sir James avait déjà versés ? Sylvia n'avait pas l'espoir d'en revoir un jour la couleur. Holger les avait sans doute déjà utilisés pour combler son gouffre de dettes, aussi profond qu'un cratère volcanique.

À partir de Stuttgart commencèrent les embouteillages. Mais que diable faisaient tous ces gens à onze heures du soir sur l'autoroute ? Entre Ulm et Augsbourg, Sylvia sentit enfin la fatigue, qui résultait de tant d'heures au volant. Dans son oreille gauche grésillait un bourdonnement, comme si un essaim d'insectes s'y était niché. Elle s'arrêta à une station d'autoroute avec la ferme intention de fermer un peu les yeux, mais ne trouva qu'une place de parking au milieu de poids lourds, pressés les uns contre les autres comme un troupeau d'éléphants. Les chauffeurs se rendaient aux toilettes avec leur brosse à dents, bavardaient en petits groupes et s'apprêtaient à passer la nuit. Elle ne fermerait pas l'œil ici. Au lieu de dormir, elle prit un café atroce au bar. La caféine lui donna un coup de fouet suffisant pour qu'elle se remette au volant.

Il était plus de deux heures du matin lorsqu'elle atteignit enfin Munich. Sylvia n'aspirait qu'à une chose : son lit, le sommeil. Mais lorsqu'elle ouvrit la porte de son appartement et pénétra dans le vestibule, elle fut assaillie par un drôle de sentiment. Quelque chose clochait. Sylvia cligna des yeux. Ce devait être l'épuisement.

C'est alors qu'elle l'aperçut. Au portemanteau était suspendue une veste inconnue. Non, pas inconnue. Elle la reconnaissait, elle appartenait à son amie Sandra. Puis elle découvrit les chaussures de Sandra, il y avait même trois paires en tout, soigneusement rangées. Sylvia prit une profonde inspiration, immobile pendant quelques secondes, puis se dirigea résolument vers le séjour.

Il sentait le parfum de Sandra. Sur la table basse devant le sofa étaient posés deux verres à vin sales, des traces apparaissaient sur les bords comme des gouttes de sang séchées. Cette vision lui rappela vaguement quelque chose. Lorsqu'elle était rentrée chez elle à l'improviste la dernière fois, il y avait également deux verres à vin sur cette table basse, accompagnés d'une bouteille tout juste débouchée.

— Comment tu as su que j'arrivais ? avait demandé Sylvia. Et elle était tombée la tête la première dans le bobard de son mari, du « pressentiment ». Holger n'avait pas le moins du monde escompté son retour. Il en attendait une autre. Sandra. N'avait-il pas dû passer un coup de fil aussi « urgent » que bref après son arrivée ?

Sur le canapé gisait un truc violet foncé roulé en boule. Sylvia le saisit du bout des doigts — c'était un haut vulgaire en synthétique parsemé de paillettes. Elle le laissa retomber, et s'appuya un instant lourdement contre le dossier du canapé. Subitement lui revint à l'esprit la boucle d'oreille que sa femme de ménage avait trouvée entre les coussins du sofa. Et dire qu'elle avait été assez naïve pour croire que Sandra l'avait perdue en attendant son amie !

Finalement, Sylvia prit son courage à deux mains et se dirigea vers la porte d'entrée, l'ouvrit en grand et la claqua à toute volée pour la refermer. Le tapage fit son effet. De la chambre à coucher de Holger lui parvinrent des chuchotements. Puis la porte s'ouvrit.

— Mais… mais qu'est-ce que *tu* fais ici ? bafouilla Holger, en nouant son peignoir en soie, un cadeau de Sylvia pour le Noël précédent. À cette heure-ci ? Pourquoi n'as-tu pas appelé ?

Sylvia ne daigna pas répondre. Elle cria en direction de la porte ouverte de la chambre à coucher :

— Debout, Sandra, rhabille-toi et sors de là !

Il fallut quelque temps avant qu'apparaisse la femme que Sylvia avait prise pour son amie. Elle arborait une mine renfrognée, tout en évitant de regarder Sylvia dans les yeux.

— Ramasse tes affaires et disparais, dit Sylvia aussi calmement que possible.

Dans ses oreilles résonnait à nouveau la sirène, comme quelques heures auparavant pendant le trajet. Son cœur martelait sauvagement sa cage thoracique. Elle ne prêtait pas attention à Holger, qui s'évertuait à l'amadouer, la suppliait de ne pas s'énerver, et lui assurait qu'il pouvait tout expliquer. Elle gardait ses yeux rivés sur la femme en qui elle avait tellement confiance qu'elle lui avait fourni un double des clés de son duplex. Elle observa Sandra récupérer ses affaires éparpillées un peu partout dans l'appartement et les fourrer dans un sac de voyage élimé.

— Les clés, s'il te plaît, dit Sylvia alors que Sandra faisait mine de partir.

La femme, qu'elle avait constamment fait travailler, par pure compassion, sortit les clés de son sac à main et les posa dans la paume de Sylvia. Ce ne fut qu'à cet instant qu'elle la regarda dans les yeux.

— Il ne faut pas t'étonner, dit Sandra, que ton mari aille chercher autre part ce dont il a besoin, si tu le laisses seul en permanence.

Sylvia fixa le visage blasé et pourtant si vulnérable en face d'elle, et soudain, elle eut terriblement pitié de Sandra. Celle-ci ignorait probablement que l'homme avec lequel elle avait une liaison était au bord de la faillite. Elle devait être persuadée d'avoir gagné le gros lot. Ne fût-ce le caractère atrocement triste de toute cette affaire, c'en eût presque été comique.

— Ça fait longtemps que ça dure ? lui demanda-t-elle.

Sylvia vit Holger lever les mains, sur la défensive.

— Bah, ça dépend ce que tu appelles longtemps, répliqua Sandra d'un ton pincé. Six mois peut-être ?

Puis elle pivota sur ses talons et sortit de l'appartement.

***

— Ce n'est pas ce que tu crois.

Sylvia regarda Holger et ne sut que répondre. Son époux avait une aventure depuis six mois avec son amie et ne trouvait rien d'autre à débiter que ce cliché éculé ?

Elle repensa à Robert, lorsqu'elle l'avait surpris avec l'autre femme sur le canapé. Nus tous deux, entremêlés, en nage, haletants. Pendant toutes ces années, elle s'était efforcée d'occulter cette image de sa mémoire, car à l'époque, cela avait failli la rendre dingue. La douleur était si violente en ce temps qu'elle avait cru ne pas y survivre.

Cependant, aujourd'hui, Sylvia n'éprouvait rien de plus qu'un profond désenchantement. C'était donc ça.

Elle avait trompé Holger. Et réciproquement. Sa vie jusqu'à présent n'avait été qu'un gigantesque château de cartes. Qui venait de s'effondrer. Aussi facilement.

— Sylvia, dit Holger d'un ton presque implorant, ce truc n'a rien à voir avec nous. Ça, avec Sandra, c'est juste… c'était purement physique. Je n'aurais pas dû le faire, c'est vrai. Mais ça ne remet absolument pas en question ce qu'il y a entre nous.

Et qu'y a-t-il entre nous ? eut envie de demander Sylvia, mais elle ravala sa question. Elle ne se sentait pas du tout en état, exténuée comme elle l'était, d'entamer une discussion. Elle dirait des bêtises et le regretterait après coup.

— Je suis fatiguée, murmura-t-elle enfin péniblement. C'était un long trajet. Je dois dormir. On discutera demain.

Holger hocha la tête. Il avait l'air blessé, et écarta les bras, non pas pour l'étreindre, mais dans un mouvement contrit et à la fois théâtral, un brin affecté.

— Comme tu veux, dit-il en laissant retomber ses bras, puis il pivota et se dirigea vers sa chambre.

Dans l'embrasure de la porte, il s'arrêta.

— Tu sais quoi, Sylvia, dit-il sans la regarder, c'est justement ça qui me mine depuis toutes ces années : tu es toujours trop fatiguée. Tu reviens à la maison, crevée, et tu dois aller te coucher immédiatement.

Il fit volte-face et la regarda droit dans les yeux. En voyant l'expression impitoyable sur son visage, Sylvia tressaillit.

— Alors, à demain, ajouta-t-il en se retournant pour de bon cette fois-ci. Je te souhaite une bonne nuit !

***

Sylvia parvint encore à se déshabiller, et à peine s'était-elle allongée dans son lit qu'elle sombra dans un sommeil comateux. Elle dormit profondément et sans rêve. Lorsqu'elle se réveilla, la matinée touchait déjà à sa fin. Elle sauta sous la douche, l'eau chaude lui fit du bien. Alors qu'elle tâtonnait pour attraper son gel douche, sa main toucha un flacon en plastique inconnu. Sylvia s'essuya les yeux et l'examina avec attention. Ce n'était certainement pas à elle. Puis, Sylvia reconnut la marque que Sandra représentait en tant qu'esthéticienne.

Une rage ravivée monta en elle. Cela ne suffisait-il donc pas que cette sale vipère se fût glissée dans le lit de son mari ? Fallait-il qu'en plus, elle utilisât sa douche et la harcelât de sa présence, même lorsqu'elle n'était pas là ? Après tout, Holger avait également une salle de bains attenant à sa chambre.

Sylvia coupa l'eau et balança le truc dans la petite corbeille sous le lavabo. Puis elle sursauta et ouvrit à nouveau la poubelle. Elle avait bien vu. Entre des Kleenex roulés en boule, il contenait… un préservatif utilisé.

Ce fut peut-être la vue de cet abject bout de plastique mais subitement, Sylvia sut ce qu'elle devait faire. Elle allait se séparer de Holger, et ce, dès que possible. Il faut que je parle tout de suite à Thomas, pensa-t-elle en saisissant son peignoir. Disséminées dans sa salle de bains, elle découvrit d'autres traces de la maîtresse de Holger : des cheveux bruns dans son lavabo. Des taches de rouge à lèvres sur sa serviette blanche moelleuse. Et finalement, lorsqu'elle décela des relents du parfum de Sandra sur son négligé, elle réalisa qu'elle ne se sentirait plus jamais chez elle ici. Tant mieux, songea-t-elle. La vente inévitable de l'appartement lui en serait facilitée d'autant. Car comment Holger rembourserait-il ses dettes si les millions de Sir James ne tombaient pas ? Mais son époux n'en savait rien pour l'instant. Il était grand temps qu'il l'apprenne.

Sylvia s'habilla et se mit résolument à la recherche de Holger, mais ce dernier n'était pas là. Elle savait bien que c'était dimanche, mais appela néanmoins Thomas Waldner et lui demanda de le voir. Elle irait rendre la Porsche le lendemain matin. Il valait mieux que le bolide généreusement prêté fût de nouveau entre les mains du concessionnaire avant que la situation financière des von Gaden devînt notoire.

Sylvia se tenait dans son dressing et tergiversait. Dans une coupelle en bois de noix, sur le placard à chaussures, étaient posées les clés que Sandra lui avait rendues.

Et si Sandra en avait fait faire un double ?

Mais cette pensée fut vite chassée de l'esprit de Sylvia par une autre, plus pressante. Holger lui avait prouvé par tous les moyens possibles et imaginables qu'il était indigne de sa confiance. Ce matin, il n'était pas là, alors qu'ils avaient tant à discuter tous les deux.

On aurait vraiment dit qu'il avait jeté l'éponge depuis longtemps sur leur couple. La seule chose qui l'intéressait encore en moi ces dernières semaines, songea amèrement Sylvia, c'était mon héritage. Jusqu'où, se demanda-t-elle avec anxiété, le mènerait encore son absence totale de scrupules ?

Sylvia réalisa clairement que, par le passé, elle avait été beaucoup trop crédule et passive. Mais c'était fini, dorénavant. Elle ouvrit l'annuaire des pages jaunes et trouva ce qu'elle cherchait. Deux heures plus tard, les verrous de l'appartement avaient été changés. Pour une fois, ce serait Holger qui aurait une surprise.

***

En chemin vers le cabinet de son ami, Sylvia sentit en elle l'énergie et la détermination qui lui avaient fait défaut dernièrement. C'était une journée radieuse. Les gens se baladaient avec un grand sourire et le ciel munichois resplendissait. Sylvia savait bien que ce qui l'attendait ne serait pas facile. Mais elle n'en avait plus peur. Elle allait tirer un trait définitif, chose qu'elle aurait dû faire depuis longtemps. Pour la première fois, elle avait le moral. Qui sait, se dit-elle en pénétrant dans le bureau de Thomas Waldner, comment tout cela finira.

Mais il y avait une chose dont elle était d'ores et déjà certaine : lorsqu'elle aurait surmonté tout cela, elle se laisserait exclusivement guider par son cœur.

***

C'était la fin de l'après-midi lorsque Sylvia ressortit du cabinet. Elle était épuisée et néanmoins remplie d'un sentiment de liberté et d'euphorie. Mais elle n'avait absolument pas envie de rentrer à la maison. Du reste, à la réflexion, elle n'avait plus de maison à proprement parler, à l'heure actuelle.

Machinalement, elle prit la direction de Lehel, vers l'appartement de Veronika. En chemin, elle appela son amie.

— Sylvia ! fit la voix enthousiaste de Veronika au téléphone. Je t'ai vue à la télé ! C'est vrai que tu as fini par sauver l'île de l'investisseur ?

— La vente est en train d'être résiliée, dit Sylvia. Où es-tu ? Toujours dans les parages vers chez Laurent ?

— Tout à fait, répondit gaiement Veronika, et je vais y passer encore quelque temps.

Sylvia sourit, Vero avait l'air vraiment heureuse.

— Il n'a pas encore réussi à arranger ta Mini ?

Veronika s'esclaffa.

— Si si, répliqua-t-elle. Si tu savais tout ce que Laurent a également réussi à arranger… Mais dis-moi, où es-tu, toi ?

— À Munich, expliqua Sylvia. Et je voulais te demander si ton offre tient toujours.

— Quelle offre ?

— Vero, pourrais-je rester chez toi pendant un petit moment ?

Il y eut quelques secondes de silence à l'autre bout du fil.

— Mais bien sûr, fit alors Veronika. Les clés sont

sous le pot de fleurs, dans la cour de derrière, comme d'habitude.

— Merci, dit Sylvia en remarquant que sa voix tremblait malgré sa résolution.

— C'est grave ?

— Non, rétorqua bravement Sylvia. Je me sépare de mon mari. C'est tout. Et notre appartement sera vendu aux enchères dès que possible.

— Oh, alors je suis soulagée, riposta Veronika, pince-sans-rire. Je veux dire, que ce ne soit rien de plus. Il est grand temps que tu quittes ce salaud.

— Mais je peux rester quelques semaines chez toi ?

— Ah, tu sais, répondit Veronika, de toute façon, j'ai l'impression qu'à partir de maintenant, je vais passer la majeure partie de mon temps en France.

— Tu es sérieuse ?

— Tu ne peux pas t'imaginer combien je te suis reconnaissante, poursuivit Veronika. Le fait que tu m'aies embarquée avec toi jusqu'en Bretagne, c'était la meilleure chose qui puisse m'arriver. Laurent et moi, on ne se serait jamais rencontrés, autrement…

— Alors, tout ce désastre a quand même servi à quelque chose, au final, murmura Sylvia songeuse.

Entre-temps, elle était arrivée dans la cour de derrière, souleva le pot de fleurs, et y trouva le double des clés de Veronika. Comme autrefois. Comme d'habitude.

16

Les retrouvailles

Avoir écouté son intuition et fait changer les serrures de leur appartement commun près du Jardin anglais se révéla dans les jours suivants une bonne chose. Holger n'y avait absolument pas songé, comme il n'avait pas non plus envisagé le moins du monde l'hypothèse que les millions restants ne fussent pas versés. Il sembla complètement déstabilisé par le fait que Sylvia eût effectivement réussi à empêcher la vente de l'île. Cependant, lorsqu'il eut appréhendé la portée des conséquences de ses négociations avec Sir James, la guerre commença. Une guerre que Sylvia ne désirait pas mais qu'elle devait néanmoins mener.

Durant les semaines suivantes, Sylvia se mit en mode de pilotage automatique, comme elle l'appelait. Elle avait un but, elle voulait revenir dès que possible sur l'île. Chaque jour supplémentaire passé à Munich raffermissait sa conviction : avec l'île, elle avait trouvé le lieu où elle voulait vivre, le lieu qui l'emplissait de sérénité. Chaque jour, elle percevait plus nettement à quel point les gens de là-bas lui manquaient. Et un en particulier – Maël.

— Tu reviens quand ? lui écrivait Solenn.

Sylvia, qui, si elle s'était écoutée, serait partie sur-le-champ, s'exhortait à la patience. Elle voulait être libre lorsqu'elle reviendrait. Et avoir réglé tout ce qui appartenait au passé. Elle savait que c'était la condition *sine qua non* pour prendre un nouveau départ.

La vente de l'appartement commun la laissa étrangement indifférente. Elle n'aurait pu s'imaginer que cela représenterait si peu de chose pour elle de le céder, avec son mobilier onéreux et soigneusement choisi. En outre, elle fut soulagée qu'ils en obtiennent deux millions et demi, dont Sylvia devait recevoir la moitié. Cela lui suffisait juste assez, avec ses économies, pour rembourser l'acompte de Sir James.

— Et maintenant, tu recommences à zéro, dit Thomas dépité, lorsque tout fut terminé et la procédure de divorce engagée. Ce n'est vraiment pas juste. Tu sais que tu pourrais poursuivre Holger pour abus de confiance, n'est-ce pas ?

Mais Sylvia se contenta de secouer la tête. Elle ne voulait pas attaquer Holger en justice. Peu importait leur relation actuelle, ils avaient formé autrefois une bonne équipe. Elle ne trahirait pas leurs valeurs fondatrices, simplement parce que Holger avait commencé un jour à faire cavalier seul.

— Bah, qu'en ressortirait-il de toute façon ? demanda-t-elle à Thomas en souriant tristement. Ma mère disait toujours : on ne peut homme nu dépouiller. Devrais-je me faire inscrire par son liquidateur financier tout en bas de sa liste de créanciers ? Non, Thomas. J'aime mieux laisser tout ça derrière moi. Et le plus vite possible.

Elle jeta un coup d'œil nostalgique par la fenêtre. Septembre était arrivé, et Sylvia se demandait combien de temps elle devrait encore tenir ici.

— Si tu as envie de partir, dit Thomas, à qui son changement d'humeur n'avait pas échappé, tu peux le faire sans problème. On a tout mis en route, en fin de compte. Et attendre le rendez-vous pour le divorce, tu peux aussi bien le faire en France. Le principal est que tu restes joignable au cas où j'aurais besoin de toi.

Sylvia lui lança un regard incrédule.

— Tu es sérieux ? demanda-t-elle.

— Vas-y, dit Thomas en souriant. Je vois bien que tu en meurs d'envie.

***

Plus Sylvia s'approchait de la côte atlantique, plus elle se sentait troublée. Des images de ces derniers mois surgissaient en elle à l'improviste avant de disparaître aussitôt. Pierrick avec une brouette. Les menhirs sous la pluie. Le goût du caramel au beurre salé. La tignasse rouge carotte de Coco. Et, toujours et encore, Maël : la voix de Maël. Les mains de Maël. La façon qu'avait Maël de pencher la tête. Ses lèvres sur les siennes, sa respiration haletante. Maël lui paraissait si proche, comme s'il était assis en face d'elle. Serait-elle la bienvenue pour lui ? C'était la question qui la torturait plus que tout depuis des mois.

— Tu seras toujours la bienvenue ici… pour moi, tu fais partie de la famille… avait dit Solenn.

Sylvia bifurqua sur une aire de repos autoroutière, et chercha une place pour se garer. Des familles étaient assises aux tables de pique-nique sur la pelouse, ou bien avalaient un sandwich à la hâte à côté de leur voiture, en se dégourdissant les jambes et s'étirant. C'était la fin des vacances et les gens rentraient à la maison.

Au moment où Sylvia revint des toilettes, elle réalisa qu'elle, contrairement à tous ces gens, n'avait plus de maison. Tout ce qu'elle possédait encore, y compris le tableau de tante Lucie, se trouvait dans le coffre du break d'occasion qu'elle s'était payé avec ses derniers sous. Son cœur commença à s'emballer de panique. Et si elle n'était pas la bienvenue sur l'île ? Mais elle se calma, et une fois la voiture réinsérée sur l'autoroute, se sentit de plus en plus légère au fur et à mesure qu'elle roulait. Elle était en route. Où cette route la conduirait en fin de compte, elle ne pouvait en être vraiment sûre. Le futur était une page blanche : à elle de décider ce qui y serait écrit un jour. Cet état d'esprit était si inédit pour Sylvia qu'elle devait encore s'y habituer. Était-ce cela, le sentiment de liberté ?

La journée radieuse d'été indien touchait à sa fin. Dans les jardins, les ombelles d'hortensias blancs, roses et surtout bleus, jaillissaient sur les murs et les clôtures, recouvrant façades et granges. Des coins de lauriers-roses en fleur jonchaient les bordures des routes, suivis de rangées à perte de vue d'agapanthes avec leur feuille en forme de faucille, d'où s'élevaient, sur leur longue tige, les fleurs étoilées en grappes, bleues comme le firmament qui déployait son extraordinaire intensité au-dessus de la terre au relief décroissant.

Bien avant de l'apercevoir, Sylvia sentit l'océan. Elle avait descendu la vitre et ralenti, et absorbait à pleins poumons l'air, chargé de l'effluve de glèbe et de plantes odorantes – et de plus en plus distinctement, de sel et d'embruns. Et soudain, elle surgit sous ses yeux, la mer. Les focs d'innombrables voiliers glissaient indolemment dans la lumière du soleil déclinant. Les bateaux à moteur striaient le bleu profond de l'eau de lignes turquoise à liserés blancs. Sur les trottoirs et les places des villages que traversait Sylvia, s'étalaient des tables de bistrot garnies de chaises, et les boutiques exposant les derniers accessoires estivaux colorés et les tourniquets de cartes postales ajoutaient leur touche joyeuse au tableau.

Le soleil venait juste de se coucher lorsque Sylvia atteignit l'isthme qui menait à l'île aux Camélias. La route avait été refaite, le bitume recouvert d'une nouvelle couche de goudron. Sylvia découvrit même un feu de signalisation qui régulait la circulation sur la voie unique. Il était actuellement rouge et une longue file de véhicules s'éloignait de l'île en direction de la terre ferme. Sylvia descendit de voiture et jaugea le niveau de la mer. La marée commençait déjà à remonter, sans la fougue tourbillonnante du printemps, mais plutôt paisiblement. Néanmoins, Sylvia savait qu'il lui restait peu de temps.

Enfin, la dernière voiture aborda la côte et le feu passa au vert. Sylvia grimpa dans son break et démarra, et elle eut l'impression de conduire directement à la surface des flots. Elle avait la sensation d'avoir été transportée dans l'un de ses rêves, tant sa destination semblait irréelle, enveloppée du ciel rougeoyant embrasé par le coucher de soleil.

Enfin, elle arriva au bout de l'isthme et conduisit sa voiture sur l'île jusqu'au grand portail en haut. Pendant un moment, elle resta assise là, fixant ses mains cramponnées au volant. Son cœur battait à se rompre dans sa poitrine. Tant de temps avait passé. Lorsqu'elle repensait à la Sylvia sûre d'elle et pourtant si ingénue qui avait débarqué ici pour la toute première fois, fermement persuadée de s'être fourvoyée, elle avait du mal à croire que c'était vraiment elle. Elle avait changé. Et cela avait dû être le cas pour Solenn, et, pareillement, sinon plus, pour Maël. Elle se ressaisit. À quoi bon trifouiller dans le passé ? Il était temps de découvrir ce qu'ils étaient aujourd'hui l'un pour l'autre. Ou pas.

Lorsqu'elle descendit de voiture, le vent lui souhaita la bienvenue comme une vieille connaissance. Il s'engouffra espièglement dans ses cheveux et se pressa contre sa chemise. Avec le dernier rayon du soleil, l'Atlantique sembla se réveiller et montrer sa vraie nature, sauvage et impétueuse. Dans un rugissement, les lames s'ébrouèrent, se fracassant contre les rochers qui entouraient le havre servant de port, quelque cent mètres plus bas.

Le portail était fermé, apparemment, Solenn n'attendait plus personne pour ce soir. Sylvia jeta un coup d'œil derrière elle et s'aperçut que le parking des visiteurs avait été agrandi. En cet instant, une lumière s'alluma dans la grande demeure. Sylvia prit une profonde inspiration et se dirigea vers la petite porte en bois encastrée dans le portail, et elle en abaissa la poignée. Celle-ci céda. Sylvia traversa la cour et frappa à la porte de la cuisine.

— Entre, entendit-elle en franchissant le seuil. Et referme la porte, Pierrick. Le vent souffle fort, ce soir.

Solenn se tenait dos à l'entrée, dans la cuisine, en train de poser sur le fourneau la bouilloire cabossée que Sylvia avait emballée de ses propres mains dans l'un des cartons de déménagement. La pièce embaumait toutes les essences de la mer. Sylvia huma l'odeur alléchante de la soupe aux poissons qui mijotait sur le gaz. La table était dressée pour cinq personnes. L'une des assiettes creuses était sans doute pour Maël ?

— Bonsoir, Solenn, dit-elle.

Solenn fit volte-face, étonnée, et un grand sourire envahit son visage. Elle s'avança à pas lestes vers Sylvia, et posa brièvement sa main droite sur la joue de Sylvia. Elle était calleuse, chaude et familière.

— Enfin, c'est fini ! dit doucement Solenn.

Sylvia acquiesça. Les larmes lui montèrent aux yeux. En elle, toute la tension accumulée au cours des derniers mois s'évanouit sur-le-champ. Solenn lui saisit la main et l'entraîna vers la table.

— Viens, assieds-toi. Tu dois être fatiguée. Tu veux du thé ? Ou plutôt un verre de vin ?

Sylvia ouvrit la bouche, mais aucun son n'en sortit. Elle scruta alentour dans la cuisine, tout était comme avant, mais pas exactement. Le mur avait été repeint dans les tons de mauve. Devant la fenêtre pendaient de nouveaux rideaux.

— On en a profité, s'empressa d'expliquer Solenn, qui avait remarqué le regard de Sylvia, et on a rénové un petit peu. Certains trucs ont atterri à la poubelle. Tu sais, de moi-même, je n'aurais jamais déplacé les vieux meubles d'un millimètre. Alors en fait, je suis très contente.

La Bretonne versa un verre de vin blanc aux reflets dorés à Sylvia, ainsi qu'à elle-même.

— Trinquons à ton retour ! dit-elle en levant son verre. Je suis tellement heureuse de te revoir !

Sylvia entendit des voix, des rires étouffés, et des pas qui se rapprochaient dans la cour. Puis on ouvrit la porte à toute volée, Pierrick déboula dans la cuisine, suivi de Manuel, Coco et un jeune homme aux cheveux verts avec un piercing dans l'un des sourcils. Mais pas Maël. Viendrait-il plus tard ? Ou pas du tout ?

En voyant Sylvia, les jeunes gens se turent et écarquillèrent les yeux. Seul Pierrick ne semblait pas surpris.

— Tu es là, dit-il gentiment en lui tapotant chaleureusement l'épaule.

Alors, Coco et Manuel la saluèrent aussi et lui présentèrent le nouvel apprenti. Solenn alla chercher un sixième couvert pour Sylvia dans le buffet. Celle-ci n'osa pas s'enquérir de Maël, même plus tard, alors qu'elle débarrassait la cuisine et essuyait la vaisselle en compagnie de Solenn, tout en écoutant cette dernière lui donner des nouvelles de l'exploitation horticole.

— Les affaires marchent bien depuis que l'île aux Camélias est passée dans tous les médias, déclara Solenn. Notre chiffre d'affaires a quasiment doublé. Certains jours, le parking est plein, bien qu'on l'ait déjà agrandi. Je vais devoir embaucher d'autres personnes. Même si pas mal de visiteurs ne viennent que pour regarder et faire un pique-nique en haut des falaises. Parfois, je ne sais plus où donner de la tête.

Solenn récura la dernière casserole, la rinça à l'eau chaude et la posa à l'envers sur l'égouttoir. Puis elle s'essuya les mains et se tourna vers Sylvia.

— Comme je suis contente que tu sois là, Sylvie. Tu ne vas pas devoir repartir tout de suite, n'est-ce pas ?

Sylvia secoua la tête en souriant.

— J'avais tellement hâte d'être de retour ici, admit-elle. Si tu es d'accord, j'aimerais bien rester. Au moins quelques semaines.

Solenn lui jeta un coup d'œil furtif, incisif, et sembla sur le point de dire quelque chose. Mais elle se ravisa. Elle sortit une bouteille de *lambig* du garde-manger et pendant qu'elles savouraient la délicieuse eau-de-vie aux pommes, elle lui relata les dernières avancées de l'exploitation horticole.

— Tu sais, dit enfin Solenn, bien qu'on puisse sincèrement se réjouir, ça m'arrive de rester la nuit allongée dans mon lit et de me demander comment on va réussir à s'en sortir. Il y a tant de choses qu'on devrait changer ici. Morgane dit qu'on devrait ouvrir un bistrot et des filiales sur la côte. J'en ai le tournis quand je l'écoute parler. Ce dont j'aurais besoin, ce serait quelqu'un comme toi à mes côtés, Sylvie, quelqu'un avec ton expérience et tes compétences. Je sais que je ne devrais pas te sauter dessus dès le premier soir avec ça, tu as sans doute mieux à faire que de venir t'installer ici à l'autre bout du monde mais…

Sylvia posa sa main sur celle de la Bretonne.

— Non, Solenn, dit-elle, je n'ai rien de mieux à faire. Et je ne peux rien m'imaginer de plus beau. On y arrivera ensemble. On va faire de l'île aux Camélias quelque chose de vraiment unique.

Solenn se recula sur sa chaise, inspira puis expira lentement. Une lueur éclaira son visage, son soulagement était perceptible. La tension sembla retomber de ses épaules.

— Alors, tout ira bien, dit-elle avec une assurance dans la voix qui surprit Sylvia.

Mais tout irait-il vraiment bien ?

Pendant un moment, un silence chargé resta suspendu entre elles. Tant de pensées et de paroles tacites traversaient l'esprit de Sylvia. Elle se mordit les lèvres, et tergiversa sur le meilleur moyen de formuler sa question la plus pressante pour ne pas… Oui, quoi au juste ? Pour ne pas trop montrer sa déception, si la réponse était négative ? Mais qu'avait-elle donc à perdre ?

— Au fait, où est Maël ?

Solenn la regarda et éclata de rire.

— Oh mon Dieu, s'exclama-t-elle enfin. Je pensais que tu ne poserais jamais la question.

Puis elle dévisagea Sylvia d'un air sérieux.

— Maël est à une conférence à Londres. C'est un expert très demandé, et il profite de ces occasions pour échanger avec ses pairs. Il rentre après-demain.

Sylvia se mordillait la lèvre inférieure.

— Et, reprit-elle finalement, tu penses qu'il serait d'accord pour que je travaille ici ?

Les yeux de Solenn brillèrent d'une lueur espiègle.

— Tu sais quoi ? riposta-t-elle. Le mieux à faire est de le lui demander en personne.

Sur ce, elle se leva, monta avec Sylvia dans la chambre d'hôte à l'étage, l'aida à faire son lit, puis lui souhaita bonne nuit.

***

Sylvia passa la journée suivante avec Gwen dans le bureau, à se faire expliquer l'organisation du travail telle qu'elle avait été appliquée jusqu'à présent. Elle avait décidé de s'y mettre immédiatement et examinait actuellement la comptabilité et les déclarations fiscales des années précédentes. Cela faisait du bien d'agir concrètement et de pouvoir utiliser les compétences qu'elle maîtrisait parfaitement. Le second jour se déroula de la même façon, et cela lui évita de ruminer sur les retrouvailles imminentes avec Maël – une perspective qui affolait son cœur.

Le soir était déjà tombé lorsque Sylvia reposa son classeur. Les visiteurs avaient quitté l'île, et l'eau commençait à monter. Elle réalisa, déçue, que Maël n'était toujours pas rentré. Peut-être était-ce lié à sa présence ? Peut-être ne voulait-il plus la voir ?

Sylvia referma la porte du bureau et pénétra dans la cour. Elle n'avait pas même pris le temps de visiter le jardin depuis son arrivée, aussi s'engagea-t-elle dans le chemin menant au banc de Lucie. Ici, tout était comme à l'accoutumée – le bruit des vagues se fracassant derrière le mur, le cri des mouettes, l'effluve de terre et d'embruns. Sylvia s'assit, et fut aussitôt envahie par cette fameuse sérénité, cette paix singulière. Elle ferma les paupières et respira régulièrement, inspirant puis soufflant l'air, et, au bout d'un moment, elle eut la sensation d'être enfin arrivée. Peu importait comment Maël réagirait, ici était l'endroit où elle voulait vivre. Ici, et nulle part ailleurs.

Elle se releva et marcha sur les sentiers en gravier bien entretenus menant à la partie basse du jardin. À cette heure-ci, il n'y avait personne. À son grand étonnement, elle perçut néanmoins un mouvement tout au bout du terrain, vers les plus petits arbustes.

Sylvia l'aurait reconnu entre mille – c'était Maël. Il était voûté là, concentré sur un jeune camélia. À cet instant, il se redressa, se tourna en direction de la terre ferme, comme s'il cherchait quelque chose ou attendait quelqu'un. Le cœur de Sylvia battit si fort que les pulsations résonnèrent dans ses tympans. Il lui semblait qu'on pouvait les entendre à des kilomètres à la ronde. Devait-elle l'appeler ? Ou se contenter d'attendre ?

Soudain, Maël fit volte-face, comme s'il avait deviné le regard de Sylvia sur lui. Dans la luminosité déclinante du crépuscule, son visage parut s'éclairer. Il la regarda, et Sylvia eut l'impression que le temps se figeait, comme en suspens. Brusquement, toutes ses appréhensions furent balayées. Elle planta ses yeux dans ceux de Maël, et bien qu'ils fussent encore éloignés l'un de l'autre, elle le sentit déjà. Sur ses lèvres. Dans son cœur.

Puis le temps reprit sa course, Maël marcha vivement vers elle. À l'expression dans ses yeux, Sylvia devina que Solenn n'avait pas mentionné sa présence. La seconde d'après, ils étaient dans les bras l'un de l'autre.

— Sylvie, murmura-t-il en la serrant fort, lui caressant les cheveux, le dos, et en parcourant du doigt ses sourcils, l'arête de son nez et ses lèvres. Enfin. Pourquoi m'as-tu fait attendre aussi longtemps ?

Puis il ne dit plus rien. Ne lui laissa pas non plus l'occasion de répondre, car ses lèvres emprisonnèrent celles de Sylvia – tendres et chaudes, comme s'il ne voulait plus jamais s'en délier.

Épilogue

Sylviana

Avec conviction, la mariée jeta le bouquet dans les airs. Il survola le groupe des demoiselles d'honneur, qui tendaient les bras dans sa direction, pirouetta, et sa trajectoire aérienne décrivit une légère courbe. Sylvia ne l'eût-elle rattrapée par réflexe, la splendide gerbe de camélias couleur crème aurait sans doute directement atterri sur sa tête.

— Tu l'as fait exprès ! s'esclaffa Sylvia en étreignant Veronika et lui souhaitant le meilleur, du fond du cœur.

— Bien sûr, répliqua celle-ci, mais je ne savais pas que j'étais une telle brèle comme tireuse !

— Tu es une brèle à tous points de vue, rétorqua Sylvia avec affection, avant d'embrasser Laurent et lui recommander de bien s'occuper de son amie, autrement il aurait affaire à elle.

— Je ferai de mon mieux, répondit Laurent guilleret.

Et, en jetant un coup d'œil au bouquet, il ajouta :

— C'est vous, les prochains. Le destin a parlé.

Maël passa son bras sur les épaules de Sylvia et l'attira doucement à lui. Elle sentit se propager une onde de tendresse dans son corps. Cela faisait désormais un an qu'ils vivaient ensemble dans la maison de Maël sur l'île aux Camélias. Ses journées étaient consacrées au travail et ses nuits à la passion. De temps à autre, Sylvia se demandait s'il en serait toujours ainsi. Les cicatrices de son divorce avec Holger étaient encore très fraîches. Mais plus elle restait sur l'île, plus elle comprenait que Maël était un être foncièrement différent de Holger, et différente également était leur vie commune. Tout était tellement plus facile. Alors qu'avec Holger, elle devait argumenter pour chaque détail, Maël et Sylvia étaient quasiment d'accord sur tout. Et lorsqu'ils devaient clarifier un point, ils s'écoutaient mutuellement avec attention. Sans recourir à beaucoup de mots, ils trouvaient toujours une solution. Et cela faisait vraiment du bien.

Cependant, le plus beau dans l'amour que Maël lui portait se dévoilait peu à peu à Sylvia – c'était un amour inconditionnel. Il l'aimait telle qu'elle était. Riche ou pauvre – cela lui était tout simplement égal. Et cela ne cessait d'émerveiller Sylvia.

Avec le temps se dénouait la tension qui la rongeait depuis de nombreuses années. La vie pouvait être si facile ! Sylvia n'avait pas réalisé jusqu'à présent la quantité incroyable d'énergie disponible pour les choses réellement importantes de la vie lorsqu'on ne devait pas se battre en permanence. Et un jour, elle comprit finalement pourquoi c'était si simple : elle et Maël n'étaient pas en compétition. Ils travaillaient tous deux pour le même objectif –la consolidation et le développement du jardin aux Camélias.

***

Lorsque Sylvia se réveilla le lendemain matin de son retour du mariage de Veronika et Laurent, ses yeux tombèrent sur la gerbe de la mariée sur sa commode. Elle avait fraîchement coupé les camélias le matin de la noce et les avait emmenés dans une boîte spéciale au Mans. Et voilà qu'ils étaient de retour sur l'île.

Le bouquet de la mariée… Il avait atterri précisément sur elle. Se remarierait-elle un jour ? Lors de son divorce, elle n'aurait vraiment pu se l'imaginer. Mais la vie sur l'île estompait au fil des jours la déception, la colère et la douleur que l'année de la séparation avait charriées avec elle. La tâche d'exalter le fabuleux potentiel de l'île aux Camélias l'emplissait de joie et d'enthousiasme. Ils n'en étaient qu'au tout début, mais dans sa vision, Sylvia se représentait les choses en détail : le centre pour visiteurs, qui informerait les gens non seulement sur les camélias, mais également sur l'île comme environnement vivant, le bistrot avec la boutique proposant des produits spéciaux autour des camélias, jusqu'aux filiales sur la terre ferme, et, pourquoi pas, dans l'Europe tout entière. C'était ambitieux, Sylvia ne s'en cachait pas, mais elle savait que pour atteindre des buts hors du commun, on avait besoin de grandes visions.

Il manquait encore beaucoup de choses, du personnel, et surtout du capital, et parfois, Sylvia songeait amèrement à sa richesse volatilisée. Quel bon usage elle aurait pu en faire pour l'île ! Et pourtant… D'une certaine manière, cela semblait juste de commencer une nouvelle vie en remettant les compteurs à zéro. Ainsi, l'ancien restait derrière. Et ce n'était nullement son genre de se lamenter sur le passé.

Pendant le petit-déjeuner, Maël lui proposa de l'accompagner aux plantations à l'autre bout de l'île.

— J'aimerais te montrer quelque chose, dit-il.

— Une nouvelle pousse ? s'enquit-elle excitée.

Mais Maël se contenta de sourire d'un air mystérieux. Il ressemblait à un petit garçon qui avait préparé une surprise et mourait d'envie de la dévoiler.

Tandis qu'ils roulaient à travers l'île, Sylvia songea au nouveau programme informatique qu'elle avait implémenté, et pendant un instant, se demanda anxieusement s'il y avait un problème. Mais alors, Maël ne serait pas aussi détendu. Lorsqu'ils s'engagèrent sur la piste descendant à la crique, le regard de Sylvia balaya les serres toutes neuves qu'ils venaient de faire construire, ainsi que l'extension de la bâtisse administrative, où serait bientôt créé le centre pour visiteurs. Les acquéreurs sérieux qui venaient sur l'île souhaitaient de plus en plus avoir accès à un panorama exhaustif de la culture des camélias. Sylvia travaillait actuellement avec une jeune artiste sur la documentation ayant trait à l'histoire, les différentes espèces, et les spécificités des camélias. Pour financer ces projets, elle continuait à accepter des missions de certains de ses anciens clients, qui lui étaient restés fidèles et l'avaient suppliée de ne pas les laisser tomber. Quoiqu'elle quittât l'île à contrecœur, ses honoraires étaient encore indispensables pour les investissements. Maël, lui aussi, donnait des conférences partout où on l'invitait, lors de congrès et de symposiums, bien qu'il eût préféré rester sur l'île.

Ils atteignirent le parking de la plantation. Il était très tôt, et il n'y avait pas encore de visiteur. Coco, Manuel et les autres employés pouvaient tranquillement accomplir leur besogne.

— Viens, dit Maël en guidant Sylvia vers les serres où Solenn les attendait déjà.

La Bretonne semblait d'humeur festive, Sylvia remarqua qu'elle portait une chemise neuve.

— Eh bien, c'est Noël ou quoi, aujourd'hui ? s'enquit Sylvia en souriant.

— Non, répliqua Solenn. Pas Noël, mais l'anniversaire de Lucie. Et c'est pour ça qu'on a choisi aujourd'hui pour…

— Après tout, c'était son idée, dit doucement Maël. Et maintenant, entre donc !

Sylvia réalisa qu'elle n'avait encore jamais pénétré dans cette partie de la serre. Les portes en étaient toujours fermées et elle ne s'était jamais demandé pourquoi. La verrière était remplie d'arbustes arrivant au genou, qui se pressaient comme des poussins autour d'un camélia somptueux se dressant au centre et dont le tronc, à l'écorce chatoyante gris argenté, mesurait au bas mot deux mètres cinquante. Ses couronnes épaisses et sombres foisonnaient de fleurs.

Sylvia resta bouche bée devant un tel joyau. Désormais, elle s'y connaissait en camélias et savait qu'ils se développaient en toutes sortes de formes – allant des espèces sauvages aux cinq pétales simples jusqu'aux variétés imbriquées sophistiquées. Il y avait des fleurs qui rappelaient des roses, et d'autres qui se rapprochaient davantage des pivoines. Certaines variétés, dessinées comme des dahlias, arboraient une forme de pompon, et d'autres étaient pennées. Mais ce qui fleurissait ici au sein du feuillage vert foncé ne ressemblait à rien de ce qu'elle connaissait. La couleur, déjà, était ravissante. Sur la face intérieure, les fleurs étoffées étaient d'un violet si sombre qu'elles semblaient presque noires. De ce cœur intense comme la nuit scintillaient de longues et épaisses étamines d'un blanc immaculé, telles des étoiles. Et à l'extérieur, ces fleurs prodigieuses étaient encerclées d'une rangée de pétales d'un blanc étincelant, comme si le camélia portait une auréole.

— N'est-elle pas magnifique ? demanda Solenn.

— C'est féerique, murmura Sylvia, qui ne se lassait pas de l'admirer. C'est un nouveau cultivar ? Je n'ai jamais rien vu d'aussi beau. Porte-t-elle un nom ?

Maël et Solenn échangèrent un coup d'œil complice.

— Elle s'appelle *Sylviana*, dit Solenn. Et si tu te souviens du testament de notre chère Lucie, tu sais qu'elle t'appartient. Elle a été nommée d'après toi, et Lucie te l'a léguée. Avec tous les droits commerciaux.

Sylvia déglutit. Bien entendu, elle se rappelait le testament, mais elle avait complètement oublié ce passage.

— C'est l'une des premières boutures de Maël. Tu étais un petit gars, à l'époque, n'est-ce pas ?

Solenn fila un léger coup de coude affectueux dans les côtes de Maël. Puis elle s'adressa de nouveau à Sylvia.

— En ce temps, Lucie avait décidé qu'elle t'appartiendrait un jour. Cet arbre n'était qu'une petite tige, en exemplaire unique, et il ne portait qu'une seule fleur. Maël lui a fait son fameux tour de charme, et voilà comment toutes ces petites boutures ont pris, les petites Sylvianas, comme on les appelle.

Sylvia était restée sans voix. Elle s'imaginait sa tante, environ du même âge qu'elle actuellement, qui avait pensé à sa nièce. Elle calcula – à l'époque, elle-même n'avait que quinze ans.

— Et elle n'a jamais changé d'avis ? demanda-t-elle.

— Jamais, répondit Solenn.

— Peu avant sa mort, raconta Maël, Lucie est venue ici. C'était la dernière fois. Et alors, elle m'a confié pourquoi cela lui tenait tant à cœur. Un jour, m'a-t-elle dit, Sylvie viendra. Et alors, il faut qu'elle ait un souvenir de moi. Je sais qu'elle n'a pas besoin d'argent, elle a réussi et pourvoit très bien à ses besoins. Mais qui peut se targuer de posséder une si belle plante ?

Sylvia contemplait l'arbre aux Camélias, ses singulières auréoles raffinées, ses fleurs majestueuses. Ses yeux s'embuèrent de larmes.

— Bien sûr, Lucie avait raison, dit Solenn, tu sais parfaitement subvenir à tes besoins. Mais nous voyons tous combien cela te pèse de devoir encore effectuer des missions auprès de tes anciens clients. Sylviana est ton capital pour ton autonomie. Si quelqu'un est capable de commercialiser une chose aussi rare, c'est bien toi.

Sylvia fit quelques pas en direction de « son » camélia, entoura l'une des fleurs de ses deux mains et y plongea la tête. Un effluve subtil de musc citronné lui chatouilla les narines.

— Oh, mais en plus, elle sent bon ! s'exclama-t-elle. Comment as-tu réussi à produire ce miracle ?

Maël fixa le sol d'un air embarrassé.

— Elle est sortie ainsi, c'est tout, dit-il modestement. Au début, elle n'était vraiment pas aussi jolie, tu te souviens, Solenn ? Et puis, avec le temps et les soins adéquats, elle s'est développée comme ça.

Songeuse, Sylvia observait l'arbre.

— Si nous offrions ce camélia comme un sujet unique, dit-elle au bout d'un certain temps, et gardions les boutures pour nous, sans les vendre, combien penses-tu qu'un collectionneur serait prêt à payer pour ça ? Pour un camélia qui n'existe qu'en un seul exemplaire à travers le monde ?

Maël haussa les épaules.

— On pourrait faire une vente aux enchères, dit Sylvia, qui pensait maintenant à voix haute. On en informerait uniquement les clients les plus solvables. Et on investirait le profit dans l'exploitation horticole. Qu'en dites-vous ?

Un certain silence s'abattit sur la serre. Sylvia entendit le bourdonnement d'une mouche, qui cherchait une issue. Elle n'avait pas encore trouvé la grille d'aération.

— Mais elle est à toi, intervint enfin Solenn. Lucie te l'a explicitement léguée. Elle n'est pas pour les affaires.

— Mais je peux décider de l'affecter comme bon me semble…

Sylvia regarda Maël dans les yeux, puis Solenn.

— Lucie l'avait dit elle-même, ajouta-t-elle doucement. Je suis capable de subvenir à mes besoins. Et nous avons tous le même objectif. Pas vrai ?

***

En cette soirée exceptionnellement douce de septembre, Sylvia et Maël étaient enveloppés par le silence, mais celui-ci ne faisait que rehausser leur sentiment d'intimité. Ils n'avaient aucunement besoin de grandes paroles, néanmoins, Maël finit par rompre la quiétude.

— C'est la pleine lune, dit-il, ça te dirait qu'on aille encore un peu au bord de l'eau ?

Effectivement, la lune brillait avec une telle intensité, faisant scintiller les graviers blancs, qu'ils y voyaient presque comme en plein jour lorsqu'ils traversèrent le jardin aux Camélias main dans la main, franchirent le portail et descendirent vers l'embarcadère.

Dans l'eau, le reflet élancé de l'isthme évoquait un fragile pont mouvant de lumière, constamment ballotté par le ressac, entre la côte et l'île. Les vagues léchaient délicatement les bateaux, accompagnant leur danse chaloupée de bruits de gargouillis. Il n'y avait pas la moindre brise.

— On va faire un tour en bateau ? demanda Maël.

Peu après, ils étaient assis dans son bateau et larguaient les amarres. Par quelques coups de rame habiles, Maël manœuvra la barque hors du havre et la guida jusqu'au milieu de la langue vacillante reflétant le clair de lune, puis il rentra les rames. Maël saisit la main de Sylvia. Elle sentit qu'il voulait lui dire quelque chose et planta ses yeux dans les siens. Il se racla la gorge, hésita, puis prit une profonde inspiration.

— Je ne peux pas te proposer beaucoup plus, finit-il par dire en serrant davantage sa main, qu'une vie entre ciel, mer et le petit bout de terre, ici, où s'épanouissent nos camélias. Alors, voilà, je te le demande : voudrais-tu être ma femme, Sylvie ?

Sylvia repensa au jour où elle avait vu cet homme pour la première fois, et où son cœur avait frémi, et elle comprit que celui-ci savait déjà tout. Elle regarda la pleine lune et se souvint de la fameuse pendaison de crémaillère de cette star de cinéma près de Munich avec Holger, qui semblait appartenir à une vie antérieure. Elle songea à toutes ces années perdues qu'elle avait passées sans Maël, à la poursuite effrénée de toujours plus d'argent et du sentiment illusoire de sécurité, qui avait été anéanti en un éclair. Elle pensa à ce bonheur si différent qu'elle avait enfin trouvé sur cette minuscule parcelle de terre, si inattendu et si mystérieux. Et elle ne les laisserait plus jamais filer. Ni ce bonheur, ni cet homme merveilleux.

— Oui, Maël, dit-elle, je veux bien être ta femme.

Alors il se retourna prudemment dans la barque pour qu'elle puisse se blottir contre son torse. Il referma tendrement les bras autour de Sylvia, et, ensemble, ils contemplèrent la lune argentée et ses reflets qui scintillaient et dansaient sur les ondes de l'océan, et ils eurent la sensation de ne faire qu'un, un seul être, à la sensibilité et l'esprit communs, deux âmes qui semblaient se connaître depuis la nuit des temps et étaient désormais réunies, enfin.

Et pour toujours.

Remerciements

L'écriture d'un roman est un voyage en soi. L'histoire de Sylvia a puisé son inspiration dans mes nombreux séjours en Bretagne, mon enthousiasme pour le paysage et la végétation qui y règne. Certes, il serait vain de chercher l'île aux Camélias sur une carte géographique, mais il existe néanmoins plusieurs endroits bretons qui ont servi de modèle pour ce petit paradis.

Je suis tout particulièrement reconnaissante à Marie-Noël Reniero, une authentique Bretonne exilée en Andalousie, qui a répondu patiemment à mes multiples questions concernant les mentalités et les caractères de ses compatriotes, ainsi que leurs us et coutumes, stimulant mon imagination.

Nora Bachmann m'a aiguillée dans toutes les problématiques liées à l'insolvabilité, et m'a accordé beaucoup de temps pour lever mes interrogations. Un immense merci, du fond du cœur.

Je remercie mon agente, Petra Hermanns, pour son soutien et sa contribution à mon travail. Depuis le début, les lectrices Melanie Blank-Schröder et Friederike Achilles, de Bastei Lübbe, ont cru en l'histoire de Sylvia, et Margit von Cossart l'a présentée d'une façon aussi sensible qu'efficace. J'exprime encore ma gratitude à toutes les trois.

Et, *last but not least*, j'aimerais remercier mon mari pour son amour inconditionnel, un trait de personnalité formidable, qu'il partage avec Maël.

